U0153076

SCP FOUNDATION ▼ SCP FOUNDATION ▼ SCP FOUNDATION ▼

SCP FOUNDATION
SCP FOUNDATION
SCP FOUNDATION

# 紅魔現身

安全審查 等級 IV

這份機密檔案屬於

# 基金會宣言

人類已經存在這世上將近二十五萬年，然而只有最近的四千年可以說是真正有意義的年代。

那麼，在這二十五萬年的大多數時間中，人類究竟如何度過呢？我們蜷縮在洞穴裡的小火堆旁，害怕著那些我們所不能理解的事物。這不僅是指如何解釋太陽的東昇西落，而是所有一切神祕的事物，包含有著人類頭顱的巨鳥、又或者獲得生命的石頭。然後我們總將不了解的事物視為「神明」或是「惡魔」的顯靈，乞求它們的饒恕，也祈禱獲得救贖。

隨著時間的流逝，不了解的事物減少了，而我們能掌控的增加了。於是這個世界開始變得更易於理解，然而無法解釋的事物永遠不會消失，就如荒謬和違背常理已是宇宙不可或缺的一環。

人類沒有理由回頭躲進恐懼的陰霾中。沒有東西會保護人類，所以我們必須為了自身群體挺身而出。

當人們處在光明時，我們必須在黑暗中與之抗爭，將它們收容並隔絕在公眾的目光之外，以便其他人類可以生活在一個可以理解而平凡的世界中。

我們控管，我們收容，我們保護。

SCP 管理部門　敬啟

# 項目分級

在此，所有需要特殊方式收容的項目、實體或現象都會被指定一個「項目分級」。這項目分級是 SCP 基金會收容標準程序的一部分，可以作為項目收容難度的簡略指標。

在 SCP 基金會宇宙中，項目分級是考量需要收容的程度、研究重要性、收容預算及其他方面的重大因素所做的綜合決策。雖然一個 SCPs 的項目分級會受多種因素影響，但以收容難度及收容意圖為最重要的影響因素。

SCP_SYSEM
LOREM IPSUM DOLOR SIT AMET, CONSECTETUR
ADIPISCING ELIT, SED DO EIUSMOD TEMPOR INCIDIDUNT
UT LABORE ET DOLORE MAGNA ALIQUA. UT ENIM AD
MINIM VENIAM, QUIS NOSTRUD EXERCITATION

IN UT
massa eu convallis
bibendum. 07-22 dignissiur-
na /m

## SAFE

**收容測試** 如果你把它關進收容設施裡不做任何處置，沒有發生什麼糟糕的事，那它便應該是 Safe 級。

**Safe 級的 SCPs** 能相對輕易且安全的進行收容，一般來說這是因為管理部門已對該 SCPs 進行足夠多的研究，確認其不需要投入大量資源來收容；也可能是因為該項目要經由特定或蓄意的方式才會被觸發。然而，被指定為 Safe 級的 SCPs 並不代表在利用它或觸發它時不會造成危險。

## EUCLID

**收容測試** 如果你把它關進收容設施裡不做任何處置，你不確定將會發生什麼事，那它便應該是 Euclid 級。

**Euclid 級的 SCPs** 通常需要投入更多資源收容，或是它的已知收容方式不一定可靠。一般來說這是因為該 SCPs 還未能被研究透徹，或是它本來就難以預測。Euclid 級是最廣泛的項目等級，當一個 SCPs 難以歸入其他標準項目等級時，通常就會被歸為此類。需特別注意是，當一個 SCPs 具有感知能力、智力、能夠自主，多會歸類為 Euclid 級，因為它們具備自我思考的行動能力，並且難以預測它們接下來的行動。

## KETER

**收容測試** 如果你把它關進收容設施裡不做任何處置，它很容易便逃走了，那它便應該是 Keter 級。

**Keter 級的 SCPs** 極難持續或確實地收容，且收容措施往往是大規模和複雜的。因為對該 SCPs 的實際理解不足或缺乏技術，而難以對抗或控制住它，使得基金會往往無法順利的收容這類 SCPs。一個 Keter 的 SCPs 不一定代表該 SCPs 很危險，而僅是其非常難以收容或是收容代價極高。

## THAUMIEL

**收容測試** 如果它就是那個收容措施、手段或方式，那它可能就是 Thaumiel 級。

**Thaumiel 級的 SCPs** 是指基金會用於收容或抵制其他 SCPs 或異常現象的 SCPs。Thaumiel 級項目的存在都是基金會的最高機密，而它們的位置、功能及現況都只有 O5 議會及其他少數基金會人員知道。

# 維安權限分級

人員所被授予的基金會維安權限，即代表著該名人員被准許接觸的最高資訊層級或種類。

5 級權限
（Thaumiel 級）

5 級維安權限被授予給基金會中最高階的管理人員，並實際上給予了他們權限來不受限制地接觸所有戰略性資料、以及敏感性資料。5 級維安權限通常僅由 O5 議會成員與最為優秀的職員所持有。

4 級權限
（最高機密級）

4 級維安權限被授予給需要接觸到整個站點和 / 或區域性情報、基金會運行和研究計畫有關的戰略性資料的高階行政人員。4 級維安權限通常由站點主任、維安主任，或機動特遣隊指揮官所持有。

3 級權限
（機密級）

3 級維安權限被授予給高階的維安人員與研究人員，意即需接觸到收容項目的來源、回收情形以及長遠計劃有關的資訊的人。大多數的資深研究職員、計劃主管、維安人員、應變小隊成員以及機動特遣隊幹員都持有著 3 級維安權限。

2 級權限
（受限級）

2 級維安權限被授予給需要直接接觸收容項目相關資訊的維安人員與研究人員。大多數的研究職員、外勤特工以及收容專員都持有 2 級維安權限。

1 級權限
（保密級）

1 級維安權限被授予給，在收容項目周圍工作但並未直接、間接或從資訊層面上接觸到它們的人員。1 級維安權限通常由設施中具備收容能力，或是必須經手敏感資訊的文書人員、後勤人員或清潔人員所持有。

0 級權限
（限官方使用）

0 級維安權限被授予給非必要人員，也就是那些無須接觸基金會收容的異常項目、實體有關資訊的人。0 級權限通常由不受保護的人員所持有，像是文書人員、後勤人員或清潔人員等無法接觸運作資料的人員。

# CLEARANCE & CLASSIFICATION

人員是依據他們與潛在危險的異常項目、實體或現象的距離來進行分級。

● **管理員**

一個神秘人物，在基金會內扮演著重要但模糊的角色。可能是異常的，也可能是多人的。

## A 級人員

**任何情況下都不被允許直接接觸異常。**

● **O5 指揮部**

13 個人，對基金會及其機密擁有最終控制權。許多員工甚至不知道這群人的存在。

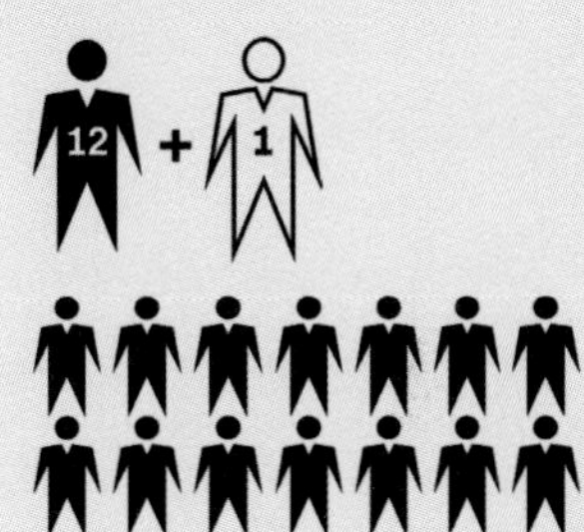


● **站點主任**

在指定地點的最高層人員，負責站點的收容和安全運作。

## B 級人員

**僅被允許接觸接受隔離，並被清除掉任何潛在的精神影響與模因媒介的異常。**

● **研究員**

來自各領域的科學家，其任務是了解無法解釋的異常現象。

● **外勤特工**

基金會的眼睛和耳朵。他們受過訓練來尋找和調查異常活動的跡象，通常是秘密的。

## C 級人員

**可以直接接觸大多數嚴格上來說不被認為具有敵意，或帶有危險性的異常。**

● **收容專員**

工程師、技術人員和其他負責對新發現的 SCPs 建立初步收容並且維護現有收容單位的人員。

● **戰術反應人員**

訓練有素、全副武裝的戰鬥小組，負責護送收容團隊並保衛基金會設施抵抗敵對行動。

● **維安人員**

現場警備人員負責確保基金會的實體安全和資訊安全。

● **機動特遣隊幹員**

來自基金會內各個領域，經驗豐富的人員所組成的團隊，被組織來應對特定性質的威脅。

## D 級人員

**屬於消耗性人員，被用於處理極度危險的異常事物。人員通常為監獄中那些被以暴力犯罪所判刑的囚犯，尤其是死刑犯。**

## E 級人員

**可以直接接觸大多數嚴格上來說不被認為具有敵意，或帶有危險性的異常。**

[PERSONNEL DOC _ 01]
[ID _ DOCTOR ██]

# UPDATED AMNESTICS GUIDE

# 記憶消除劑指南

記憶消除劑是一些用來消除或修改記憶的藥物統稱。在基金會裡被廣泛地用於進行記憶修改，發揮維持其祕密層級的基石作用。記憶消除劑通常是在對某些 SCPs 項目所產生的物質，進行特殊開發的過程中伴隨而來。然而，目前則正在開發效力相同，但更便宜且更容易製造的合成性記憶消除劑。

記憶消除劑發揮效力的基本原理，取決於大腦中神經連結所產生的影響。所注射記憶消除劑當中的活性成分會進行一種反應，其產物會以某種程度破壞這些連結，或是將其完全摧毀；記憶消除劑的效力愈強，受其影響的連結就愈多。藥物的引入會刺激體內特定激素的分泌，進而加強其效力。可程式化的記憶消除劑有助於形成新的神經連結，方法類似聰明藥，其使用需要 [ 刪除內容 ]。

記憶消除劑會依據其特性、用途、效力強度，以及運用方式進行分類。

## Ⓐ 一般逆行性失憶

**用於抹除最近和／或特定的情節記憶**

雖然 A 級記憶消除劑會隨機破壞記憶，但其主要影響的是位於「記憶再穩固窗口（memory reconsolidation window）」中，五到六小時之內的記憶痕跡（engrams）。這些記憶通常在腦海中占據最重要的位置，對於高度獨特的情節記憶尤其如此，例如遇到異常現象。這些藥劑對消除剛形成的記憶是非常有效的，但對於已經形成一段時間的記憶來說，只要記憶消除員重新打開記憶再穩固窗口，先觸發想要消除的記憶後，就可以有效地清除該記憶。

## 後退式逆行性失憶

**用於漸進式抹除近期記憶**

B 級記憶消除劑首先破壞新形成的記憶，然後再朝較舊的記憶推進。記憶被抹除的範圍取決於劑量，七十五毫克劑量平均導致約二十四小時的記憶喪失。這些藥劑非常適合刪除時間超過六小時的近期記憶，而不必觸發特定記憶。

## 靶向逆行性失憶

**用於移除任意時間點的特定記憶**

C 級記憶消除劑與高解析度的神經成像和穿顱刺激結合使用。神經成像儀先定位出位於大腦內特定的記憶痕跡，並在記憶消除劑抵達那些特定的記憶痕跡時，使用精確且非侵入性的方法（通常是超音波或磁場）來活化記憶消除劑。

C 級記憶消除劑的好處在於無論記憶何時形成，它們如外科手術般精確地移除記憶，並且非常適合在 D 級人員或無效化的人形 SCPs 釋放前，清除他們在記憶中的機密資料。C 級記憶消除劑的主要缺點在於它所需要的設備攜帶不便。因此，在基金會站點裡施用 C 級記憶消除劑是最有效率的，而目前也正在開發移動式現場記憶消除診所。

## D 前進式逆行性失憶
**用於消除早期記憶**

D 級記憶消除劑和 B 級恰恰相反。D 級先瞄準最舊的記憶，然後再向較新的記憶推進，效果取決於劑量。由於合適的應用範圍相當狹小，所以很少使用 D 級記憶消除劑。雖然在設計上，D 級記憶消除劑已經比其他類似物質的功效更強，但在使用上仍然需要極高的劑量。因此，它們的副作用風險非常高，可能導致生命的危險。應該注意的是，D 級記憶消除劑僅針對外顯記憶；內隱記憶，如個人在青年時期學到的技能，將不受影響。

## E 倦怠感 Ennui
**對異常現象引發心理上的順從**

坦白說，在描述 E 級記憶消除劑在心理學的效用上，「倦怠感（ennui）」並不是一個正確的專有名詞，若描述為「抗懷舊（anti-nostalgia）」藥物會更準確。雖然藥劑仍然以記憶相關的神經路徑為目標，但 E 級記憶消除劑並沒有破壞記憶本身；而是僅僅弱化路徑，同時將記憶與正面或負面的任何情緒分離，消除任何會引起某記憶的刺激，從而讓記憶本身自然衰退。

E 級記憶消除劑在無法抑制異常的情況下最有效，所以為了維持常態，異常必須被視為正常。E 級記憶消除劑讓對象接受世界現在的樣子，並忘記它曾有過任何的異常。

## F 神遊 Fugue
**用於消除與重建對象的身分**

與舊的 F 級一樣，這些記憶消除劑在對象身上引起神遊狀態（Fugue State），也就是一種解離性失憶症（dissociative amnesia）。對象將忘記他們的身分，可以由記憶消除員提供一個新的身分，或允許他們自己發展。

## G 煤氣燈 Gaslighting
**使對象懷疑他們記憶的真實性**

G 級記憶消除劑誘發記憶的失實化（derealisation），讓記憶顯得不真實或夢幻，進而導致對象懷疑記憶的真實性。標準 G 級記憶消除劑主要針對的是異常記憶，最恰當的施用時機是對象的記述缺乏任何實質的證據，且當無法鎖定特定記憶的時候。然而，針對非異常記憶的 G 級記憶消除劑~~已經被倫理委員會禁止。~~ 目前依據 05 議會的要求而正在開發中。

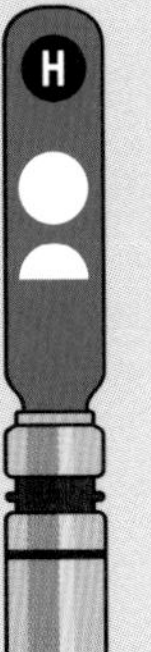

## H 順行性失憶
**防止形成新的記憶**

H 級記憶消除劑可以防止對象形成新記憶，只要藥劑在有效期間就能阻止記憶穩固（memory consolidation）。持續時間取決於劑量，七十五毫克平均維持約二十四小時。

## I 短暫型 Transient
**用於誘導暫時性遺忘狀態**

I 級記憶消除劑能透過阻斷負責長期記憶的神經路徑來導致暫時性失憶症，並且能暫時防止對象回憶過去。持續時間取決於劑量，七十五毫克平均維持約二十四小時。

## W-Z 記憶強化劑 Mnestics
**防護逆模因或其他記憶性異常**

W–Z 級是指記憶強化藥物（mnestic drugs），也就是防止或逆轉記憶消除的藥物，最常由逆模因部門使用。雖其功能與記憶消除劑相反，但兩者都是透過處理記憶的神經路徑來起作用，故有可能製造出非異常記憶強化藥物。

W 級記憶強化劑除了強化一般性的記憶以外，還可以使對象感知逆模因或保有逆模因的知識。X 級記憶強化劑恢復先前感知到逆模因的意識，或是恢復被壓抑的記憶。Y 級記憶強化劑賦予對象完美回憶在藥效持續時間內所獲得的記憶能力。Z 級記憶強化劑的單次劑量可以使對象終身在生理上不忘記任何事物。Z 級記憶強化劑是致命的，一般在數小時之內對象會癲癇發作導致死亡。

不建議將記憶消除劑與記憶強化劑合併使用。

AI PROCESSING POWER
ARTIFICIAL NEURAL NETWORKS
MACHINE LEARNING
SN/ 0000-0000-0001

# 目錄

# TABLE OF CONTENTS

基於此次實驗結果，今後將限制D級人員與SCP-ZH-105-2接觸的時間。

## 特殊收容措施▶

由於項目的不可移動性，SCP-ZH-105 將在原地收容。SCP-ZH-105 所在的建築目前被基金會所收購，所有的出入口皆上鎖且安排二十四小時保全系統監控，SCP-ZH-105-1 在未進行測試或維修時不予供電，並需在每個月五號讓基金會認可的工程師進行定期維護，以確保其可正常運作。

由於 SCP-ZH-105 異常並不包含建築本身，目前正在評估是否可作為負責項目之研究人員宿舍使用。

## 描述▶

SCP-ZH-105 為一空間異常。其中包含一座內部長 1.5 公尺、寬 1.7 公尺、高 2.5 公尺的小型單開式電梯（SCP-ZH-105-1）。位於高雄市██區的一棟屋齡二十五年的老舊公寓裡，該建築有五層樓高，一層有三間住戶，沒有地下室。

SCP-ZH-105 會被基金會所發現，是由於██區發生異常多起失蹤事件，多名失蹤者最後的行蹤都與這棟建築有關係。

SCP-ZH-105-1 平時可正常運作，僅在有符合特定條件的對象單獨進入 SCP-ZH-105-1，並且按下一樓按鈕時觸發異常。SCP-ZH-105-1 會開始持續向下運轉，電梯高度達到一樓後，從外部觀察會看到無人的電梯抵達一樓並維持正常運轉，而從內部觀察樓層顯示螢幕會出現隨機的四位亂碼並繼續向下進入異常空間，目前尚未得知這些亂碼有什麼含義。

目前確定可觸發異常的特定條件包含：

- 未婚
- 無扶養任何子女
- 經濟獨立
- 雙親其中一人仍然健在
- 超過半年未和原生家庭往來

SCP-ZH-105-1 運轉一段時間後會停在一個看似地下室的異常樓層，每一次運轉的時間都不盡相同。該異常樓層內部和整座建築的內部格局幾乎一致，只有一戶住戶，並且沒有任何的窗戶。不論有沒有敲門或是按電鈴，到了該樓層後五分鐘內，一名女性（SCP-ZH-105-2）皆會開門歡迎進入電梯的對象進門。住戶的構造和 SCP-ZH-105-2 的長相行為皆會因進入電梯的對象而有所不同，據實驗紀錄，住戶會和實驗對象原生家庭的住家一致，而 SCP-ZH-105-2 通常被形容為「和自己母親極為相似，但明顯是不同的人」。目前已知進入異常區域的人都未能歸來。

探索日期→二〇███年███月███日
負責人員→研究員███

（D-2684、三十七歲男性，據調查自二十歲離開原生家庭，至今十年沒有聯繫，並於三十一歲結婚後兩個月離婚且無任何子女，判定為符合條件。）

讓 D-2684 帶著手斧以及配有耳機的影音通訊設備從一樓進入 SCP-ZH-105-1，並按下一樓按鍵後，從外部觀察到 SCP-ZH-105-1 關上門並且再次打開，裡頭空無一物。從 D-2684 所持的影像設備中看到 SCP-ZH-105-1 持續向下運轉二十分鐘後開啟。

D-2684：終於到了，你們這個地下室到底挖多深？

**研究員███**：請看向你所在的地方唯一的那扇門，你認得這扇門嗎？

D-2684：真巧，這門跟我爸媽家的大門一模一樣，傳統的紅色鐵門，中間有張春聯，這個電鈴按鈕還真讓人有點懷念。

**研究員███**：知道了，謝謝。現在請去按一下電鈴等候應門。

（D-2684 按了下電鈴，SCP-ZH-105-2 馬上就前來應門，D-2684 短時間沒有反應。）

SCP-ZH-105-2：怎麼了，今天這麼晚回來，肚子餓了沒？

D-2684：……你們這在開玩笑嗎？

**研究員███**：沒有在開玩笑，你認識這個人嗎？

D-2684：當然，這人是我媽，你們這些神通廣大的科學家應該隨便查查就能知道了，對吧？唉嗯，你們甚至可以複製我的老家。

（此時 SCP-ZH-105-2 似乎是發現 D-2684 正在聯繫基金會人員且感到不悅，面帶微笑且不發一語的將他帶入門內，並安靜的在一旁等待。）

D-2684：等等，我收回剛剛那句話，這人肯定不是我媽，它太安靜了……我媽最討厭我跟別人講電話，但這個人真的長得很跟我媽一模一樣。

**研究員███**：了解了，那麼接下來請和這個人交談，並且照它所要求的去做。

D-2684：好吧。那個……你需要什麼嗎？

SCP-ZH-105-2：你打完電話了嗎？飯剛煮好而已，如果忙完了的話就快點趁熱吃吧。

D-2684：噢好的，嗯、我該怎麼稱呼？

**SCP-ZH-105-2：**過了這麼多年，你還是沒有原諒我嗎？你可以用你自己想要的稱呼來叫我，不過即使如此我還是希望你能叫我一聲媽媽。

**D-2684：**啥？不不不，小姐……你確實是跟我媽很像啦，但我媽才不會跟我說什麼趁熱吃晚餐之類的東西好嗎？她只會在我打電話的時候抽走我的手機然後對著我男朋友狂罵。

**SCP-ZH-105-2：**那時候……我現在對他也覺得很不好意思，而且我應該接受你的選擇。之後再讓我跟他聊聊吧，我得好好跟他道歉才行。

**D-2684：**噢！夭壽！這真的很奇怪，不好意思，我再打個電話。喂？我可以回去了嗎？我真的很不習慣看到跟我媽一樣的臉說出這種話，太詭異了。

**研究員█████：**好吧，那麼請你告知一下那位女士後就可以離開。

**D-2684：**好，那個……小姐，我差不多該回去了，可惜了你的晚飯，跟我媽的拿手菜真的滿像的。

**SCP-ZH-105-2：**你不是已經在家了嗎？還要去哪裡？

**D-2684：**我不住在這裡，我已經離家好多年了，再說這地方讓我很不舒服。

（D-2684 一邊說一邊走出家門，SCP-ZH-105-2 的表情看起來相當不捨。）

**SCP-ZH-105-2：**你又要離開了嗎？親愛的，我希望你不會感到後悔。

**D-2684：**好好好，再見。

（SCP-ZH-105-2 輕拍了 D-2684 的肩膀，後者隨後快步的走進 SCP-ZH-105-1 裡，在門關上後畫面突然一片黑暗。）

**D-2684：**呼，終於結束了，這電梯……它不動了，喂？電梯壞了，停電了嗎？

**研究員█████：**請嘗試看看所有按鍵。

**D-2684：**完全沒有反應，連門都打不開了，快想想辦法！

**研究員█████：**那麼，請試著利用你身上的工具破壞電梯的門。

（D-2684 開始劈砍 SCP-ZH-105-1 的內門，持續了二十分鐘，SCP-ZH-105-1 沒有出現任何損壞。）

**D-2684：**你他媽的一定是在整我，對吧？哈啊……這什麼電梯這麼堅固，斧頭快要壞了。

**研究員█████：**請繼續動作。

**D-2684：**吃屎吧！我不行了！頭好暈……我休息一下……

**研究員█████：**D-2684，請繼續動作。

**D-2684：**……

（D-2684 疑似昏迷後直到通訊設備電量用盡都沒有醒來，推測是因爲 SCP-ZH-105-1 的通風系統停止導致其缺氧。）

值得注意的是，通訊設備在異常空間中的耗電量比平時高了近百分之五十，且在異常空間內雖然有各種電器運轉著，卻沒有發現任何能夠充電的裝置。

## 探索紀錄 ZH-105-6 ▶

探索日期→二〇███年███月███日
負責人員→**研究員**

（D-3538、二十六歲女性，███大學電機系畢業，據調查滿十九歲當天離家，至今二年沒有和原生家庭聯絡，無任何子女。）

在實驗前準備中，讓 D-3538 了解 SCP-ZH-105-1 的構造，並讓她持小型工具箱及配有耳機的通訊設備進入 SCP-ZH-105-1。SCP-ZH-105-1 向下運轉了一小時十分鐘後開啟。

D-3538：哇，我這輩子還沒搭過這麼深的電梯。
**研究員███**：妳看到中間那扇門了嗎？
D-3538：噢，我、我看到了，我一定要打開它嗎？
**研究員███**：妳認得它嗎？
D-3538：跟我家的門是一樣的……我不想……
**研究員███**：妳可以在這裡等待有人開門，但等等妳必須和對方交談。
D-3538：好，我就待在這，離門稍微遠一點可以吧？
（三分鐘後 SCP-ZH-105-2 主動開門迎接，D-3538 倒抽了一口氣。）
SCP-ZH-105-2：啊！妳在外面做什麼？快進來啊。
D-3538：咦？為什麼……我不是……
**研究員███**：D-3538，妳認得對方嗎？
D-3538：我沒聽說過這個安排！你們為什麼要這麼做？為什麼偏偏是現在！
**研究員███**：我們沒有特別為妳安排什麼，請冷靜下來。

SCP-ZH-105-2：妳在打電話嗎？那可以進家裡打啊，客廳開著冷氣比較舒服呢。

D-3538：啊……好，對不起，媽。

SCP-ZH-105-2：對不起什麼？現在吃晚餐是有點晚啦，不過現在做還來得及，所以沒關係喔，我會等妳一起吃晚餐的。

（SCP-ZH-105-2 帶著 D-3538 進了家門後隨即去了廚房，D-3538 有些不安的坐在客廳的小凳子上。）

研究員█████：D-3538，發生什麼事了？

D-3538：我剛剛以為那個人是我媽……真的長得很像，聲音也一樣，但是又不一樣。

研究員█████：請具體形容一下不同之處。

D-3538：我媽媽不這樣跟我說話的，我要是超過門禁時間回家的話，它會……它在做飯？那個味道跟印象中真的一模一樣……

研究員█████：妳是指它比起妳所認知的溫柔許多嗎？

D-3538：不只，還有理性！這個人比我媽媽理性多了。

研究員█████：了解了，那麼……

SCP-ZH-105-2：█████（D-3538 本名）！妳餓了的話要不要先吃？我先把魚煎好了，妳喜歡魚對吧？

D-3538：我不……喂，我要怎麼辦？

研究員█████：妳可以決定要不要留下來用餐，但結束後就得離開。

D-3538：好。那個……等煮完再一起吃吧？

SCP-ZH-105-2：沒關係，快好了。或是妳可以先幫我準備一下碗筷，妳坐在這麼小的椅子上不會不舒服嗎？

D-3538：還好，那我就先去幫忙一下了。

（隨後 SCP-ZH-105-2 和 D-3538 一邊用餐一邊談話約三十分鐘，期間可以發現，雖然 D-3538 聲稱 SCP-ZH-105-2 不是自己的母親，卻不斷的以母親的立場進行對話，這使 D-3538 產生了混淆。）

研究員█████：D-3538，妳該離開了。

D-3538：啊？但是……還有菜還沒吃完。

研究員█████：但妳已經用餐完畢了，請告知對方並且離開。

D-3538：好吧……媽，我要回去了。

SCP-ZH-105-2：這麼晚了妳要去哪裡？天黑了一個人在外面很危險吧？妳需要什麼東西嗎？

**D-3538**：你、你之前明明都會要我出去就別再回來的，你也很久沒有煮我最喜歡的香菇了，因為哥哥討厭香菇。你已經……很久沒有好好聽我說話了……

**研究員█████**：妳說過這位不是妳的母親，D-3538，妳該離開了。

**D-3538**：我知道它不是！它很明顯就不是！但我……我之後能夠再回來嗎？

**研究員█████**：請明白妳的立場，我們不能接受這個要求。

**D-3538**：你懂什麼！我是不想淪落成這樣又見到我媽媽！她一定會用她知道的所有話來羞辱我！但是這個人接受了……它接受了現在的我……

（D-3538 開始哭泣，SCP-ZH-105-2 見狀露出了極度悲傷的表情，將 D-3538 擁入懷中。）

**SCP-ZH-105-2**：████，我不知道妳遇到了什麼困難，但妳是我的孩子。無論妳變成什麼樣子，妳可以一直待在這裡，媽媽一定會接受妳的。

**D-3538**：對不起……媽，我不會離開……

**研究員█████**：D-3538 ！妳——

（通訊設備被破壞，實驗中止。）

**基於此次實驗結果，今後將限制 D 級人員與 SCP-ZH-105-2 接觸的時間。**

## 探索紀錄 ZH-105-7 ▶

探索日期→二〇████年████月████日

負責人員→**研究員█████**

**(D-8477、三十一歲男性，在被逮捕並成為 D 級人員前是一名專門負責升降機的工程師。據調查自十六歲後離開原生家庭至今沒有聯絡，有一個孩子，但從未盡到扶養的責任，判定為符合條件。)**

**在實驗前準備中，讓 D-8477 了解 SCP-ZH-105-1 之構造，並讓他持小型工具箱及配有耳機的通訊設備進入 SCP-ZH-105-1。SCP-ZH-105-1 向下運轉了兩分鐘後開啟。**

D-8477：這電梯可真奇怪，接下來要做什麼？

**研究員█████**：請看一下那扇門，你認得它嗎？

D-8477：你這麼一說還真的挺眼熟的……對了，跟我老家的門很像。

**研究員█████**：好，那麼接下來請去敲門並等待有人應門。

（D-8477 敲響了銀色鐵門，SCP-ZH-105-2 馬上就打開門來迎接。）

SCP-ZH-105-2：你回來啦，忘了帶鑰匙嗎？

D-8477：這……你為什麼在這裡？

SCP-ZH-105-2：我在家裡啊？你……

D-8477：算了！喂？能不能跟我解釋一下？你們把我媽找來做什麼？

**研究員█████**：這不是我們做的安排，對方是你的母親嗎？

D-8477：當然！它……

SCP-ZH-105-2：你先進來吧？怎麼站在外面打電話？

D-8477：……我可能認錯了，但它跟我媽太像了，我不想看到它的臉。

**研究員█████**：請說明一下。

D-8477：這個人的個性跟我媽差很多，但是長得一樣，這玩笑太糟糕了吧？

SCP-ZH-105-2：█████(D-8477 本名），門開著這麼久會有蚊子飛進家裡，電話到家裡講好了。

（SCP-ZH-105-2 拉著 D-8477 想將他帶進門內，D-8477 大叫一聲並甩開 SCP-ZH-105-2 的手。）

D-8477：拜託你不要叫我的名字！我要閃人了，我可以走了吧？

**研究員█████**：可以。

SCP-ZH-105-2：你又要出門了嗎？需要什麼家裡應該都有喔。

D-8477：我不想跟你說話，我該走了。

SCP-ZH-105-2：沒關係的，我只是希望你能平安。

（D-8477 無視 SCP-ZH-105-2 的挽留，頭也不回的走進 SCP-ZH-105-1，在門關上後畫面陷入一片黑暗。）

D-8477：喂！停電了？

**研究員█████**：請嘗試從內部修復電梯。

D-8477：好吧，我得先找個燈什麼的……噢有了，還有螺絲起子。

（當 D-8477 打開內部構造的同時，SCP-ZH-105-1 的光源突然恢復，開始向上運轉，並且伴隨著尖銳的金屬摩擦聲。）

D-8477：它突然好了，應該是有什麼異物，但我沒辦法讓它停下來！

研究員█████：請繼續嘗試修復。

D-8477：我在修了！這聲音太噁了……那是什麼？

研究員█████：怎麼了嗎？

D-8477：凸出來了……？這電梯……

（SCP-ZH-105-1 自上方發出巨大的聲響並持續運轉，金屬摩擦聲逐漸增強。SCP-ZH-105-1 的牆壁看似從外部被擠壓變形。）

D-8477：這電梯是他媽三小？要被擠扁了！快讓它停下！

研究員█████：只有你能讓它停下來，請繼續嘗試。

D-8477：我沒辦法！快來救我！這真的會死！

研究員█████：我們沒辦法幫你，請繼續嘗試。

（SCP-ZH-105-1 的燈管被擠壓破裂使畫面只剩下手電筒的光源，D-8477 一邊哭喊一邊剪斷 SCP-ZH-105-1 的內部電線，這沒有阻止 SCP-ZH-105-1 運轉。）

D-8477：我會……嗚，我會死的……被你們這些騙子害死……

研究員█████：D-8477，只有你能救自己，請不要放棄嘗試。

D-8477：你給我閉嘴！我真的會……我不能動了……快來救我……啊 [ 已刪除資料 ]

（SCP-ZH-105-1 向上運轉了二十分鐘，中途因爲光源疑似損壞而無法拍到任何畫面，在通訊設備損毀前除了金屬摩擦聲和物品碎裂的聲音之外沒有任何線索。）

**報告結束**

SCP-427-1 實體。

圖像__ RUSLAN KOROVKIN

翻譯__ LOSTWHAT

來源__ SCP-WIKI.WIKIDOT.COM/SCP-427

## 特殊收容措施▶

SCP-427 目前沒有表現出任何會自行移動的能力或含有惡意的傾向，因此只需要最低限度的收容即可。由於項目可能造成的副作用影響，所以只有 3 級以上的醫務人員可以持有或使用此項目。所有使用項目的人員都必須清楚計算自己的使用時間，以避免出現計畫外的變異效果。SCP-427 所創造的 SCP-427-1 實體（俗稱「血肉野獸」）必須被立刻處決，因為無法與該個體進行安全的交流或進行任何實驗。出於上述原因，SCP-427-1 個體被分類為 Keter 級項目。

## 描述▶

SCP-427 是一個拋光銀製的小型球形吊墜盒，上頭有精美的刻紋，但上頭華麗的雕刻紋路似乎沒有任何功用。目前還未能得知當時在製造這個吊墜盒時，上頭的刻紋是否出自於具有知性的人的手。項目的直徑大約為三公分。

SCP-427 是在 SCP-914 的輸入隔間內放入一粒 SCP-500 藥丸並選擇「精製」旋鈕後製造出來的。當吊墜盒蓋關閉時，項目不會表現出任何異常性質。在打開吊墜盒蓋後，在吊墜盒中心能看見一個小型的發光球體。除了可見光以外，該球體構造不會發出任何輻射或能量波。

當 SCP-427 的盒蓋被打開並接觸到了生物組織後，項目會迅速的再生該接觸者的細胞，並以某種方式清除入侵組織的化學物質或感染物質。對照之下，普通感冒需要三到十天才能透過人體免疫系統完全治癒，但在接觸打開盒蓋的項目影響下，痊癒時間會縮短至二到四分鐘。項目的治療能力是有方向性的，因此任何沒有面對項目中央球體的東西，都不會受到影響。

然而，長時間與項目接觸會造成重大的健康危害。當項目治療損傷組織後，項目會強化接觸者的身體系統。在連續接觸十分鐘後，以對疾病或毒素的死亡率或半數致死量來看，接觸者的抵抗力增加了百分之五百，並在十五分鐘後增加為百分之一千。在接觸十五分鐘後，肌肉組織會開始被強化，力量和疼痛耐性會增加百分之二百至百分之三百不等。所有其他的組織也會繼續被強化。D 級人員在實驗中接觸該項目超過一個小時後會開始變異成一團不定形的血肉組織。持續接觸項目還會再加速這個過程。

由 SCP-427 所創造的「血肉野獸」（基於其外貌而得名）具有超乎想像的侵略性，並會以致命方式攻擊任何在視線範圍的人員。它們對大多數的已知武器都具有極高的耐性，但若施予足夠的物理性創傷或在超過攝氏一千一百度（華氏兩千度）的高溫下會失去能力。無法精準測量其智力，但透過與其他系統的比對，其大腦也很可能受到了強化。當完全變異為血肉野獸時，它們的智商可能超過人類的水準。

SCP-427 目前被用來當作 SCP-500 在某種程度上的替代品，因為項目幾乎也能夠治癒任何 SCP-500 能夠治癒的傷害。項目所賦予的所有「強化」都是累積性的。監督者議會認為副作用屬於「可接受的風險」，但使用者必須仔細地計算他們的接觸時間，否則身體變異太過時，將會成為使用者被處決的理由。

報告結束

## 特殊收容措施▶

SCP–025 本體與其收容室僅能在實驗期間開啟，收容室密碼僅能提供給具有權限的研究人員與維安人員。無需其他維安設施。

## 描述▶

SCP–025 是一個木製衣櫃，尺寸為 0.97 公尺 ×0.62 公尺 x1.95 公尺，裡面裝滿了各個年代的服飾。衣櫃內的所有物品被統稱為 SCP–025–1，與自一九二〇年至現代的數十種服飾風格相符。每個年代風格都有各自的一套服裝搭配，例如：聚酯纖維條

物件：實驗室白袍。

紋襯衫和炭灰色西裝褲，皆符合一九七〇年的流行風格。SCP–025 內服飾的共通點就是所有服飾的物況不佳，許多服飾具有衣魚啃蝕的痕跡，被撕裂或燒毀的服飾也十分常見。

當穿戴 SCP–025 櫃內的任何衣物後，穿戴者將會在二十四小時內受傷或死亡。當此異常現象出現時，導致受傷或死亡部位，毫無例外地，都跟衣物的破洞位置一致，不過，看上去，總像不相關的意外事件所致。戴上指尖被割掉的手套，可能會在切碎洋蔥時，因為簡單的烹飪意外而使手指尖被割掉；同樣地，穿著缺少袖子的雨衣時，可能穿戴者會因某種緣故，例如遭到野生動物的襲擊或遇上需要截肢的嚴重車禍，而失去裸露在外的手臂。若從衣櫃中穿上一件服飾後，將自己封鎖在一個沒有任何家具或工具的封閉室內，則穿戴者會自發地染上一種食肉菌感染症狀，這種感染會從服飾的缺陷處開始蔓延，或是服飾破洞缺陷處底下的器官將會開始衰竭。由此情況引起的細菌感染具有傳染的可能性。由於細菌導致組織壞死的速度極快，因此尚未成功對該菌種進行任何研究。若可能的話，建議將該菌種移入實驗室內進行武器化研究。

以下為 SCP–025 的實驗紀錄摘錄；文件將會在解密後進行更進一步的測試。

## 實驗紀錄 SCP-025，第一部分 ▶

**實驗對象→** D–778，一名四十二歲的白人男性

**服飾→**一九四〇年代的白色燕尾服

**缺陷處→**左肩具有撕裂處

**測試結果→**在特工██████的監視下，D–778 被允許自由出入設施大廳，在大約四十五分鐘內未發生任何事件。在█：███：███時，監視錄影帶和目擊證人的證詞都顯示 D–778 似乎試圖攻擊特工██████，隨後該特工使用匕首反擊並壓制 D–778，導致匕首正好劃開禮服撕裂處下的皮膚，在 D–778 的左肩造成了深一英寸的割傷。實驗於此停止，實驗對象被處決。

實驗對象→ D-690，一名二十六歲的白人男性
服飾→二〇〇四年的波士頓紅襪隊棒球帽
缺陷處→帽子後方缺少尺寸調整釦，前方的徽章已經掉落一部分
測試結果→對象處於一間封閉的室內，房間內放有一張桌子，桌子上放有一把傑里科「小沙鷹」九毫米手槍、一個燒烤用打火機和一把柴刀。D-690 選擇將棒球帽反戴進行測試，該決定對測試結果的影響尚未得知。實驗對象在數小時內拒絕觸摸桌子上的任何物品，僅在需要時要求提供水和食物。在四個小時未發生任何事件後，實驗對象拿起手槍查看，並將手槍舉至眼睛平視高度。手槍被意外擊發，子彈射進尺寸調整釦原先應在的位置，然後從徽章掉落處穿出。

實驗對象→ D-736，一名二十二歲的白人男性；D-771，一名二十三歲的白人男性
服飾→酒紅色針織毛線背心
缺陷處→衣魚似乎已經咬壞了一部分，毛衣的前方有幾個大洞
測試結果→研究人員要求 D-736 穿上毛衣，對象在研究人員的威脅下照做。另一名實驗對象 D-771 在雙眼矇住的情況下被交付一把手槍，並被要求在給予信號後向 D-736 的方向射擊六次。隨後，每發子彈都穿過了毛線背心上的某一個孔洞，殺死了 D-736，然後，衣服的其他部分卻完整無損。取回槍枝後，D-771 被帶回 D 級人員宿舍。

實驗對象→ D-771，一名二十三歲的白人男性
服飾→來自前次實驗的毛線背心
缺陷處→和上述缺陷相同
測試結果→ D-771 被帶入尺寸為 15 公尺 ×15 公尺 x15 公尺的空房，房間內唯一的物體為天花板的日光燈管。對象起初抱怨十分無聊，隨後以仰躺的姿勢開始睡覺。兩小時十四分鐘後，天花板上的兩根燈管突然脫落並掉下，正好都落在毛衣的洞口內，並在撞擊時破裂。其中一根燈管破裂成鋸齒狀碎片，並造成 D-771 身體多處穿刺傷，且每處都剛好是毛線背心已有的洞口，對象彌留六分鐘後死亡。為了盡可能的減少損壞周圍設備，後續實驗將選擇其他區域。

實驗對象→ ████博士［此實驗為計畫外的實驗；一名身分不明的人在████博士的桌上留下了 SCP-025 櫃內的一條圍巾，和博士原本的圍巾相似。若知曉關於此事件或兇手的任何信息，應立刻報告給上級人員。］

服飾→一條輕巧的圍巾，染有多種顏色

缺陷處→嚴重的拉扯導致圍巾中段變得短而緊

測試結果→根據行程表，圍著來自 SCP-025 的圍巾的███博士應要在██/██/█前往 SCP-███的收容室進行例行性測試。然而████博士沒有按照合理的路線前進，而是朝著完全相反的另一側走去。接著，博士在沒有任何同伴或沒有遵循維安程序的情況下，進入了 SCP-173 的收容室，並在聽見門關上時眨了眼。死因是氣管被壓碎導致的勒死。

實驗對象→ D-802，一名三十歲的西班牙裔女性

服飾→一九八〇年電影「閃舞」風格的白襯衫

缺陷處→右肩被移除，左袖完全被切斷，整個下襬裁成流蘇狀

測試結果→［已刪除資料］。假定所有在場者均受感染，因此將感染者隔離並［已刪除資料］。由於上述實驗帶來的損失和安全隱憂，所有關於一九八〇年時尚風格的進一步測試都將無限期擱置。預計完全清理完成還需要██週。

★進一步的測試已獲得授權；測試結果等待解密中。

報告結束

根據█所描述的 SCP-1529。

圖像＿ DMITRY DESYATOV

翻譯＿ MILK2015

來源＿ SCP-WIKI.WIKIDOT.COM/SCP-1529

## 特殊收容措施▶

無論天氣和光照是否允許，SCP-1529 的原生環境皆受望遠鏡和衛星的監視。分別位於尼泊爾 ██████、中華人民共和國 ██████ 的兩處基金會的永久監視站會負責全年監視。在年初天氣較好的時候，基金會的一個子公司，南珠穆朗瑪運輸（South Chomolungma Portage）將在山峰的北側高坡和南側高坡的大本營建立前進監視營地，並在天氣狀況允許的情況下（除了在北側高坡上的第六營地和南側上的第四營地），在更高的高度上建立營地。這些營地會持續運行直到天氣狀況使得整個山區的人員都不得不撤退為止。當 SCP-1529 開始行動，望遠鏡監視將通過一個 7 秒延遲的機制來進行監視，藉此避免發生類似事故 1529-2 的情況。若有必要和足夠的安全時，應透過飛機或直升機來進行監視。

基金會應與所有民間探險隊保持聯絡與合作，以便在 SCP-1529 行動時，阻止任何試圖到達峰頂的人。碰上 SCP-1529 而遭遇不測的健行者屍體，應馬上從現場移除並進行屍檢和處理。所有與 SCP-1529 相關的傷亡，對外應使用自然原因造成的高空病和體溫過低的官方說法。而且需盤問倖存者和目擊者，並在隨後實施 B 級記憶消除。

機動特遣隊 29029-02，稱之為「Alpine Echo」，應駐紮在位於█████的基金會監視站並隨時準備出動。在執勤中，所有機動特遣隊的成員應隨時在一個加壓環境中待命，使其適應海平面七千九百公尺以上的環境。若再次發生類似事故 1529-1 的情況，Alpine Echo 應乘坐直升機部署到山上並執行 September Chill-8。

## 描述▶

SCP-1529 是一個人形個體，居住在尼泊爾境內的珠穆朗瑪峰附近、海平面八千公尺以上的「死亡區」內，人類被證明無法適應此類環境。SCP-1529 的身高和體重都與普通人一樣，並且從頭到腳都穿著白色的標準登山服和登山靴，整個臉都被登山大衣的兜帽和一個巨大、不透明、似乎是黑色護目鏡所遮蓋，至今並沒有觀測到穿戴其他衣物。除非透過望遠鏡，否則很少人能夠親自觀察過 SCP-1529 還倖存著，所以至今無法確定這些衣服只是衣服，還是它身體的一部分，或它整個都被埋在衣服裡。（除了依照調查 1529-1 之外。）

在一九七〇年代，當每年對珠穆朗瑪峰做例行性探險已成普遍性時，基金會開始留意到 SCP-1529。那時已有流言在登山營地間流傳，說有一隻「怪物」出現在峰頂附近。一九九九年，發現了一位名叫喬治．馬洛里的遺骸，基金會在遺骸中發現了他的相機內有未沖洗的照片。那些照片後來顯示在他試圖到達峰頂時，SCP-1529 出現並且是活著的狀態。在那時的照片中，SCP-1529 的外觀與今天並無明顯的不同（基金會控制下的媒體隨後宣布從沒有發現喬治．馬洛里的相機，而他本人則是死於墜落）。

在陽光充足且雲層狀況可以對山體進行監視的期間內，SCP-1529 平均有百分之████的時間被觀測到。在百分之████的時間裡，SCP-1529 都處於「未啟動」並靜止不動地躺著或坐著。紀錄中的未啟動時間可以從十七分鐘延伸到八個月之久，都有可能；平均未啟動週期是 23.4 天。當「啟動」時，可以觀測到 SCP-1529 會在山體上頂部和峰頂附近爬行，但是沒有明顯的移動方向。SCP-1529 在爬行時除了手和腳外，並沒有用到任何工具或登山輔助物，且會無視之前登山者裝上的導繩或梯子。SCP-1529 被證明可以在山脈的表面來去自如，且可攀爬一般傳統登山者無法攀爬的山體表面，甚至從來沒有被觀測到曾墜落或鬆手，而且看起來零下溫度、烈風、稀薄空氣和低氣壓對它都毫無阻礙。其啟動和未啟動狀態之間的切換原因未知，證明與天氣、時間、山上的人類活動、季節或年分皆無關。SCP-1529 從來沒有被觀測到下降低於海拔八千公尺以下的地區（除了事故 1529-1 外）。記錄到的啟動時間從三小時到可能的六天不等；啟動狀態的平均值是 15.2 小時。至今還不可能在夜間觀察 SCP-1529，因為紅外線圖像顯示 SCP-1529 和其周圍的山體溫度並無差別。

喬治・馬洛里，在一九二四年登山時死亡的英國登山者，幾乎差一點就成了成功登頂的第一人。

若人類登山者在 SCP-1529 處於啟動狀態時爬上了海拔八千公尺區，SCP-1529 則會衝向他們並擋在他們和峰頂之間。SCP-1529 似乎偏好攻擊獨自登山的人，或在團體中離開團體走在前方或後方的落單登山者。又或者，直接把目標對準群體中的個別登山者。一旦 SCP-1529 進入登山者的視野，它會試圖引起對方的注意，使對方和它發生目視接觸。一旦發生接觸，受害者就會受到一種催眠效應的影響，發現難以移開對著 SCP-1529 的視線，並會開始覺得溫暖和舒適，然後會坐下並放鬆。一旦登山者停止移動，SCP-1529 會接近登山者並［已刪除資料］。在與 SCP-1529 發生目視接觸的一到二小時後，登山者一般就會死於體溫過低。如果登山者停留在峰頂附近時，這個過程將會加快。SCP–1529 的受害者在死亡後，他們的屍體會極其快速的腐爛。在死後數小時或數天，屍體會徹底腐爛並木乃伊化，就像已經在山上死了數十年一樣。

自一九二四年以來，已經有約兩百二十人死在珠穆朗瑪峰的高海拔區，據信，SCP–1529 至少殺死了其中的███人。██人在接觸了 SCP–1529 後倖存了下來（除了調查 1529–1 外），幾乎都是因為在 SCP–1529 與他們發生物理接觸之前有其他登山者幫助了受害者。SCP–1529 似乎一次只能影響一名登山者；儘管如此，SCP–1529 若與多名登山者接觸會導致[已刪除資料]。SCP–1529 的目的和動機未知；推測見調查 1529–1。

## 事故 1529-1 ▶

在一九███/███/███，SCP–1529 進入了位於海拔七千七百七十五公尺的北側第五營地，並[已刪除資料]。有███人傷亡，包括負責運轉營地監視點的基金會人員在內。基金會控制著媒體的官方說法，將事故歸結於突如其來的風暴以及死者之一、遠征隊策畫者█████ █████的粗略計畫所導致。當時 SCP–1529 進入啟動狀態是在夜間，所以無法觀測，且無法用望遠鏡找到它。此次 SCP–1529 移動到海拔八千公尺以下的地區，並進入有人居住的營地來看，是至今為止第一次也是唯一一次記錄到的案例。

## 事故 1529-2 ▶

在二〇███/███/███，特工█████在位於中國境內的永久設施裡，用望遠鏡發現了 SCP–1529，當時它正在峰頂附近並處於啟動狀態。█████報告說 SCP–1529 正面對著站點，直接對準了望遠鏡的所在位置。█████馬上受到了和 SCP–1529 直接接觸者一樣的影響，並報告說 SCP-1529 正在下山，對著永久設施直衝而來。███在開始接觸後的十七分鐘，由於無法自行移開視線，███被其他人制伏並注射了鎮靜劑。當他被送往設施醫務室後，發現他的核心體溫只有攝氏二十七度，儘管他在開始監視後一直是待在溫度為攝氏二十四度的室內，而他的手指和腳趾都出現了凍傷的痕跡。在███被送走了，特工███繼續進行觀測並發現 SCP-1529 還在下山中，而特工也遭遇了類似的情況。望遠鏡的監視隨後中斷，直到██/██，當時空中的監視證實 SCP-1529 已經返回高海拔區且進入未啟動狀態。

## 調查紀錄 1529-1 ▶

被調查者→ L ███ ███，稱之為「L」

調查者→特工 ████

前言→在二〇██/██/██，L 在到達峰頂後不久，SCP-1529 就進入了啟動狀態，報告指出 L 隨即被殺。儘管如此，在差不多兩天後，第二支小隊到達他所在的位置時，發現他還活著，並安全地將他送下山。雖然他的指尖和腳趾因凍瘡進行了截肢，但是他仍康復了。下列報告是在 L 出院前對他進行的調查。

紀錄開始

███：告訴我，你在碰見了怪物後發生了什麼事？

L：大概是下午一點左右，在離開峰頂後我感覺還沒到十分鐘。這是登山最難的一段。你到達了峰頂，非常興奮，並感到自豪，覺得完成了生命中最艱難的一次挑戰，然後你發現你必須馬上再重新經歷一次。然而，實際上你一定要掉頭，否則就得和綠靴子[1]一樣的下場。其他人在我前面五到六公尺處。當我因為調整我的兜帽時，我落後了一會兒，那時候我看見它從山嶺上過來了。

███：你看見它的第一反應是什麼？

1. 對澤旺．帕卓屍體的暱稱，一九九六年他穿著一雙極具特色的亮綠色登山靴，後來死在北側山峰的主要道路上。

L：至少是很驚訝。我們被告知今天沒有其他人登山。我認為它一定是從另一側爬上來的，或被它的夥伴落下了。我大聲呼叫並揮手引起它的注意。

█████：你引起了它的注意後發生了什麼？

L：它看著我，然後就開始了。我一下子感覺……快樂？放鬆？感覺就像痛苦、悲傷和寒冷都離我而去了。我感覺不到我腳上的水泡了，我的鼻尖也恢復了感覺。這就好像我回到了█████正把雙腳放在壁爐前面烤火一樣，感覺我忘卻了一切煩惱，而我正在享受一次徹底的休息。不過……

█████：……不過？

L：你沒聽說過反常脫衣現象嗎？當你的身體開始冷下來，真正的冷下來，你的血管就擴大，而你就會感覺暖和起來，於是你開始脫衣服，因為覺得需要冷卻一下。之後每個人都知道會發生什麼，你赤條條的蜷縮在雪堆裡凍死了。我有個朋友在一九九八年就是這麼死的。就我所知，他現在還蜷縮在希拉蕊臺階（Hillary Step）[2]旁邊。

█████：所以你感覺這一切都是幻覺？

L：當然。所以我試著想要擺脫他，但我的視線無法從那個人的身上移開，而它正爬向我。然後一切都變得糟糕了。

█████：然後？

L：所有溫暖和舒適的感覺都沒了。我一下子覺得冷，比我之前覺得的還冷，冷得比我感覺到的還冷。我沒法感覺到我的指頭和臉，我的嘴唇凍裂了。當我試著呼吸，結果感覺肺部全是水。我的腿似乎給鉗住了，然後我就倒下了。我的夥伴離我差不多有三十公尺遠。我試著朝他們大叫，但結果都只是像呢喃般的輕聲細語。我看著那個人……那個東西……還繼續靠近。

█████：它花了多久時間到你面前？

L：一小時？我不確定。我沒法看手錶，也沒法感覺到任何東西。我試著在地上移動胳膊，結果卻是我的腿動了。那時，即使看樣子我恢復過來，我也無法在黃昏前回到營地了。我開始認為我這次真的要死在山上了……不過，我更擔心那個。它越靠近我，我就越感覺我腦袋後有什麼東西，某種被壓抑、威脅，或甚至更糟的，憎恨。

█████：它到達你面前後發生了什麼？

L：它用手臂抓住我並把我拉到它面前。我直視著那護目鏡，那眼睛……

**2. 東南側的一塊岩石，用愛德蒙．希拉蕊爵士（Sir Edmund Hillary）的命名，他是第一個在一九五三年成功登頂的人。**

█████：是護目鏡還是眼睛？

L：都不是。都是。我不知道。我好像能看見那裡面有東西，好像又看不見，這麼的……感覺到，腦海裡的圖像和感覺，憤怒、快樂，和……混亂。

█████：混亂？

L：它應該不習慣有人反抗它。它問了一個問題。

█████：它說話了？

L：不是話，不像。我可以聽見它，不過不是用耳朵聽。我看見了——有人坐在浴缸裡，躺在營火邊，在海灘上曬太陽，溫暖、快樂的人。不過我知道他們的臉。我在書上見過他們的臉，在圖片裡，是那些上了山卻沒有下來的人。我看見了綠靴子！那個還倒在死亡區的人，而且我聽見了它的問題。

█████：什麼問題？

L：「你會拒絕我的禮物嗎？」

（L在此時十分不安並沉默了一會）

█████：繼續。

L：我很難感覺到發生了什麼……不過，我知道我眼前的這東西，它的威脅性比任何風暴或雪災來的更大。那時要張開我的嘴唇簡直比我做過的任何事都難……不過我做到了，我告訴它「是」。

█████：它如何回應？

L：我看見了更多圖像，同樣的人，倒在雪中，已經半死不活的，我可以感覺我是從它的視角在看他們，它曾經［已刪除資料］他們。我一直都凍得厲害，它沒對我說更多的——不過它對我很生氣，它感覺被冒犯了，很憤怒，很震驚。它試圖告訴我不懂得感激——當它［已刪除資料］時，我無法感到平靜，每分鐘都必須感受到它。我問它：「你為什麼要這麼做？」

█████：它說了什麼？

L：它嘲弄了我。（L再次沉默了。）

█████：拜託，我再問幾個問題，它怎麼嘲弄你？

L：它……它讓我看了其中一個受害者。可能是第一個，一九二四年的馬洛里。那張臉對我而言就像是母親的臉一般熟悉，不過我從來沒見過那種樣子的臉……或那個情況的。他趴在那裡，虛弱、凍傷，正在死去，我從它的視角看著他朝這東西揮手並喊叫。它看著他的眼睛，然後它［已刪除資料］。它讓我看著那時刻的每一秒，我感覺比死了還難受，然後它告訴我……

（L 沉默了。）

█████：告訴你什麼？

L：「因為它就在那裡。」[3]

█████：然後發生了什麼？

L：我沒有讓［已刪除資料］發生在我身上。它把我舉得高高的，所以我揮了拳頭。我打了它，用力地打它，用盡我最後的力氣，就打在護目鏡上，護目鏡碎了，我看見了護目鏡後面的東西。

█████：是什麼？

L：［已刪除資料］我在那之後記不得太多，我只知道必須爬回我的行軍帳篷裡。在那之後他們發現了我。

< 紀錄結束 >

近況→在 L 接觸 SCP-1529 後，無論它是否啟動或未啟動，已經有五個月又十七天十九個小時沒有再觀測到它。後來觀測到它時，它的護目鏡沒有任何損壞或磨損的跡象。L 在二〇███／███／███去世。在基金會控制下的媒體報告了死因是年幼時暴露於石棉而引起的併發症。之後基金會進行的驗屍，發現 L 在死亡之時遭受了嚴重的體溫過低、凍傷和腦水腫。L 在遭遇了 SCP-1529 後就從登山界中引退，在他死前的十二個月裡，他再也沒有登上過任何超過海拔五百公尺的地區。

## 附錄▶

在二〇███／███／███，空中監視截取的圖像顯示一個類似 SCP-1529 外觀的個體出現在█████ █████ █████附近的峰頂。由於█████政府已經下令禁止攀登，其威脅程度十分微小。對█████ █████的空中和衛星監視將定期進行，直到能夠建立永久監視站為止。

3. 一九二三年紐約時報採訪馬洛里時，問及他為什麼要攀爬珠穆朗瑪峰時，馬洛里正是如此回答。

報告結束

## 特殊收容措施▶

SCP–035 需存放於至少十公分厚的玻璃箱內。玻璃箱務必收容在以鋼、鐵及鉛保護的收容室內。非供人員進出時，收容室應隨時保持以三重鎖扣上的狀態。隨時至少有兩名武裝維安人員保護著項目。他們必須待在門外，且在任何情況下都不得進入收容室。站點內需要一名受過應對訓練的心理學家隨時待命。無論如何，研究人員絕不得接觸 SCP–035，每兩週必須將 SCP–035 移至新的密封箱。基於 SCP–101 對 SCP–035 的「腐蝕」無任何不良反應，被拋棄的玻璃箱應透過該項目進行處置。在項目具有宿主時，任何接觸項目的人應立即接受心理評估。

目前收容在玻璃箱內的 SCP-035。

## 描述▶

SCP-035 外觀是一個白色的陶瓷喜劇面具，但偶爾會轉為悲劇面具的模樣。在項目轉化外表的情況下，SCP-035 所有現存的外觀視覺紀錄，包括照片、影片，甚至是畫像都會自動轉化，以符合新的外觀。

SCP-035 的眼部和口部會持續滲出一種具高度腐蝕性、病變性的黏稠液體。任何物質在碰上此液體後，會在一段時間內逐漸腐化，直到完全腐爛為一灘汙染物為止，具體腐化時間取決於物品的材質。在所有材質中，玻璃的腐化反應似乎進行的最慢，因此被選作為項目收容容器的材質。活體生物接觸到此物質也有相同腐化的影響，且無恢復的可能性。該液體的來源未知，只能從面具的正面看見液體，背面不會滲出液體，而從背面也看不到正面流出的液體。

直視 SCP-035 或處於其周圍 1.5 到 2 公尺內的人，會感受到想要戴上項目的強烈欲望。當 SCP-035 蓋住某人的臉部時，來自 SCP-035 的替代腦波模式會將宿主的腦波蓋過，有效率地使宿主窒息而導致腦死。替代的腦波接著會自稱擁有 SCP-035 內部的意識，它「佔據」的身體會以極快的速度腐化，最後幾乎變成一具木乃伊化的屍體。儘管如此，SCP-035 對結構損壞嚴重的人類身體，甚至當身體腐化到無法活動的時候，SCP-035 也能夠維持認知控制的能力，當項目被置於動物的臉上時，則不會觸發任何異常現象。

基於 SCP-035 聲稱其經歷了許多重大歷史事件，因此與 SCP-035 進行對話被證明是有益的，研究人員因此得以了解了許多有關其他項目和歷史的細節。SCP-035 表現出的人格極為聰明且具有魅力，以讚美和親切的態度對待那些與它對話的人。在給

SCP-035 安排的所有智力與能力測驗中，正確率均高達百分之九十九，且似乎擁有過目不忘的記憶能力。然而，心理分析發現 SCP-035 具有高度操縱性，能夠迫使訪談者的心理狀態發生突發且深刻的變化。SCP-035 被評斷具有高度的施虐癖好，善於唆使某些人自殺，並僅使用言語溝通就能夠將他人轉變為幾乎不會進行思考的盲從僕人。SCP-035 宣稱它擁有關於人類心理運作方式的深度知識，並暗示如果給予足夠時間，它能夠改變任何人的觀點。

## 補充▶

SCP-035 在一八███年於威尼斯一棟廢棄房屋的密封地下室中被發現。

**附錄 035-01**→SCP-035 被發現能夠佔據任何人形物體，包括人體模型、屍體和雕像。SCP-035 能夠使用任何上述的物體進行活動，進而減少了將項目使用於活體對象的需要。儘管如此，任何被寄宿的物體仍不可避免地會腐化至無法動彈的狀態。

---

**附錄 035-02** → SCP-035 說服了數名研究人員幫助它獲得自由，並以此進行了一次逃脫嘗試，此次嘗試以失敗告終。所有接觸 SCP-035 的人員被處決，並將對未來可能接觸 SCP-035 的所有人員實施強制精神評估。

---

**附錄 035-03** →已確認不管 SCP-035 是否擁有宿主，它皆能夠進行心電感應，甚至進入他人的潛意識中，獲得他人的知識。挑選與 SCP-035 談話的對象時，應極度謹慎。

---

**附錄 035-04** → SCP-035 表現出對其他 SCP 項目的興趣，最顯著的是 SCP-4715 和 SCP-682。███████博士擔心若 SCP-035 和任一項目結合，它們的回復能力會抵消項目的腐化效果，並讓 SPC-035 獲得一個永生的宿主。

---

**附錄 035-05** →基金會在 SCP-035 嘗試幾次突破收容之後，審議了有關 SCP-035 的事件紀錄，高層下令決定將它永久密封於收容室內，禁止讓它再擁有其他宿主。幾名人員對此決議表達抗議，甚至使用暴力進行抗爭。最後直接的下場就是所有曾接觸 SCP-035 的人員皆受到處決。考慮到未來的收容，所有可能和 SCP-035 接觸的人員皆應經常更換，即使它處於休眠狀態中也是同等辦理，並盡可能的減少接觸人數。

---

**附錄 035-06** →在 SCP-035 周圍十公尺內的工作人員，他們報告最近感到不適，並描述聽到無法理解的細語聲，以致數名員工罹患嚴重的偏頭痛。雖然重新掃描 SCP-035，但它的休眠狀態並無改變，也未錄製到任何其他聲音。以探索項目行為的新變化

為前提，暫時恢復 SCP-035 能獲得宿主的提議再次被提出。（否決）

---

**附錄 035-07 →** SCP-035 收容室的牆壁開始分泌一種黑色物質，雖然該物質被數種外來且未知的物質嚴重汙染，但在測試後，結果確認為人類血液。該物質具腐蝕性，pH 值為 4.5，且牆壁長時間暴露於該物質下被證明有害牆壁結構的完整性。

更值得注意的是，血液似乎在牆壁上形成圖樣。一部分像是各種語言的段落，包含義大利文、拉丁文、希臘文和梵文，翻譯仍有待進行。其他部分似乎是描述儀式性的獻祭和肢解殘害的圖案，通常做出這些行為的人是想獲得奧祕的知識。一些職員震驚地注意到，所有這些牆上描述的犧牲者的長相，都不可思議地和基金會裡的其他職員或其親友有著相似的地方。

研究員抱怨在房間內觀察新形成的圖案時，會聽到嘈雜的細語聲及有著不規律的高頻、令人不安的笑聲。

每天在 SCP-035 收容間附近工作的人員，發生了嚴重的士氣低落的狀況。不論是否接觸過 SCP-035，該區員工一直有著很高的自殺率。在 SCP-035 的休眠行為中，唯一發生變化的是安置收容項目的玻璃箱。玻璃箱受到損害的機會大幅提高，足以讓玻璃偶爾破碎，造成 SCP-035 汙染物的大幅擴散。這經常發生在最不適當的時機，到目前為止，總計造成研究人員及清潔人員中，六人受傷及三人死亡的結果。

---

**附錄 035-08 →**考量被指派到 SCP-035 收容室內翻譯文字的研究團隊成員發生大量的自殺或殺人案件，還有工作區域內的士氣低落，以及大量工作人員在對應 SCP-035 時發生死亡或精神錯亂的損失，當前已經決定將 SCP-035 收容間的內牆及外牆使用 SCP-148 覆蓋，因為 SCP-148 被證明對 SCP-132 的收容有效（見文件 132-01），希望也能阻擋 SCP-035 所散發的強烈負面情緒。

---

**附錄 035-09 →** SCP-148 的使用有效，讓士氣及自殺率回到之前還沒收容 SCP-035 時的程度。

然而，這種材質似乎增強了收容室內的負面情緒，在收容室內造成了名副其實的

「溫室效應」。在收容室裡的人員稱他們感到強烈的憂慮、恐懼、憤怒跟普遍的沮喪感。在進入收容室後也會聽到持續不斷、難以聽清楚的耳語。長期待在收容室內會造成偏頭痛、促成自殺傾向、在眼睛周圍及口鼻內部的血管出血、普遍敵視他人，以及耳語提高到幾乎可以震耳欲聾的聲量，並伴隨著持續的嘲笑聲。暴露超過三小時後，受影響者將不可避免地陷入深度精神疾病，並嘗試傷害自身或他人。儘管一些受影響者並不會說拉丁語或希臘語，但是其中大多數人說著這些語言。

牆壁上，以文字或圖形存在的血不成比例地增加，牆壁變得雜亂無章，且圖案開始彼此重疊。該物質被證明不只清理困難，甚至具有比原先紀錄中更強的腐蝕性，pH 值約為 2.4。目前為止，牆壁在此物質的腐蝕下約能維持兩個月的時間。

收容 SCP-035 逐漸變得越來越困難，而讓它重新獲得宿主權力的爭論再次被提起。（否決）

---

**附錄 035-10** → SCP-035 收容室的牆壁、天花板和地板已經被血液完全浸透。所有進入及看守此區域的人員需穿著全套危險物質防護衣。清潔工作持續進行中。

---

**附錄 035-11** →在 SCP-035 的收容空間內發生的現象規模、強度和重複性提高到令人擔憂的程度。已知收容間的門會在人員進入內部時自行鎖上，且會有一段時間內無法打開。一些肢體會從較大的血灘內出現，且時常嘗試抓住或傷害附近的人員。員工開始見到模糊的幻影。雖然無物理原因，但電子設備在收容空間內無法運作，且電燈無法通電，迫使那些進入收容間的人員使用非電力的光源。

清潔工作對牆面的清理效果微乎其微，且牆壁以非常高的速度腐化，牆壁最好每週更換一次，但血液讓更換行動難以進行。SCP-035 可能需要被完全移至一個新的收容室，將舊的收容室封鎖，並與其他設施隔離。

**報告結束**

事件：029-53b。

## 特殊收容措施▶

SCP-029 被監禁於 5 級收容措施內。不得讓它接觸任何物品。項目的密閉牢房必須設置三重氣密鎖，以防止項目脫逃。自從事件 029-34a 後，取消對 SCP-029 的餵食，原因為項目似乎無需食物也能生存。項目的收容措施內必須至少有三名維安人員值班，並同時至少有兩名維安人員透過監視系統保持監視。

已在收容措施內的牆上安裝投光燈，並始終保持開啟狀態。每月清掃一次收容措施並檢查是否有損壞或缺漏。

無論在任何情況下，皆禁止男性以任何方式接觸 SCP-029。任何接觸 SCP-029 的男性將受 3 級拘留，並在處決前進行訪談。

SCP-029 曾提出的要求：

- 一張床（被拒絕）
- 毯子（被拒絕）
- 書籍（被拒絕）
- 衣服（被拒絕）

這太荒謬了，這個女孩子居然連衣服都不能穿？
她又不是野獸，讓她多少遮掩一下吧！

——艾瑞卡．波登博士

波登博士，你被允許親自運送衣服給 SCP-029。

——萊特博士

自事件 029-53b 起，任何可能接觸 SCP-029 者都必須先觀看錄影紀錄 029- 波登，以明白所有 SCP 項目的危險性，尤其是 SCP-029。

## 描述▶

SCP-029 看上去是一名處於青春期的印度裔女性。項目似乎患有全身性禿髮症，超過百分之八十的體表為純黑色，而其餘的皮膚則完全不具有黑色素，類似於白化症。項目的眼睛也是深黑色。SCP-029 具有強烈的殺人傾向，並表現出能夠將任何物品作為武器使用的能力。但它非常地不願令受害者流血，會盡可能的勒死受害者。SCP-

029 的身體反應速度為常人的四倍，對各種形式的傷害，同時也表現出強大的抵抗力。不過在自然或人造的明亮直射光源下，這兩種異常能力都會大大的減弱。此外，任何進入 SCP-029 感知範圍內的男性人類，都會被 SCP-029 所控制，並依照它的意願行動。被影響的人類甚至願意為了 SCP-029 而殺人，或是為了它而死。

SCP-029 稱自己為 ████。大致翻譯為「暗影聖女」、「夜影之女」或「黑暗的女兒」。由於 SCP-029 不斷企圖殺死嘗試與它交談的人，SCP-029 的訪談都難以進行。經過多年的收容後，它皮膚上的黑色斑塊逐漸擴大。

SCP-029 最初被一名在印度農村工作的特工發現，並引起基金會的注意。在一次差點賠上性命的調查中，他發現一群自稱為「屠者」的信徒，宣稱他們是為了「聖女」而奉獻。持續數週的調查顯示，信徒相信整個世界位於「爭鬥時」的最後幾年，唯有獻上一百萬人的性命給暗影聖女，才能夠召喚他們的女神，並引發世界末日。他們還認為，只有透過絞殺方式結束的生命才能夠被算入。該特工成功潛入他們位於山區的據點，並發現了 SCP-029。在失去與該特工的聯絡後，[ 已刪除資料 ]，最後以 SCP-029 被收容而告終。

## 附錄▶

被收容七年後，SCP-029 體表的黑色素開始出現異常的擴大。當被問及時，它聲稱「自己的信徒再次開始活動」。經過調查，基金會發現了一些信徒，他們是當初成功逃離基金會的最初消滅行動的「屠者」。在發現「屠者」正在該處進行傳教活動後，基金會使用空襲予以消滅。當第一發飛彈引爆時，SCP-029 立即從睡眠中醒來，並撕心裂肺地尖叫。SCP-029 持續尖叫了四個小時，並對我們吼著「殺死了它的子民」。自上述事件後，SCP-029 體表的黑色素已完全停止生長。同時，SCP-029 大幅增加了突破收容的嘗試。SCP-2820 已被提出，作為情況惡化時的可能應對手段。

**報告結束**

首次發現 SCP-429 的情景。

## 特殊收容措施▶

SCP–049 被收容於站點 –19 第二研究區的標準人形生物收容室內。在試圖運送 SCP–049 前，必須先使其鎮定。運送過程中，也必須將 SCP–049 固定於第三類人形生物拘束帶中（包含項圈鎖和伸展限制裝置），並至少由於兩名武裝維安人員監視。

儘管 SCP–049 在大多數情況下願意配合基金會人員，但項目情緒的爆發和行為的突發變化時，皆應以強硬的手段壓制。在它情緒爆發期間，任何人員在任何情況下皆不得與 SCP–049 直接接觸。當 SCP–049 變得具有攻擊性時，已證明使用薰衣草 (L. multifida) 會對它能產生鎮定作用。一旦它歸於平靜，通常會變得溫馴，在少許的反抗下會自行返回收容措施。

為了確保 SCP-049 的合作態度，需要每兩週一次提供新近死亡的動物屍體（通常是牛或其他大型哺乳類動物）供其研究。成為研究對象的 SCP-049-2 動物屍體，被移出 SCP-049 的收容室後應立即焚化。當前不再允許 SCP-049 和人類屍體互動，且對它提出人類屍體的要求應該予以回絕。

## 收容措施臨時更新▶

（詳見附錄 049.3）根據收容理事會第 049.S19.17.1 號命令，不再允許 SCP-049 直接和基金會員工進行任何互動，也不再提供屍體給它在手術中使用。此命令將無限期延續，直到基金會與 SCP-049 達成關於收容的共識為止。

## 描述▶

SCP-049 是一個類人形生物，身高約 1.9 公尺，外表類似於中世紀的瘟疫醫生。儘管 SCP-049 似乎透過穿著厚重的長袍和陶瓷面具來表現此職業的服裝特色，但這些服裝似乎是隨時間推移，會從 SCP-049 的身上長出來[1]，而且與服裝底下的身體構造難以分開。儘管如此，X 光片顯示在項目外層組織下確實具有人形的骨骼結構。

SCP-049 具有多國語言表達能力，但它傾向於使用英語或中世紀法語[2]。儘管 SCP-049 通常對基金會人員保持親切和合作的態度，但若感受到其所聲稱的「瘟疫」時，則可能會變得激動和惱怒，雖然基金會人員目前尚未得知 SCP-049 所聲稱的瘟疫究竟為何，但似乎是它十分重視的事情。

1. 長袍和手套似乎是從皮膚外長出的第二層厚皮，白色面具是由一種從面部骨骼生長出的幾丁質構成。
2. 項目聲稱從十五世紀便存在於法國，雖然也承認自己「遊歷甚廣」。

SCP-049會對受瘟疫影響的個體產生敵意，一旦發生此情況，項目必須受到拘束。若任其行動，SCP-049 通常會試圖殺死任何受瘟疫影響的個體。SCP-049 能夠透過直接的皮膚接觸使對象本身的所有生物學功能停止。當前尚未得知它是如何做到這點，雖然也對 SCP-049 的受害者進行屍檢，卻始終沒有得到結論。SCP-049 殺死目標後會表現出沮喪或後悔的情緒，並表示這樣的行為無法阻止瘟疫蔓延。它通常會使用隨身攜帶的黑色醫療包[3]中的工具對其殺死的屍體進行十分粗魯的手術。儘管這些手術並非總是「成功」的，但手術通常會產生 SCP-049-2 個體。

SCP-049-2 個體是由 SCP-049 進行過手術操作並創造的復活屍體。這些屍體僅具有基本的運動能力和反應系統外，似乎並沒有保留任何生前的記憶或心智。儘管這些個體通常並不活躍，也不常移動，通常使用走動的方式移動。不過，若受激怒或由 SCP-049 命令，它們也會變得極具攻擊性。SCP-049-2 個體表現出活躍的生物學功能，而這些功能的表現和目前所理解的人類生理系統很不相同。儘管個體有這些變動，但 SCP-049 經常表示個體已被「治癒」。

3. 項目所攜帶的醫療包內似乎為一異常空間。當前曾經觀察到 SCP-049 從包包中拿出比包包本身更大的物體。

SCP-049 是在對法國南部蒙托邦鎮一系列不明失蹤案件進行調查時發現的。在一次對該地房屋的突襲檢查中，調查人員發現了多個 SCP-049-2 個體以及 SCP-049。執法人員與敵對狀態的 SCP-049-2 交戰時，有人目擊到 SCP-049 正在觀察交戰並記錄筆記。在所有 SCP-049-2 被擊倒後，SCP-049 自願接受基金會的收容。

以下是對 SCP-049 進行的首次訪談紀錄，訪問者為雷蒙德．漢恩醫生。

雷蒙德．漢恩醫生

## SCP-049 訪談紀錄

訪問者→**雷蒙德．漢恩醫生，站點-85**
受訪者→ **SCP-049**

**<紀錄開始>**
**SCP-049：**（法文）那麼，我們要怎麼開始呢？自我介紹？
**漢恩醫生：**（對一旁說話）那是法文嗎？我們能不能找個翻譯……
**SCP-049：**（英文）純正的英語啊！不需要翻譯，先生，我的英語也能說得不錯。
**漢恩醫生：**那太好了。我是雷蒙德．漢恩醫生，我是……
**SCP-049：**啊！一位醫生！毫無疑問，一位同道中人！請問您的專業是？
**漢恩醫生：**神祕動物學，為什麼我們不……
**SCP-049：**（笑聲）一位醫生，就像我一樣。奇蹟比比皆是！我還以為我是被街頭小混混綁架來了呢。（環顧四周）這地方是你的實驗室嗎？真乾淨啊，幾乎沒有瘟疫的蹤跡。
**漢恩醫生：**瘟疫？什麼意思？

SCP-049：大天災啊！人類的大滅絕。你該知道那個……呃……（生氣地拍打太陽穴）……呃，那叫什麼來著……算了，不重要。大瘟疫，沒錯，在牆外的世界橫行著，你知道的。如此多的人受難於此，而且未曾停歇，直到完美的解藥出現為止。（靠在椅子上）幸運的是，我只差臨門一腳了。拯救世界是我的使命，對吧？萬世期待的解藥！

**漢恩醫生**：你說的「大瘟疫」，指的是黑死病嗎？

SCP-049：（停頓）我不知道你說的那是什麼。

**漢恩醫生**：我明白了。好吧，這個嘛，我們的特工在那間屋子裡遇到的，在你一開始碰到它們的時候，它們就已經是屍體了，對嗎？是你讓它們復活的嗎？

SCP-049：嗯……某種程度上算是吧。你想的太簡單了，醫生！拓展一下眼界吧。生與死，疾病與健康，它們都只是那些二流醫生的二流術語。這世界上只有一種疾病，那就是瘟疫。沒有其他的了！我沒有搞錯，他們都病了，而且病的很嚴重。

**漢恩醫生**：你覺得你治癒了那些人？

SCP-049：沒錯，我的治療方法是最有效的。

**漢恩醫生**：我們發現的那些東西已經不再是人類了。

SCP-049：（停頓並怒視漢恩醫生）是的，好吧，也許我的治療還不夠完美。但只要有更多的時間和實驗，它就會變得如此！我花了上半輩子來研究這個，漢恩醫生，而且如果有必要的話，我會再花掉我的下半輩子。我們已經在這裡耗掉太多時間了，我還有好多工作要做呢！我想要一間自己的實驗室，這樣我才能繼續我偉大的工作。另外，還有一位能幫助我的助手，雖然我能自己弄一個出來就是（笑聲）。

**漢恩醫生**：我不認為我們的組織會願意……

SCP-049：怎麼可能？大家都是科學的信徒。把你的外套帶上，讓我看看宿舍長怎樣吧，醫生。（用短杖揮舞）我們的工作從現在開始！

**< 紀錄結束 >**

採訪者的筆記→**儘管 SCP-049 能夠以十分人性的對話方式進行交流，但當人類與它交流時，明顯地有某種不安的感覺。無法否認地，它具有某些未知的異常之處。**

**另外，我們沒收了 SCP-049 不斷揮舞的那根短杖。一部分原因是基於持有異常物品的標準回收協議，另一部分是因為 049 揮舞它的時候非常危險。它一開始非常不悅，但當我們開始為它提供「實驗品」（當然，更多的是為了我們對它的研究）後，它開始變得溫順與合作了。**

當收容於站點 -19 時，SCP-049 花了大量的時間在動物屍體上進行手術和研究。SCP-049 的手術通常會花上數天，接著，再花上數天將其發現記錄在一本厚皮革封裝的筆記上，這本筆記存放在醫療包內。SCP-049 經常試圖將其發現分享給基金會人員。

以下是對 SCP-049 在哺乳類動物屍體上進行手術的數次觀察紀錄。

**觀察紀錄 049.OL.1 摘要**

項目→ SCP-049

前言→基金會將一名實驗對象（D-85123）引入 SCP-049 的收容室。項目對保安人員和研究人員表示誠摯的謝意。

紀錄→ SCP-049 首先向 D-85123 提出幾個標準的醫療性提問，並開始從醫療包中取出工具。準備工作完成後，SCP-049 迅速靠近對象，並觸碰對象的喉嚨，殺死對象。接著，SCP-049 對該屍體的基本構造進行了許多改動，並多次使用手動幫浦和銅製管線將包包內的不明液體注入對象體內。

最終該屍體變成了 049-2，並表現出活躍的行動；用數條新造的肢體抓住了房間的牆壁，同時從位於胸骨上的長方形洞口中發出呻吟聲。這時，觀察到 SCP-049 在筆記本上記下 049-2 的資訊，並向觀察中的研究人員闡述了手術的治療效果。維安人員進入房間內嘗試將 SCP-049 帶回收容室，但受到了 049-2 的攻擊。維安小隊壓制了 049-2，隨後 SCP-049 毫無反抗地返回收容室內，並表示對手術結果感到滿意。

**觀察紀錄 049.OL.2 摘要**

項目→ SCP-049

前言→提供一具新鮮的山羊屍體給 SCP-049，SCP-049 對此表示謝意。

紀錄→ SCP-049 對山羊屍體進行了數天的手術，最後產生了一個 SCP-049-2 實體，SCP-049 對此表示滿意，並承認「該疾病仍處於初期階段。我的獸醫治療能力還很初淺，但患者的術後反應看上去十分良好」。

## 觀察紀錄 049.OL.3 摘要

項目→ SCP-049

前言→提供一具新鮮的猩猩屍體給 SCP-049。由於猩猩和人類在生理學上的相似性，SCP-049 對此表示特別感謝。

紀錄→ SCP-049 在猩猩身上花了數天時間，讓牠重新復活了幾次。然而，SCP-049 似乎對屍體的手術結果感到不滿，並進行了三次額外改造。在第五次想讓對象復活的嘗試失敗後，SCP-049 將屍體交給研究人員焚化，並表示「我從中獲益匪淺，我想我先前有些過度樂觀了。這是阻擋在我治癒之路上的一塊絆腳石，是我的瓶頸。如果有更多的類似實驗品，能夠大幅地加快我的研發進度。」

## 觀察紀錄 049.OL.7 全文

項目→ SCP-049

前言→提供一具新鮮的牛的屍體給 SCP-049。SCP-049 對此表達了輕微的不滿，但依舊接受了它★。

★從上次提供猩猩的實驗以來，SCP-049 多次表達希望提供人類讓它進行研究，而在要求遭拒絕時表達不滿。

紀錄→ SCP-049 對牛屍進行了長達數天的手術，並只在吃飯時間休息，對於食物僅要了薄餅乾、鹹豬肉和起司★。起先，SCP-049 對牛屍進行了防腐處理，基金會人員觀察到 049 從醫療包取出了許多注射器，每個注射器中都裝有不同的深色黏稠液體。SCP-049 將這些液體稱為「體液的精華」，並聲稱「瘟疫可能導致身體的系統失衡，在真正的恢復開始之前，必須將身體系統重新平衡，否則身體會對治療產生排斥」。★

★SCP-049 表示自己其實不需進食，但享受食物能夠為自己保持良好的心態去進行手術。

★SCP-049 在闡述時補充道「這不是合格醫師的基礎知識嗎？我以為你在求學時會學到這個！」

在接下來的幾天中，SCP-049 花了大量的時間，用許多大型金屬工具調整牛身體內的器官。八天後，SCP-049 製造了一根避雷針，並與漢恩醫生交換了一根連結在延長線上的電牛棍。在 049 使用電牛棍電擊了牛屍的各個部位後，牛屍成為了 SCP-049-2，推測此行為具有讓牛屍復活的作用。儘管頭部倒置且四肢錯位，但牛隻成功開始活動。

觀察記錄
049.OL.7 摘要

## 後續訪談 ▶

紀錄開始

**漢恩醫生**：我們已經觀察你好幾週了，老實說我不太確定你到底在做什麼。你可以詳細描述一下你的手術內容嗎？

**SCP-049**：哦，神吶，不。詳細描述那個實在是太耗時了，關於我的手術內容的最佳解說都在我的筆記裡★。我好好地把我的工作內容詳細地記載在上面了。

★值得注意的是，SCP-049 的筆記並非用任何一種當前已知的語言撰寫，語言學家和密碼學家嘗試破解密碼，但都以失敗告終。

**漢恩醫生**：我明白了。老實說，醫生，我們依然不了解你尋求的治癒到底是什麼，又或者說，怎麼樣才算是真正的治癒？那些喪失心智、行屍走肉的生物真的有幫助嗎？

**SCP-049**：您還不了解瘟疫嗎？在過了這麼久之後？醫生，那是一種無法言喻的恐怖，它已經現身多次，而且很快就會再次襲來。我發現自己被庇佑著，有著足夠根除瘟疫的聰穎智慧和強大的心智，是很多像你們這樣的匹夫所缺少的。對於你們這些無法看清瘟疫本質的匹夫來說，恐怕這會是一場殘酷的審判！

**漢恩醫生**：你還是沒有回答我的問題。你的治療方法到底有什麼用？

**SCP-049**：（情緒突然激動）我的治療方法很有效！如果你想要的話，是可以嘲笑我的努力，但你不能玷汙了這科學進步的美名，它已經有如此偉大的進展！你那見識短淺的雙眼所看見的是一個比起先前更有希望的進步生物；是從瘟疫中脫身的生物。這種生物現在已經是純淨的，再也不會散播瘟疫了，而且也不用再經歷它原本可能陷入的可怕夢魘了。

**漢恩醫生**：這東西根本不能說是生物，醫生，它們甚至連——

**SCP-049**：（非常激動）不要跟我爭辯這個，先生！你和你的同事都一個樣，沒辦法看清歷史教訓給予我們的恩典。難道你會在被房子壓倒後才開始修理被蛀掉的木材嗎？不，你會找到壞掉的部分，然後把它們抽出來，替換新的木材！最重要的一點在於，房子的結構在你修補之後看上去已經不一樣了。這是很偉大的工作！我將會治癒一切瘟疫，它們將會獲得新生！

**漢恩醫生**：對不起。我不是故意要激怒你的，我只是想弄清問題。

**SCP-049**：（深呼吸）好的，好吧，以後請多多注意你的用詞，醫生。我是一名專家，但就算是專家，在心血結晶被批的一文不值時也可能會受挫的。我就當成這是同事之間的真誠行為並給予原諒。

**漢恩醫生**：還有什麼是我幫的上忙的嗎？

**SCP-049**：（停頓，視線從漢恩醫生身上游離）不，這樣就夠了。按照正常的預定時間給我另一名實驗品就好。你知道我偏好那些和人類較為接近的實驗品。

**<紀錄結束>**

研究人員的筆記→**雖然 SCP-049 無法確切回答所謂的治療究竟是什麼，但它似乎是真誠的想幫助其他人，並嘗試拯救我們所有人。我們已經觀察了好幾個星期，儘管手術結果似乎沒有什麼變化，但 SCP-049 依然聲稱自己越來越接近研發出完美的解藥。我認為 049 可能比我們所知道的更清楚自己在做什麼。**

賽隆．謝爾曼醫生

自從 SCP-049 被收容以來，漢恩醫生就開始對該項目的異常效應進行了多次的訪談，並隨次數增加，開始注意到了項目和 SCP-049-2 實體的不悅。此情形持續了數月，在此之前 SCP-049 未曾表現出具有侵略性的實際行為。

2017/4/16，當漢恩醫生進入 SCP-049 的收容室進行例行採訪時，SCP-049 開始表現出焦慮不安的情緒，並詢問漢恩醫生是否感覺良好。漢恩醫生提醒 SCP-049，按照先前的協議，必須接受採訪，隨後 SCP-049 進入敵對狀態並開始攻擊漢恩醫生，且殺了他。由於安全協議系統的失效，且因漢恩醫生來不及啟動室內緊急通報系統，直到三小時後才發現漢恩醫生的屍體。此時漢恩醫生已被 SCP-049 轉變成 SCP-049-2。

在此一事故發生後，SCP-049 接受賽隆．謝爾曼醫生的採訪。

## SCP-049 訪談紀錄

採訪者→**賽隆．謝爾曼醫生，站點-42**

受訪者→ SCP-049

< 紀錄開始 >

**謝爾曼醫生**：我需要你解釋一下自己的行為。

（SCP-049 沒有回應）

**謝爾曼醫生**：SCP-049，我命令你對你先前的行為做出解釋，我必須提醒你，如果你不配合，我們會對你進行進一步的收容限制。

**SCP-049**：（短暫停頓）我不需要解釋我的行為。

**謝爾曼醫生**：你殺死了漢恩醫生，然後進一步的肢解他，直到他——

SCP-049 進行手術的情景。

**SCP-049：**（憤怒地打斷）我……我才沒有殺死他！那是……那是治療！他被治癒了！

**謝爾曼醫生：**治療？治療什麼？

**SCP-049：**瘟疫啊，先生！我本以為你至少會意識到他在發病之前能先被我確斷出來是多幸運……

**謝爾曼醫生：**（打斷）到底是什麼瘟疫？你一直不斷地在說瘟疫瘟疫，但你從來沒有辦法證明它的存在。你在之前那麼多次的訪談都沒發現他身上的瘟疫，怎麼可能在今天就突然發現他得病？這值得他葬送生命嗎？

**SCP-049：**他……（暫停）瘟疫總是來的又急又快，難以預測，而且會毫無預警的擴散，而且……（呼吸變得粗重）隨你怎麼說吧，醫生。那是我對他的仁慈，他已經痊癒了。

**謝爾曼醫生：**他變成了一個植物人！

**SCP-049：**（停頓）我……我不期待你能了解。你……你和你的那些同事，一次又一次的證明了自己並不是科學的信徒，而是感性的奴隸。你沒辦法看見我所見到的邪惡疾病，而且已經有上百萬人被這種疾病擊潰了，你……

**謝爾曼醫生：**你的治療讓他賠上了性命！

**SCP-049：**不對，先生！我拯救了他！你的想法會讓這個世界重回瘟疫的魔掌之中，被疾病和死亡籠罩！你怎麼可以忽略我創造的生命奇蹟和……

**謝爾曼醫生：**（爭論）什麼病？哪來的瘟疫？他是一個健康的人！他是一位好醫生！

**SCP-049：**我……我免費提供他救贖！不值得和你再爭吵下去，先生。你既見識短淺又愚蠢。漢恩醫生病了，而我……（呼吸急促）我治療了他！我是唯一能做到這件事的人，我的研究必須繼續，還有好多我必須學習的知識，還有好多我得……

**謝爾曼醫生：**我受夠了。你的實驗品被取消了，不會再有了。歡迎來到基金會，049 先生。（遠離麥克風）我們的談話結束了。

**SCP-049：**……好多我得做的，我能拯救其他人！甚至是你，即使你根本不配，我也會救你！我能拯救你們全部人！我可以一勞永逸的根除瘟疫。我能做到！只有我能做到！我……我……（上氣不接下氣）我救了……我救了他……漢恩醫生，我……我治……我治療他……病了……我知道他病了……我知道的……而且我……你們……你們都病了……但是我能……我能救你們。我可以救……救你們全部……我就是解藥的關鍵……

**<紀錄結束>**

## 附錄 049.4：事故後採訪報告 ▶

以下訪談紀錄為 2017/4/16 事故的後續報告摘錄。訪談由伊萊賈·伊特金醫生在事故發生後三週進行。

伊萊賈・伊特金醫生

SCP-049.4 事故後採訪報告

日期→ 2017/5/17
採訪者→伊萊賈・伊特金醫生
受訪者→ SCP-049

< 紀錄開始 >

**伊特金醫生**：SCP-049，我們這次訪談是為了結案發生在四月十六號的員工死亡事件。你有什麼想表達的嗎？

**SCP-049**：我只希望您能盡快讓我恢復工作！最近幾週以來，我都在整理我的筆記，並構想新的醫學理論，以證明瘟疫究竟是如何用一種無法被察覺的陰險方式傳播。

**伊特金醫生**：關於漢恩醫生的死，你曾對自己的行為感到後悔嗎？

**SCP-049**：（揮手）啊，對。好吧，同事的死亡總是令人遺憾，但面對這場瘟疫，我們必須動作迅速，不能有絲毫的猶豫。

**伊特金醫生**：謝爾曼醫生在報告中提到，你在先前的訪談時似乎表現的很難過。

**SCP-049**：難過……（停頓）也許吧。我沒想到……一位醫生同志被感染是這麼令人悲傷的事，但我的工作必須繼續下去。雖然我很難過，但漢恩醫生的死讓我在知識上又跨出了一大步。我認為，活人的實驗品是我唯一能夠推進研發進度的途徑。死去的肉塊對我已經沒有研究價值了。我希望能得到依然被瘟疫纏身的活人實驗品。

**伊特金醫生**：我想你會失望的。

**SCP-049**：（笑聲）哦，醫生，我可不會這麼快下結論。

< 紀錄結束 >

**報告結束**

已經有許多參與 SCP-270 收容的工作人員報告說，他們在惡夢中看到了因自己錯誤所帶來的後果。目前正在討論可能的治療方式。

Euclid

# SCP-270

## 與世隔絕的電話

報告者__ MIMI_42

日期__ ████

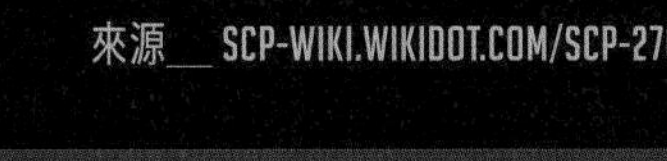

圖像__ GENOCIDE ERROR

翻譯__ M ELEMENT、JFJFJF07

來源__ SCP-WIKI.WIKIDOT.COM/SCP-270

### 特殊收容措施▶

由於 SCP-270 無法移動的性質，其周圍已建立起一棟外表看來為大型農舍的建築（之後被稱為哨站 Delta）。哨站 Delta 最少應配有███名訓練有素的人員。

大部分關於 SCP-270 的密碼紀錄存放於站點 -11。這些紀錄的解密在█-███，████中可查閱。

如果哨站 Delta 的安全受到威脅，應立即摧毀 SCP-270，以及截至目前為止累積的所有已分析或者未分析的站內紀錄也要摧毀。此外，略述 SCP-270 使用過的各種加密手段的手稿也應被摧毀。

SCP-270 是一臺無特徵的黑色電話，於二十世紀中期所造。

在項目發現地的半徑█████範圍，人口密度不超過██人 / █████平方公尺，且 SCP-270 本身徹底地被周邊原生植被所隱蔽。SCP-270 的異常特性很明顯，因為當發現 SCP-270 時，電源線伸入它正下方的土壤中，長度深不可測，然而有穩定的聲音從聽筒中發出。關於電線長度的調查已被正式中止（參見附錄 270-A）。

因為發現來自SCP-270聽筒的音訊流，包含著對基金會有價值的加密訊息，所以，使 SCP-270 被持續關注。所述密文稱為 SCP-270-1。

大多情況下，SCP-270-1 是由一位略微失真的女性人類的聲音（參見附錄 270-B），以穩定的單音調說出，目前有紀錄的是名字、難解片語、有規律的數字、引語、胡亂的引述、字串、[ 已刪除資料 ] 無法理解的單詞，還有一種是目前沒有任何動物可以長時間發出這樣的聲音（迄今已辨別出████種未確認的語言，其中██種會反覆出現）、獨白、童謠，令人思索敘述者是否為人類的 [ 刪除內容 ] 等等。

以下已被記錄到的內容：旋律、寂靜時間段（參見附錄 270-C）、金屬刮擦發出的噪音，其中金屬刮擦噪音被重複和校準音高，使它的旋律大致契合幾首經典音樂的旋律和一部分 [ 已刪除資料 ]、摩斯電碼、[ 刪除內容 ] 的人類尖叫聲、多種電腦程式語言、所有地球上已知的語言（包括曾在一次事件中出現的兒童暗語「豬拉丁」[1]）、[ 已刪除資料 ] 可能的生物起源、充滿優越感的笑聲、音樂、倒放的音樂、[ 刪除內容 ] 的音樂、對話紀錄，內容上從 [ 刪除內容 ] 政治上具重要性及需廣泛保護的範圍，到一般可能是普通家庭的範圍，像是討論去超市買什麼雜貨、背景雜音、背景配樂等等。

除此之外，SCP-270 是一部完整的普通電話，當遭到破壞時，會受到和類似電話一樣的損傷。通過拆解 SCP-270，沒有發現項目異常性質的來源。

1. **豬拉丁（Pig Latin）是一種英語語言遊戲，形式是在英語上加上一點規則使發音改變。據說是由在德國的英國戰俘發明來瞞混德軍守衛的。**

~~通過 SCP-270 與 SCP-270-1 進行通話是無效的。~~目前有爭議，參見［已刪除資料］中的事故 -270-█。

嘗試解碼 SCP-270-1，目前已經取得了部分的成功。在一件值得注意的案例中，有一條較為複雜的加密資訊被證實，描述了 SCP-████馬上準備嘗試突破收容。該條資訊在 SCP-████的收容地［刪除內容］處得到證實，隨後根據資訊，得以阻止項目突破收容處。解碼得到的部分不是對基金會有極大的幫助，就是讓 SCP-270-1 相關的人員和基金會官員們萬分沮喪。例如，在對一段似乎有重要含義的密文進行███小時的解碼之後，只證實它可以被翻譯成一長串人類██████的非正式同義詞的列表而已。

同樣的，從 SCP-270-1 處獲得的資訊同時包含［已刪除資料］可能阻止 XK 級世界末日的發生，還列出了██████博士廣受歡迎櫻桃派的「祕密成分」。不過，由於無法確定 SCP-270-1 有用的部分可能會是什麼，建議相關人員選出他們認為最有可能的任何段落。但是，即使是我們最好的解碼人員也可能會遇到加密太過複雜的部分，或者確實就是沒有任何意義的部分。

目前，關於 SCP-270-1 的解碼工作在持續進行中（見附錄 270-D 和 270-E）。

附錄 270-A →一個探測器在沿著電源線伸展了█████公尺卻仍然沒有到達電源線的最前端。目前已經認為這個問題沒有繼續探究的意義。

附錄 270-B →在█████軍方時間██/███/███，SCP-270-1 中身分不明的女聲突然結巴了█秒，隨後陷入了研究人員稱為「惆悵的嗚咽」中，並向研究人員央求［刪除內容］。這一現象持續了███秒，隨後音訊突然切入一段███分鐘的 SCP-270-1 於███ /██/███的片斷。在這之後，SCP-270-1 立刻恢復成了原來的樣子，唯一不同的是，SCP-270-1 中的敘述音訊變成了男性的聲音。

附錄 270-C →進一步的實驗揭示了其實那一段並不是沉默的，實際上是音訊的震動頻率太高或太低而超出了人類的聽覺範圍。通過哨站 Delta 支援的音訊識別設備，在其中又發現了███種的無法確認的語言。

附錄 270-D →在這之後，我們發現 SCP-270-1 的解碼難度提升了。原因是它使用了更多令人費解的加密模式，在解說員說話時故意添加巨大的背景雜音，還有多重聲源同時發出聲音。有一次，高聲［已刪除資料］關於█████博士極端詳細的私人［已刪除資料］，導致其個人受到了明顯的打擊。從此，士氣大受打擊，壓力飆升。

目前，已經設計了一個用來自動解碼 SCP-270-1 的電腦程式。同時在哨站 Delta 中也增建一部分側翼建築物供娛樂用。

附錄 270-E → SCP-270-1 的資料處理器已經停用。目前所有處理 SCP-270-1 的電子化方法均不可用。

需要 5 級權限

LEVEL 5
SECURITY CLEARANCE REQUIRED

From ████

To ████ ████

最近，我對 SCP-270 相關工作人員的心理健康日益擔心。

我現在所說的，是當你處在這種情況下自然會遇到的問題。換句話說，就像是把一大堆聰明、有幹勁和有恆心的人聚在一起，然後命令他們去完成一個結果未定的拼圖一樣，而且告訴他們人類的生存與否，就全看他們能不能順利完成任務。

目前，████博士取得了一些非凡的成績，從廣泛共識為「無用」的資料中，破解出長達███分鐘有價值的暗碼並［已刪除資料］，結果避免了一個███世界末日的景象。這對於許多人員的心理狀態來說可不是件好事，因為現在他們認為的每一個「無用」，都有可能包含著阻止一個災難發生的資訊。在這之後，有些相關的疾病出現了急速增長的現象，像偏執症或強迫症，或者兩者兼具。有些人員開始堅持，他們認為在密碼中的某些細節，包含重要資訊；其他人則持續好幾天不眠不食，沉迷在他們的追求中；還有一部分的人則一直在承受著心理崩潰的影響。

哨站 Delta 現在已經得到了更多的人力資源來減輕工作壓力。不過，連續幾天努力工作的結果一再化為烏有的影響，對士氣，甚至有時候對精神穩定程度，都絕對是沉重的打擊。目前。我們只有能足夠解碼大約百分之███密文的人手。

目前為止，哨站 Delta 會每███個月輪調一次人員，並且會對這些人員進行 A 級記憶消除，然後這批人在舒服地經過███個月的低強度工作之後再度回來面對 SCP-270-1，以此作為一個臨時的解決辦法。不過，這樣做法需要有相當多的人員來輪值，因為維持哨站 Delta 的運作，是需要一定數量的工作人員，這樣才能得到較好的解碼。

此外，哨站 Delta 中長期輪值的人員中，出現了 A 級記憶消除劑也不能清除的某些頑固的偏執症和強迫症的習慣。

SCP-270 有著［已刪除資料］的性質，這正是它想要的，如果某些人是值得信任的［已刪除內容］這讓那位 O5 成員感到不安。不同於原先假設的是，［刪除內容］並不是一個和未知實體進行交流的安全方法，而［已刪除資料］才是。

我請求能夠在該問題上進行更加深入的討論。

—— ████博士

報告結束

Euclid

# SCP-1943

## 未發現異常

報告者__ AELANNA

日期__ █████

圖像__ DAN TEMIROV

翻譯__ ASHAUSESALL

來源__ SCP-WIKI.WIKIDOT.COM/SCP-1943

## 特殊收容措施▶

SCP-1943-1 收容於標準人形收容間內，位於站點-06-3 的高維安人形收容側翼區。作為前基金會研究人員，SCP-1943-1 保持高度配合，因此允許它接觸非敏感材料，亦可批准它對個人物品的合理請求，但是不允許 SCP-1943-1 與外界聯繫，而且它的維安權限已被無限期地撤銷。

SCP-1943-2 的屍體被低溫儲存在站點-06-3 的儲存側翼區。關於從 SCP-1943-2 處取得的材料及情報的分析資料，在獲得維安權限 3 級以上的高級研究員批准後，得以查看。

## 描述▶

SCP-1943-1 為二十七歲的歐洲裔美國女性莎拉 · 格魯瓦德爾，曾經是基金會實驗室 1 級助理技術員，受雇於 Area-███的非異常化學實驗室。在被收容前，SCP-1943-1 沒有處理異常材料的權限或證明，在被雇用的三年內也沒有與任何異常現象或材料有過聯繫。

SCP-1943-1 似乎在任何方面都沒有異常，在經過生物學、化學、放射性和［刪除內容］等方面的反覆測試分析後，均未發現異常性質。SCP-1943-1 在被基金會僱用前，沒有特別的工作經驗，也無任何顯示它可能有異常影響的家族史。SCP-1943-1 心理穩定，沒有反常的心理狀態，也沒有受到心智影響或模因影響的跡象。

SCP-1943-2 是一名敵方特工的屍體，在詳盡地審問後，基金會確認此人曾受雇於混沌反叛軍。SCP-1943-2 是由二十五位成員組成的小組中唯一倖存者，這個小組是屬於混沌反叛軍超人特遣隊的一個單位。這些人員身上顯現出受基因、電子化和超自然神奇術改造跡象，使它們戰鬥力得到強化。改造包括以下部分，但實際上不僅僅如此而已：

- 骨骼強化，使得骨骼強度、韌性提升
- 肌肉強化，使得力量和耐力提升
- 額外心血管系統，提升整體生存能力
- 神經植入和腦部改造，提升反應能力和反射速度
- 神經植入使其能進行超感官偵查和交流

這些人員還配備了能在被俘後自盡的裝置，而且還有一種故障安全機制，讓焚毀後的屍體殘骸無法用於分析或進行屍檢。在事故 1943-01 中，該隊其他成員不是被基金會戰術小隊殺死，就是在被俘、受傷後自盡； SCP-1943-2 則因其故障安全機制失靈或損毀而未能自盡成功，隨後被活捉。

SCP-1943-2 在基金會拘留五週，然後因傷口併發症及自身醫療改造的嚴重老化影響而死亡。屍檢發現其體內有多處嚴重老化，說明了它的使用壽命已接近終點。

## 附錄 1943-1：事故報告，事故 1943-01 ▶

於██/████/████，混沌反叛軍超人類特遣隊 Zeta-3 特工襲擊區域 -████實驗側翼區。從對混沌反叛軍的監控錄影片以及潛伏在它們內部的基金會特工所提供的情報綜合分析來看，此次行動的唯一目標是俘獲 SCP-1943-1。Zeta-3 特工使用爆破癱瘓及摧毀區域 -████的多處通道，使得現場基金會的戰術小隊對襲擊無法採取有效的反應，因此很快地癱瘓側翼區。儘管在場研究人員人數眾多，但基金會在此事故中的總傷亡只有█人死亡、████人受傷，說明了混沌反叛軍超人類特遣隊專心於唯一目標，對未造成阻礙的基金會人員，它們收到的行動指令是不與他們交戰。

隸屬基金會的機動特遣隊 Nu-7（「落錘」）的下級單位提前且無預警地出現，剛好阻止了這次的 Zeta-3 的襲擊。該單位原本是在執行祕密任務 [ 刪除行動資訊內容 ]，然後途中停駐區域 -████進行補給。Nu-7 與現場維安人員合作，進行了反制行動，在 Zeta-3 襲擊小隊從區域 -████外圍滲透前成功地消滅。

## 附錄 1943-2：SCP-1943-2 審問紀錄 ▶

███博士：你為誰工作，你們還剩多少人？

SCP-1943-2：Zeta-3，大天使。我是最後一個人，你們已經知道了。

[ 無關內容略去 ]

███博士：我不明白——

SCP-1943-2：（笑）不，你們當然不明白。也絕不會明白，你們永遠也不會明白。他們會趁你們毫無防備時派更多人來，我們會得到它。你們很走運——狗屎運，也就這一次了，這是我們失敗的唯一原因。

███博士：你要我相信你們派出兩組的改造特工突擊隊就為搶一個低階實驗員？

SCP-1943-2：我他媽才不管你信不信。如果你願意相信它只是個人類，那就這樣了。如果你不信，那也沒關係；反正我們也會無視你，我們終歸會得到它。比從商店裡拿牛奶還簡單。

███博士：那為什麼我們的測試顯示它身上什麼異常都沒有呢？

SCP-1943-2：**當然沒有，你們總是瞎子，而我的眼部植入已經被切除了。**

## 附錄 1943-3：研究員筆記 ▶

**當前我們已經試過所有可能的測試，包括那些我個人強烈反對的危險措施。完全沒有發現任何反常；至少我們能說，它就是個普通但是令人害怕的人類。**

**這不會是反叛軍第一次試圖用我們自己的資源對付我們，也不是最後一次。我認為繼續這樣拘留它已經沒有必要；若我們不能相信自己的技術，而且讓我們如此拷問自己人，那我們就將走向一條不歸路。我正式申請撤銷格魯瓦爾德博士的分類並釋放它。**

**高級監督員　███博士**

申請否決。直到完全確認為止，我們不能冒險。

O5-███

一九二四年，基金會創立了一支僅 O5 知曉的祕密特別特遣隊，代號名稱「反叛軍」。「反叛軍」的領袖由機動特遣隊 Alpha-1「血色右手」成員組成，他們廣為人知的除了對 O5 議會的忠誠以外，還有一切成謎的起源、身分以及行動。反叛軍的領袖受到研究、安全、回收等專長的人員支持，其全員都來自基金會編制體系下。

對基金會的大部分人以及異常世界來說，反叛軍是以非正規管道帶著一些研究員與異常項目脫離基金會的派閥組織。事實上，O5 議會創立反叛軍，讓他們以具倫理爭議的手段取得並不道德的成果，藉此完成目標的同時，還能讓基金會在公眾眼中保持雙手白淨。大約二十四年期間，反叛軍都在名為「基金會叛逃者」的偽裝下活動，同時利用異常項目暗中推動 O5 議會的目標。

一九四八年，在一次看似例行公事的行動中，反叛軍將數個 SCP 項目移出基金會收容措施，並將數十名叛逃的基金會研究員轉移到各個不同的安全場所。而後在同一天，還發生了其他數起計畫之外的基金會設施襲擊行動。反叛軍奪取了具有高度研究價值與軍事潛力的 SCP 項目，並且導致基金會人員嚴重傷亡。基金會最大的謊言已然成真。基金會祕密中的汙名部隊已經叛離，同時基金會還必須面對來自這個組織的威脅。他們對自己有一個新的稱呼：混沌反叛軍。

O5 議會一時之間備受震撼。不提叛逃，光是不忠的跡象也未曾在「血色右手」的人員身上出現過。仍無法確知促使反叛軍背叛基金會的動機。對叛離的反叛軍實行人員進行的搜索、拘拿或者暗殺行動都以失敗告終。基金會對內將這項資訊設置為機密內容，並且堅稱反叛軍於一九二四年就已叛離，而一九四八年所發生的不過是由早已存在的派閥組織發起的攻擊行動。

如今的混沌反叛軍與當初成立它的組織有些許相似之處。混沌反叛軍的德爾塔指揮部，籠罩於祕密之中並向底下的階級發布命令。伽瑪階級的研究員與軍事指揮官負責在德爾塔指揮部下達命令後監督其執行狀況，而貝塔階級的人員雖說不會接到與伽瑪階級有相同等級的指令，但也負責實地執行反叛軍任務。阿爾法階級人員的招募來源通常是對異常幾乎一無所知的人們，他們會接受聘僱的原因大都是他們除此之外就只能繼續在異常世界之外過著悲慘的人生。他們是雜兵：數量龐大且用完即丟。

反叛軍現分成兩個部門：軍事力量與研發設計。兩大部門旗下的各個小組獨立作業，並不知曉其他小組的確切行動與目標。新募成員只接收來自他們上級的指示並且被要求毫無懷疑地聽令行事，甚至完全不知道他們所做的一切都是由德爾塔指揮部所主導，更加宏大的計畫之中的一片拼圖。反叛軍告訴他們，他們正在進行一場偉大的反抗，要推翻的是現有局勢的無政府狀態——當今世界中的「共識現實」本身即是虛偽，歷史即是漫天大謊，皆因基金會犯下的惡行所致。反叛軍告訴他們，他們將要用異常來建起一個有烏托邦的未來，在那裡人類會是一切的主宰，而不只是虛幻不實的光景。

但說實話，誰知道混沌反叛軍真正想要的是什麼？

報告結束

## 特殊收容措施▶

SCP-087 位於［刪除內容］學校的校園內，通往 SCP-087 的門廊，是由帶有電子控制裝置的強化鋼筋建造而成。該出口已被偽裝，讓它看起來像建築內清潔室的門板。除非同時施加███伏特的電壓並逆時針旋轉鑰匙，否則門把上的鎖將始終保持上鎖的狀態。門的內側有六公分厚的工業泡棉填充物。

由於最後一次的探索結果（參見文件 087–IV），現在禁止任何人員進入 SCP-087。

## 描述 ▶

SCP-087 為一個無照明系統、有著平台構造的樓梯。每一層有十三階，且以斜角三十八度下降。每層樓與樓之間是一個直徑三公尺的半圓形平台，每經過一個平台，前進方向會旋轉一百八十度。由於 SCP-087 的設計的關係，眼睛可見的範圍限縮在 1.5 個台階內，且梯間內沒有任何燈具或窗戶，所以任何探索 SCP-087 的人員都應該自行攜帶光源。據目前所知，使用超過七十五瓦的光源也不會得到更好的照明效果，因為 SCP-087 似乎可以吸收多餘的光線。

探索者的報告和錄音，證實了樓梯中存在著痛苦的呻吟聲，推測由■歲至■歲的兒童所發出。呼救聲估計位於第一個平台下方二百公尺處，然而隨著探索者試著循聲往樓下走去也無法更接近聲源。最深一次的探索紀錄為「探索紀錄 IV」，而其所記錄得到的深度，已經遠遠超過該建築與地質環境可能到達的深度。時至今日，尚不能得知 SCP-087 是否具有盡頭。

現存四部探索 SCP-087 的影片，分別由四位 D 級人員所拍攝。每位人員都在項目中遇到 SCP-087-1，它的外表沒有明顯的瞳孔、嘴部及鼻孔。SCP-087-1 的性質尚不清楚，但已確定它不是呼救聲的來源。當面對 SCP-087-1 時，每位人員都會表現出強烈的恐懼和害怕，尚不確定這種感覺是異常效果或僅僅只是自然反應。

## 附錄 ▶

在編號紀錄為「探索紀錄 IV」的探索行動結束後兩週內，數位來自於 [ 刪除內容 ] 學校內的職員和學生報告聲稱，聽到 SCP-087 傳來的敲門聲每次維持一至二秒。目前在通往 SCP-087 的門板後面，已經加了六公分的工業泡棉。此後再也沒有收到有關敲門聲的報告。

經授權的人員可以閱讀文件 087-I 至 087-IV，分別為「探索紀錄 I 至 IV」的逐字文本。

# 文件 087-I：探索紀錄 I ▶

D-8432 是一名四十三歲、身材、外貌一般的白人男性，無特殊心理背景。成為 D 級人員的原因是由於對 SCP-█████ 的實驗處理不當所導致的降級結果。D-8432 配備了一個七十五瓦且電池電量能持續運作二十四小時的探照燈，一個手持式錄影機及一個具麥克風的耳機，後兩者能夠將影音資訊傳輸至位於監控中心的█████博士，並與其進行通訊。

D-8432 穿過大門，走入第一個平台，儘管有高達七十五瓦的探照燈，但燈光仍只能照到第九個台階，第二個平台則完全不可見。

< 紀錄開始 >

D-8432：哇靠，真他媽的黑！

█████博士：你的探照燈能夠使用嗎？

（D-8432 把探照燈朝著學院的大廳照去，燈光能夠照到很遠的地方。）

D-8432：可以，能夠使用。但不知道為什麼就不能夠照亮這道樓梯。

█████博士： 理解了，謝謝，請繼續。

（D-8432 走下十三個台階，來到第二個平台，平台是半圓形的，四周是水泥牆壁，牆壁上沒有任何特殊標示，只是因為年久失修而有點塵土和汙垢，整體而言是非常普通的水泥牆面。D-8432 轉了一百八十度，然後繼續向下走。）

█████博士：為什麼停住了？

D-8432：你聽到了嗎？這下面聽起來他媽的有個孩子！

（通過其所攜帶的麥克風設備，並沒有聽到任何他所敘述的聲音。）

█████博士：你能夠描述一下那個聲音嗎？

D-8432：非常的年輕，聽起來像是一個女的，或是小男孩。那個聲音正在哭泣，斷斷續續地說著：（停頓）請（停頓）幫幫我（停頓）拜託（停頓）。對，這個哭泣聲就這樣不斷地重複說著。

█████博士：你能夠判斷這個聲音離你多遠嗎？

D-8432：媽的，幹，我不知道……大概、大概兩百公尺吧。

█████博士：請繼續往下走吧。

（D-8432 繼續向下走了十三個台階，抵達下個平台時，麥克風設備收到了之前敘述的孩子的聲音，這聲音夾著抽泣、哽咽，一直重複著「請」、「幫我」、「下來」，通過儀器的檢測與 D-8432 報告一致，音源的確在兩百公尺之下。）

█████博士：你還能聽到哭聲嗎？

D-8432：可以。

█████博士： 我們已經收到這個聲音了，請繼續往下，如果遇到任何聲音或其他環境變化時再停下。

（D-8432 在停下前又向下走了三層樓的樓梯。）

D-8432：繼續往下？

█████博士：是的，請繼續。

（D-8432 又往下走了十七層樓梯〔總計向下走了二十二層樓〕，環境並無變化，每層依舊保持著十三個台階。）

D-8432：他媽的，我並沒有靠近那個孩子！

（儀器表明該哭聲並沒有變大聲，依舊保持在二百公尺以下。）

█████博士：理解了，但還請繼續向下。

（D-8432 又向下走了二十八層樓梯〔總計五十層〕，D-8432 正站在第五十一層平台上，從計量表上來看，他已經在距離門口兩百公尺以下了，且三十四分鐘過去，哭聲並沒有變大聲。）

D-8432：我感覺有點不安。

█████博士：畢竟你在黑暗且未知的樓梯間待了很長的時間，這是很正常的。請繼續往下。

（D-8432 不情願地繼續向下走到下一個平台，而當他想繼續前進時，一張臉（SCP-087-1）出現在下一層樓梯平台的牆面上，這張臉的大小跟人類的臉差不多，但無嘴、鼻孔和瞳孔。這張臉是靜止不動的，但眼睛卻直直的盯著 D-8432。）

D-8432：（大叫）幹！這他媽的是什麼？操，操你媽的這是什麼鬼！

█████博士：你可以描述一下你看到什麼東西嗎？

D-8432：它看起來像是一張人臉，他媽的一直盯著我，他媽的一直盯著我……

█████博士：他動了嗎？

D-8432：（停頓，深呼吸）沒有，他只是盯著我，但操他媽的，太可怕了！

██博士：請更詳細的描述這個東西。

D-8432：幹、幹、幹，我不想再……

（那張臉朝著 D-8432 接近了約莫半公尺。）

D-8432：（大叫）操操操操操操操［刪除內容］

（D-8432 十分驚恐地往回跑，僅僅用了十八分鐘就回到了入口，抵達後隨即失去意識。當他崩潰並開始往回跑後，沒有再發現任何類似於 SCP-087-1 的現象。在返回的過程中，哭聲一直都保持著同樣的音量大小。）

醫學報告指出，其昏倒原因是由於快速地爬樓梯所引發的高度疲勞所致。

D-9035 是一名強壯的二十八歲非裔美國男性，除了仇女情節外，無其他心理異常，有大量的［已刪除資料］紀錄。D-9035 配備了一個一百瓦且電池電量能持續運作二十四小時的探照燈，一個能即時轉播的手持式錄影機和一個具麥克風功能的耳機，能與位於監控中心的██████博士進行即時通訊，D-9035 還配備了一個背包，電池可持續運作三個星期，內裝有一百個附有雙面膠帶的小型 LED 燈，並且可以透過按鈕來控制燈泡的明滅。

< 紀錄開始 >

（D-9035 拿著探照燈照向了第一層樓的樓梯，儘管增加了功率，燈光依然只能照亮前九個台階。）

D-9035：你不會要我走下去吧，博士？

██████博士：請用探照燈照一下 SCP-087 的外面，以確保其功能正常運作。

（D-9035 照了一下大廳門廊，與「探索紀錄 I」相比，其照明範圍確實更大了。）

██████博士：謝謝，現在請走到第一個平台。

D-9035：嘿，博士，我知道你在講什麼，但我不想過去。

██████博士：請走到第一個平台。

D-9035：博士，聽著，我……

██████博士：（打斷）請遵守我們之前的協議，請走到第一個平台。

（D-9035 躊躇了十八秒，並向下走了十三個台階，到了第一個平台後停了下來。）

D-9035：那是一個孩子嗎？

██████博士：請拿出 LED 燈，並把它黏在這個平台的牆上。

D-9035：博士，你聽到了嗎？這下面是不是有個孩子？

██████博士：這件事情尚待確認，現在請在牆上黏上一個 LED 燈並確定其功能是否能夠正常運作。

（D-9035 躊躇了一會，然後從背包拿出一個 LED 燈黏在牆上，按了一下開關將燈光打開。）

██████博士：請關掉你的探照燈。

（D-9035 又躊躇了一會後才關掉探照燈，LED 燈泡照亮了平台，但是都無法照亮上一階或下一階的階梯。）

██████博士：謝謝，你可以重新打開探照燈了，現在請繼續往下走，並在每一個平台的牆上都黏上一個 LED 燈並打開它，若有遇到任何不尋常的事情，請跟我彙報。

（D-9035 打開了探照燈，然後走到第二個平台，當他抵達時又聽到了懇求和哭泣的聲音，和在第一個平台時聽到的一樣。）

██████博士：你還能夠聽清楚剛剛你說的那個聲音嗎？

D-9035：嗯，是的。它聽起來在我一百五十公尺……不，也許二百公尺的下方。我是不是要找到它？聽著，博士，我不太知道怎樣跟小孩相處。

██████博士：請把 LED 燈黏好，並繼續向下走直到你注意到其他不尋常的事情。

（D-9035 在牆上黏好了 LED 燈並將其打開，然後繼續走向下一個平台，黏好並打開第三個 LED 燈，之後 D-9035 又重複了二十五次相同的動作後才停下。）

D-9035：我不覺得我更靠近那個孩子了，博士。

██████博士：你覺得你距離那個聲音還有多遠？

D-9035：像之前一樣，距離我一百五十到二百公尺遠。

██████博士：謝謝你，請繼續前進。

（D-9035 繼續向下走了二十四層樓梯，他在第五十一個平台停了下來，螢幕顯示水泥牆面上有一個橢圓形的洞，約五十公分長，十公分寬，這個平台的下一階台階幾乎碎成了瓦礫。）

D-9035：你看見這個了嗎？

██████博士：是的，你能更詳細描述你眼前的景象嗎？

D-9035：這看上去像是什麼東西破壞了這面牆，然後踩碎了那個台階。這個洞的切口看起來十分光滑……

（D-9035 摸了摸那個橢圓形洞口。）

D-9035：是的，它很光滑，像是玻璃。

██████博士：謝謝，請繼續向下。

D-9035：聽著，博士，我認為我已經走得夠遠了。

██████博士：請繼續下去，我們之間有協議的。

D-9035：我不管協議什麼的，我都不想繼續下去了。

［已刪除資料］

（D-9035 跨過了被摧毀的台階繼續向下，下一個平台毫無特殊之處。D-9035 接下來在三十八個平台都黏上一個 LED 燈，哭聲聽起來還是一樣遙遠。自探索開始已經過了七十四分鐘，D-9035 來到第八十九個平台。估計位於入口下方三百五十公尺處。）

**D-9035：我認為這孩子只是想要引誘我繼續向下走，博士，我認為是時候……**

（D-9035 停止說話，舉起探照燈照亮 SCP-087-1。那張臉盯著 D-9035，顯示它意識到 D-9035 的存在。雖然畫面中的 SCP-087-1 並沒有移動，但它較「探索紀錄Ⅰ」向下了三十八層樓梯，這表示它是會移動的。）

**█████ 博士：你出於什麼原因停下了？**

**D-9035：**（並無回應）

（D-9035 的呼吸變得越發急促。SCP-087-1 在接下來的十三秒內都沒有移動，直到它眨了眨眼。）

**D-9035：**（大吼，並發出意義不明的叫聲）

（SCP-087-1 突然移動到 D-9035 的面前約九十公分處，D-9035 轉身就往上奔跑。）

**█████ 博士：請放輕鬆並冷靜下來，轉身，我們需要進一步觀察那張臉。**

（D-9035 無視了 █████ 博士的要求並繼續往上跑，沿途中不斷持續地發出意義不明的尖叫。）

**█████ 博士：D-9035 你能聽到我嗎？請停下來。**

（D-9035 沒有回答，繼續往上跑。尖叫聲逐漸轉爲嘶啞的吼聲。在跑上七十二層階梯後，他倒在第十七層的平台上。）

**█████ 博士：D-9035 你聽得到我嗎？**

（D-9035 沒有回答，但通過耳機收音能夠聽到他好像呼吸困難的吸氣聲。接下來十四分鐘裡，D-9035 沒有再移動。監視畫面一片漆黑，只聽到持續不斷地哭泣和懇求聲。此情況持續了十四分三十二秒後出現了完全不像人類心跳的快速心跳聲和玻璃碎裂聲。七秒鐘後 D-9035 醒了過來，並無聲地繼續快速上樓。異常的心跳聲和碎裂聲停止了，錄影鏡頭也沒有拍攝到不尋常的畫面。在一片寂靜中 D-9035 走出 SCP-087，並癱坐在入口處的地板上。）

報告指出，D-9035 陷入了極度精神緊繃的狀態，目前尚未恢復。

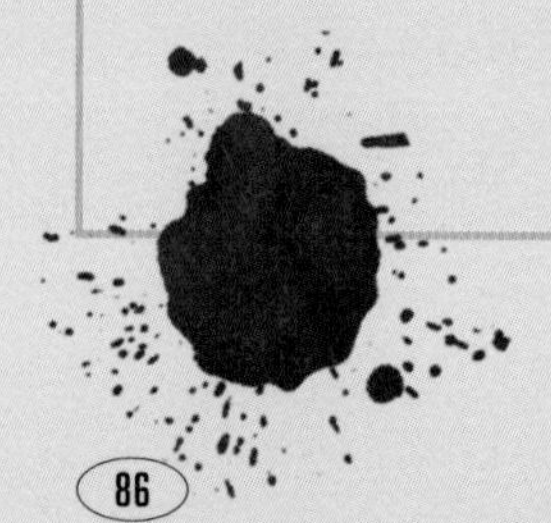

D-9884 是一位外貌普通的二十三歲女性。患有憂鬱症，曾有少數幾次過度使用暴力去［已刪除資料］的紀錄。D-9884 配備有一盞七十五瓦的探照燈，電池電量能使用二十四小時，還有一個能即時轉播的手持式錄影機和一個具麥克風功能的耳機，能與位於監控中心的███博士進行即時通訊。D-9884 還配備了一個背包，內裝了一瓶有 3.75 公升的水和十五條營養棒及一條電熱毯。

（D-9884 站在 SCP-087 最初的平台上，探照燈只能照亮前九個台階，上次探索時安裝上的 LED 燈已經不見了。）

███博士：請走下第一層樓梯並檢查那個平台周遭的牆面。

（D-9884 往下走了十三個台階來到第一個平台，「探索紀錄Ⅱ」中探索者放在此平台上的 LED 燈已經消失的無影無蹤。）

D-9884：好的，呃，它只是一面骯髒的水泥牆，上面什麼都沒有。喔，不，等等，這裡有些黏黏的。

（D-9884 指了指原本黏著 LED 燈的位置。）

D-9884：這下面有個小孩在哭！她（停頓了一下）她在請求幫助。

███博士：謝謝，請繼續往下走，直到妳覺得有任何地方不對勁。

（D-9884 往下走到第二個平台，耳機接收到了與前兩次相同的小孩的哭聲，牆上的 LED 燈都不見了，除此之外一切都正常，直到 D-9884 來到第十七個平台。）

D-9884：呃，這裡的地板散發了一股令人作嘔的味道，味道全都附著在我的鞋子上了，呃，真噁心。

（攝影機拍攝到了地板上有一灘直徑五十公分的不明物質。）

███博士：你能描述一下那個氣味嗎？

D-9884：呃……聞起來像是生鏽的鐵鏽味和著尿液。

███████ 博士：謝謝，請繼續往下，直到你看到其他的東西。

（D-9884 來到第五十一個平台，這裡看上去和第二次探索時一模一樣，也觀測到了類似的東西。D-9884 被要求繼續往下走，直到發現其他不尋常之處。她來到第八十九個平台，攝影畫面突然猛烈地一震，探索者大叫起來。）

D-9884：啊！幹！地上有個洞，我差點掉進去。

（攝影畫面顯示地板上有個直徑約一公尺的洞，用探照燈照下去，只能看到一片黑暗，然而在大約四秒後，洞裡不知道什麼東西亮了兩秒後隨即又熄滅了。）

D-9884：下面有一盞燈！它現在消失了，剛剛它好像出現了一瞬間，你有看到它嗎？

███████ 博士：是的，妳能估計這個洞有多深嗎？

D-9884：不知道，它太深了。至少有一公里，甚至遠超過一公里。

███████ 博士：謝謝，妳還能聽到那個小孩的哭聲嗎？

D-9884：嗯，可以，她聽上去還是離我很遠，我不覺得我靠近她了，就好像我每朝她走一步，她則向後退一步。

███████ 博士：請繼續向下，直到妳發現有任何不尋常的地方。

（D-9884 繼續在 SCP-087 中走了約一小時，經過了一百六十四個平台。她在第二百五十三個平台處停下來休息，吃了一條營養棒，喝了幾口水。D-9884 目前位置約在出發點下方 1.1 公里處，但小孩的哭聲並沒有因此變得比較大聲。休息了約四分鐘後，D-9884 繼續向下走，再經過了二百一十六個平台，總共費時 1.5 小時。現在 D-9884 位於第四百六十九個的平台上，距出發點下方 1.8 公里處。）

D-9884：我不想再走了，我覺得是時候回頭了。我是指，向下走簡單，但當我爬上去我要花多久的時間呢。

███████ 博士：妳身上有可以讓妳在裡面待上二十四小時的食物、水和電熱毯。請繼續往下走。

D-9884：不，我想我要回頭了。

（D-9884 轉過頭面對剛才的階梯。）

D-9884：我……（尖叫）

（SCP-087-1 的臉就在 D-9884 背後，阻擋了她回去的路。那張臉出現在鏡頭前方三十公分處，它的眼神直直地盯著鏡頭，這次它沒有看著探索者，而是看著背後指揮這一切的人。攝影鏡頭故障了四秒，此時耳機傳來持續不斷的尖叫聲，然後鏡頭轉換成 D-9884 急速跑下樓的畫面。）

D-9884：（驚慌與歇斯底里）那東西一直跟著我！這麼長的時間它一直跟在我後面。喔，天啊！它跟著我，它一直這樣跟著我，在我背後，這樣看著我！█████博士，我求求你，做些什麼幫幫我，喔，天啊！幫我把它從上面弄下來，我知道它一直跟著我。求求你！把它弄走！它知道我在這裡。喔，天啊！幫幫我，不，求求你（此類的話語不斷持續到斷訊。）

（D-9884 一邊下樓一邊歇斯底里地尖叫，她不斷懇求著。先前聽到的粗啞的尖叫聲又出現了，後來是那個小孩的哭聲。在跑了十四層階梯後，攝影鏡頭無意捕捉到 D-9884 後方的景象，那張臉現在距離鏡頭只有二十公分了。它沒有看著探索者，而是看著鏡頭，給人一種它正在與鏡頭後方的人對視的感覺。值得注意的是在 SCP-087-1 出現之後，小孩的哭聲變大聲了，表示 D-9884 已經接近音源。她又向下跑了一百五十層階梯，三次回頭看 SCP-087-1 仍在追趕她後，D-9884 絆倒了，失去了意識。由聲音的大小聲表示她現在已經很接近哭泣的音源，而整路的粗啞尖叫聲在這之間不曾間斷過。影像顯示還有向下的樓梯，表示 D-9884 還未到達底部。畫面靜止了十二秒，然後那張臉占據整個螢幕，眼睛直直地看著螢幕後面的研究員。）

影像和音訊都中斷了，再也沒能重新連接。

## 文件 087-IV：探索紀錄 IV ▶

報告結束

圖書館檔案 SCP-135。

## 特殊收容措施▶

SCP-135 應被收容在以樹脂玻璃作為隔層的房間裡，房間大小、長寬不得小於七公尺，房間裡的每個隔間都必須完全密封以防止交叉感染。SCP-135 應該放在位於房間中央的隔間，該隔間面積至少應有 1 至 1.5 平方公尺之間，四周應該要有一條五公分寬的溝渠引至一個水槽，而每週都要將其內容物排放到焚化爐中。房間中的其他隔間應用來放置五個化學物質收容桶，每一個隔間中放置一個。SCP-135 的收容隔間只有一條走廊通向外部，任何人員都不能進入 SCP-135 的有效半徑內；包括維護工作、取樣等行為，都應該由遠端操作機器人完成。對違反了該守則的人員不需要進行訓誡，因為 SCP-135 的影響效果足以讓接觸者導致死亡。機器人只能由 1 級人員進行維修和清潔。每週一次，SCP-135 的隔間都應該用 U82-B 溶液徹底沖洗，直到可以看見隔間的表面塗層。在緊急情況下，應該使用火焰噴射器來儘快處理洗掉的物質。

由於交叉感染可能造成的災難，SCP-329 和 SCP-427 不應與 SCP-135 存放在同一設施中。

## 描述▶

SCP-135 是一名年齡在█到█之間的人類女性，它從其自身之中到距它周圍半徑 2.25 公尺的範圍內，進行著快速地、不受控制的細胞增殖。它固定地保持著胎兒的姿勢，並且沒有觀察到它有過任何的移動。對於動物組織來說，SCP-135 的影響是有致癌性的，而對暴露於 SCP-135 之下的植物與真菌組織來說，在有紀錄的案例裡，百分之百都誘發了惡性腫瘤。此外，愈靠近 SCP-135，嚴重性及混亂性是急速地增加。在十公分的距離內，細胞不會正常般地老化、死亡，因此導致了 SCP-135 被包裹在一堆持續增長的植物物質、真菌物質和微生物之中。這種「不死」的效應也延伸到了 SCP-135 本身的細胞上，且 SCP-135 顯現出沒有表皮的外觀，而是一層混合植物和真菌物質的硬殼，且這硬殼已融入 SCP-135 的皮膚裡，表面有腫瘤及原始的真皮斑塊。

SCP-135 的肺、橫膈膜和腸道都已經破裂，並且這些組織的生長延伸到了胸部和腹腔中。其腹腔中已經接入一根大直徑的塑膠管，以抽出過量的生物組織。

基金會是在項目和從它周圍長出來的一個球狀生長物，從████████山的懸崖上滾下之後對它進行收容的，而在它行經的路徑上還壓倒了一名徒步旅行者。市民和相關的執法人員都進行了 B 級記憶劑消除，對外則以兩隻公羊在山崖上進行決鬥，然後雙雙滾落的說法來進行掩蓋。稍後對這個露出了一些人類女性骨骼的球狀生長物進行檢查，發現上面覆蓋著百分之███的惡性骨肉瘤。SCP-135 在該骨骼的胸腔和骨盆之間被發現了，當時年齡在█到█之間。基金會在該骨骼的骨盆骨髓中發現了一份有活性的 DNA 樣本，並且對其檢查確信該樣本屬於███。測試確認有百分之 █.█ 的可能那就是 SCP-135 生物學上的母親。

所有對 SCP-135 進行過生物組織回收和檢驗的人員，不久之後都會感染上了各式各樣的癌症。於███的效應下，在本文撰寫時，只有█人還活著。曾嘗試用普通彈藥、火焰噴射器、腐蝕性物質、真空和極端壓力來處決 SCP-135，但都以失敗告終。O5-███已命令停止進一步的嘗試，因為發現 SCP-135 的組織十分利於培養細菌。參見檔案 135-a 以獲得目前在化學物質收容桶中的物質資訊。

腦電圖證明了 SCP-135 是有著大腦活動的，現階段不會嘗試任何與 SCP-135 的交流。

**報告結束**

## 特殊收容措施▶

SCP-143 應收容於占地超過兩平方公里的生物研究區域-12 旁的山谷內。SCP-143 方圓二十公里以內，以及任何可以觀察到該項目的峰頂位置都應禁止平民接近。除非當地有降雨，否則應以大型灑水系統每天規律地澆灌 SCP-143 兩次。無 4 級維安權限的人員不得進入封鎖線內，且建議避免觸摸 SCP-143 的任何部分，而未穿著合適的防護裝備時，不應停留在它們的下方。十分重要的一點，當 SCP-143 的花瓣開始掉落時，嚴禁任何人進入收容區域內，但專案組長已授權在落花結束後蒐集掉落花瓣以供實驗所需。（詳見██████████實驗紀錄）。

## 描述▶

SCP-143 是屬於一獨特樹種的三百棵植株。這些植株的外觀類似於 Prunus x yedoensis（染井吉野櫻），即現代櫻花的代表性品種。它們不會產生果實，唯一的繁殖方式是從較老植株剪下幼苗，用於「自根繁殖」，整個過程必須十分謹慎。

花瓣顏色為淡粉紅色且稍微透光，質地類似於光滑玻璃。處理這些花瓣時必須特別注意，因其邊緣銳利無比，堪比剃刀，一旦稍有不慎，即可輕易被切穿皮肉。

樹幹與樹皮是淺灰色，質地與一般樹木類似，但其紋理在觸摸時顯得十分滑順。

該項目異常之處顯然在於花瓣與樹材均較大多數自然或人造物質更加堅韌——於布氏硬度試驗得到的數值高達 5000 布氏硬度，且能夠抵抗攝氏一千八百度的高溫。它們的強度重量比值甚至超出鈦金屬，與同等條件的鋁金屬相比也輕了大約百分之十五。然而即使材料強度如此之高，這些樹材與花瓣同時還能表現出一般植物原有的柔軟與柔韌。

上述兩者均因其特性而難以加工。儘管如此，只要有超過攝氏一千五百度的高溫，原本分散的材料碎片就可以彼此融合。這一材質可以用於製造十分精良的鎧甲、護盾以及武器。

儘管花瓣算是有規則性地脫落，每年兩次；但因為生長緩慢，以致於收穫速度不快。

我們今天有三名員工死於 SCP-143。他們前往蒐集前日掉落的花瓣時，突然刮起了一陣風，原本還在樹上的花瓣因而落下，並在他們的身邊飛舞。風持續了一整天，我有打算派遣人員善後，但目前風勢依然很大，而且那些怪異的花瓣還在掉落，我們會緩幾天，等風停了再去回收那些殘骸。

## 附錄 143-1 ▶

目前收容區域內種植的植株是一九〇五年從位於日本奈良縣的母樹取下的幼苗。當時母樹為某傳統刀匠家族所有，他們聲稱該樹種是傳承自名為「天國」（あまくに，Amakuni）的一名傳說鑄劍師，並稱呼原始的林園為「刃木之森」。基金會能夠將該項目的樹材與花瓣切割，並加工成可用物品，也是基於該家族的技術。

原始的林園仍舊位於日本並由政府持有，實際上大部分情況下依然由上述家族把持。然而日本政府完全否認這些植株的存在，而且他們所製造的一切產物都被留置在日本國內。

SCP-143 的起源地

報告結束

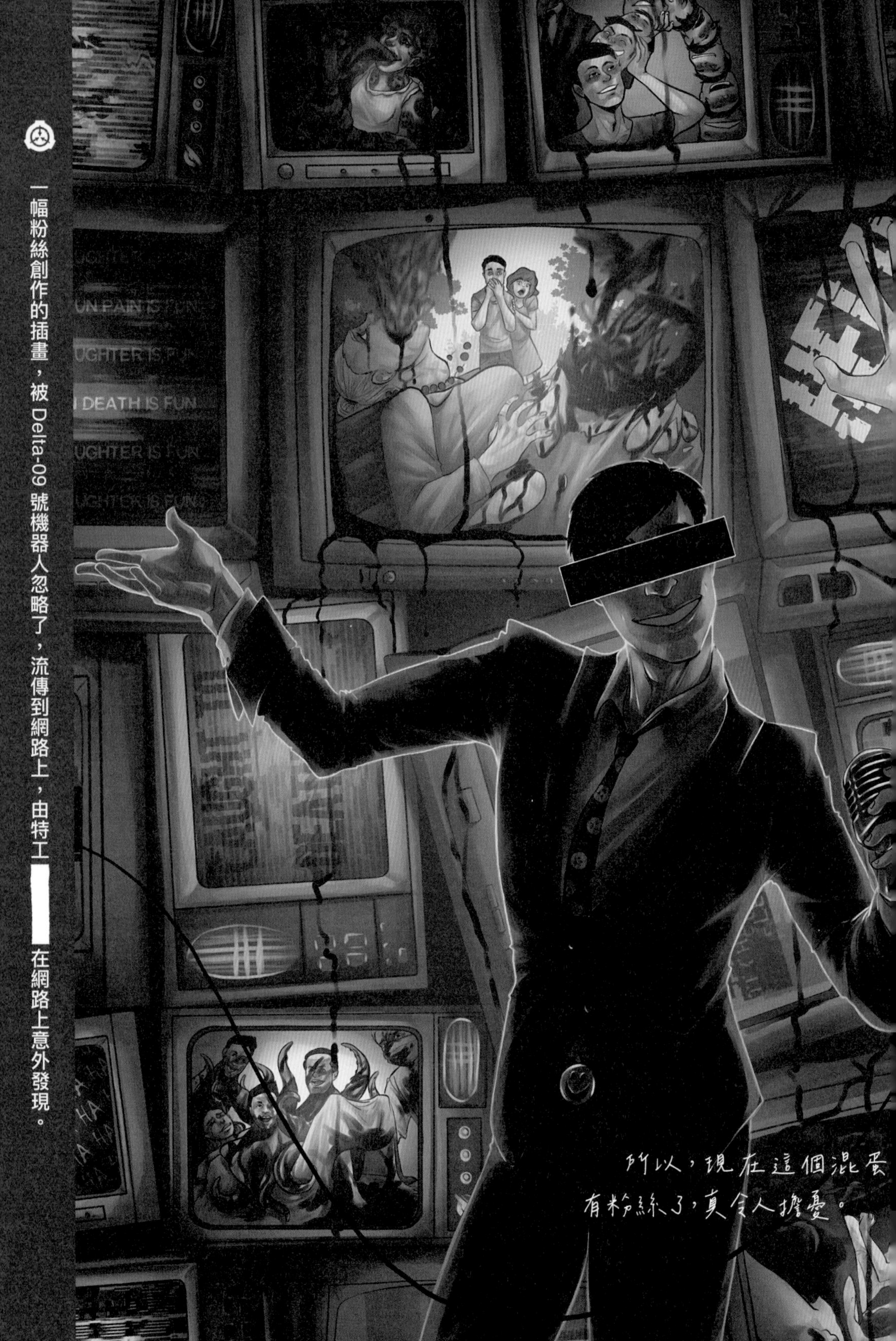


一幅粉絲創作的插畫，被 Delta-09 號機器人忽略了，流傳到網路上，由特工█在網路上意外發現。

基金會運作的網路分析器 Delta-09（代號「別笑」）應保持恆常運作，且每週需要由一名熟悉操作的 2 級人員施以二次故障檢測。當分析器正常運作時，它在網路上會大範圍的搜索與 SCP-2030 有關的檔案或一些影音串流網站上的影片，並加以移除。尋找並隔離 SCP-2030 的源頭將被視作德爾塔級（Delta-Level）優先事項。找出拍攝 SCP-2030 的工作室所在，是目前正在進行的工作。

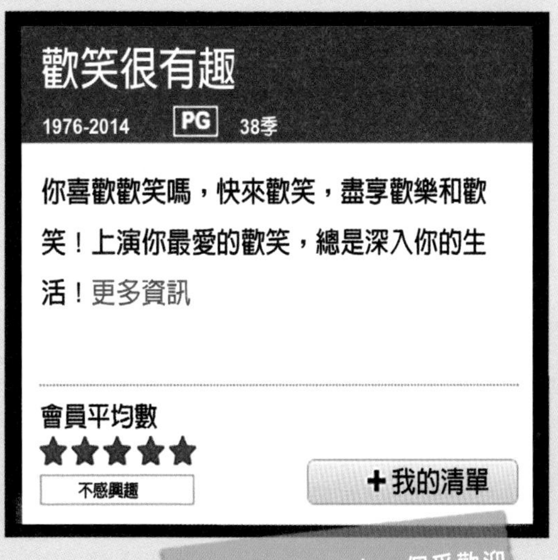

歡笑很有趣
1976-2014
PG
38季
你喜歡歡笑嗎，快來歡笑，盡享歡樂和歡笑！上演你最愛的歡笑，總是深入你的生活！更多資訊
會員平均數
不感興趣
+我的清單


SCP-2030 出現在一個受歡迎的隨選影音串流平台上。

## 描述▶

SCP-2030 是以一系列影片形式出現的異常現象。SCP-2030 出現時的載體都是當前最為流行的媒體形式；從二〇一四年起，SCP-2030 最常見的形式是將自己上傳到自動 DVD 出租機、影片分享網站和付費點播網站上。而在二〇一二年以前，SCP-2030 最常以 DVD 形式出現在錄影帶出租店中，在二〇〇三年以前則是以家用錄影帶的形式出現。迄今，雖然沒有可靠的證據證實，但在一九九三年前就發現有 SCP-2030；然而，當前存在著三十八季影片系列，這似乎意味著 SCP-2030 可能自一九七六年就開始出現。

該影片系列的標題常見為《歡笑就是樂子》，也有其他不同的名字出現，如《歡笑就是生活》或《歡笑就是歡笑》，但並不常見。該影片系列並無自己獨特的「藝術標誌」，它都是在模仿其他的一些影片，而這可以讓觀眾誤認為是其他影片節目而選擇打開觀看。

影片的內容是以隱藏鏡頭拍攝的搞笑秀系列，展現各式各樣的人在遭遇離奇、令人不安，甚至是極度異常的情形下如何反應。每一支影片約十到十二分鐘，分為開場、隱藏鏡頭的內容、結尾三個段落。迄今沒有任何影片有片尾名單。

SCP-2030-1 是一位（推測為）成年男性，負責在影片中充當主持人介紹開場和結尾，以及向「受害者」展示正在拍攝的影片。SCP-2030-1 的穿著總是寶藍色三件一套正式西裝，搭配一雙黑白條紋的鞋子。由於影片鏡頭的拍攝方式，SCP-2030-1 在影片中僅可見到頸部以下的部分，所以很難確定此人的身分。它在影片中自稱是「搞笑的麥克笑森」。

影片中出現的人員總是會對他們目擊的事件做出恐懼或緊張反應，但在 SCP-2030-1 出現後，他們會很快地冷靜下來，甚至當相關人員遭受身體傷害或目睹嚴重傷害事件情況時也是如此。此外，這些人員對 SCP-2030-1 均表現出一定的熟悉度，其中一些人甚至宣稱自己是該系列的粉絲。因此，目前正在研究 SCP-2030 是否從他的觀眾中選擇受害者。

每一集影片中的惡作劇都會有一特定主題。SCP-2030-1 會在影片開始時，處在某個影片拍攝工作室，站在一個裝飾著彩色大型幾何圖案的黃色舞臺上，對該集影片的主題進行講解。影片主題天差地別，有的很平凡，如「沙灘」、「寵物」、「糖果」；也有的怪異且暴力，如「郵件詐騙」、「縱火」、「恐怖主義」等。SCP-2030-1 會在影片結束時演說一段內容相近的結束語。

在每一集影片的結束時，攝影機的鏡頭都會從 SCP-2030-1 所站的舞臺拉向工作室內的觀眾，這些人往往就是在該影片中出現過的人。在這一過程中，白色字幕「在工作室觀眾面前拍攝。由 YWTGTHFT 合作完成」會浮現在鏡頭上。對出現在影片惡作劇中的人員進行身分調查後顯示，這些人均在他們出現於節目的那一年內被官方記錄為死亡或失蹤。

對這些參與 SCP-2030 人員的死亡所做的全面調查顯示，在關於死亡情形上有些前後不一和矛盾的地方。此外，想要挖掘這些遺骸，但是所有記錄在案的參與者的屍體均已消失。SCP-2030 的研究員們普遍認為這些人可能是在拍攝影片後遭到綁架，且失蹤的事實遭到了掩蓋。然而，當前除了曾出現在 SCP-2030 鏡頭中以外，尚無證據能將這些人的死亡與 SCP-2030 聯繫起來。

## 附錄▶

下面是影片中出現的惡作劇的部分案例。

季數→ 24 (2000)
主題→腫脹
參與人員→ Macey Gersham 和 Kyle Parker ——於 2000/09/18 死於車禍，肇事司機逃逸。
場景描述→一名女性長者坐在公園長椅上，正在從一個小包包裡拿出種子餵鴿子。Gersham 和 Parker 結伴沿路走來，在二人靠近女性長者約 1.5 公尺時，一群鴿子突然飛進了長者的嘴中，使她的胃部急劇膨脹並破裂。二人表現出極度驚恐，這時 SCP-2030-1 突然從女性長者破裂的腹腔中出現，Gersham 和 Parker 鬆了一口氣。

季數→ 21 (1997)
主題→瑪格麗特・柴契爾
參與人員→ Doris Carter——於 1997/02/24 死於卵巢癌。
場景描述→ Carter 太太走進廚房並打開了櫥櫃，櫃內突然滾出了一大團肉。Carter 太太正在尖叫時，這團肉開始生長，並變形為一個極度扭曲、仿前英國首相瑪格麗特・柴契爾夫人的複製品，頭部是軀幹的兩倍大。Carter 跑出廚房，但這個柴契爾狀的生物先她一步跳到了她面前。該生物將舌頭伸進了女人的嘴裡，不同大小的柴契爾夫人的臉開始在 Carter 的皮膚上出現。這些不同的臉齊聲背誦柴契爾夫人在一九八六年四月對利比亞爆炸案的演講。SCP-2030-1 從附近一個碗櫃中爬出，並指出了隱藏的攝影機；Carter 太太笑了，這時那個生物的舌頭仍卡在其喉嚨裡。

季數→ 13 (1989)
主題→松鼠
參與人員→ Melissa 和 Travis Englund 夫婦，失蹤，最後一次出現於 1989/05/12/。
場景描述→ Englund 太太躺在床上，身邊是一與她先生極為相似的男性人形。 一連串尖銳的叫聲傳來，Englund 太太被驚醒，她試圖喚醒丈夫，但對方沒有回應。她把手放在對方肩膀，但很快尖叫著把手收回。男子的皮膚開始起伏，似乎有什麼東西在皮下活動。突然一大群松鼠從其身體不同部位破體而出，擠滿了床並向女子爬去。她起身離開房間，這時 SCP-2030-1 走入房間並打開了燈。他正和已經被從頭到腳剝掉皮膚、卻沒有表現出任何不適的 Englund 先生站在一起。三個人一起大笑，鏡頭結束。

季數→ 37 (2013)
主題→頭足類
參與人員→ Rebecca Nash（另有若干無法辨認的外科醫生）——於 2013/11/02 死於生產併發症；醫院紀錄顯示其出生時沒有異常跡象。
場景描述→一群產科醫師團隊俯視著待產的的 Nash 太太。醫師們正在對嬰兒的頭蓋骨大小和頭髮數量進行討論。數分鐘後，一名醫生突然高聲驚呼並將手中器具掉在地上。從背景中傳來壓抑的聲音。其他人開始恐慌，一個頭開始從 Nash 體內鑽出，使她極度痛苦。嬰兒的頭看起來極像美國電視主持人瑞安．西克雷斯特（Ryan Seacrest）。嬰兒在脫離母體的過程中一直以女聲唱著《划、划、划小船》。嬰兒的身體逐漸暴露在外，可以看見嬰兒有著一隻成年章魚（Octopus vulgaris）的身體。嬰兒在完全脫離 Nash 太太的身體後仍繼續著唱歌，第二個頭開始鑽出，陸續有三名嬰兒出生。長相分別與傑克．尼克遜（Jack Nicholson，美國電影演員）、強尼．凱許（Johnny Cash，美國唱作歌手）和馬丁．費里曼（Martin Freeman，英國電影演員）相似，而且都有著章魚的身體。總共四個嬰兒以四個聲部合唱《划、划、划小船》。SCP-2030-1 走進房間，節目鈴聲響起。SCP-2030-1 指出了隱藏攝影機，醫師們和 Nash 太太開始大笑。還留在 Nash 太太軀幹上的生物仍在歌唱。Nash 太太在這之後昏倒，似乎是失血過多。

下面是 SCP-2030-1 常用的片尾結束語的抄錄：

季數→ 32 (2008)
主題→印表機
抄錄→哈！刺激吧，各位？我們看過「吃人的印表機、吃印表機的人」，還有中間其他的東西！感謝那些回到你辦公室裡的老機器吧，不是嗎？不，印表機不會總是如你所願的工作，但它們顯然是為喜劇而生的。我們為您帶來歡笑。我們希望您放聲大笑。謝謝您同我們一同歡笑。那是我們的目的所在，不是嗎，各位？敬請下一次再和我們一起歡笑！但是記住：歡笑……就是……樂子！晚安！記得歡笑！只需歡笑！我們愛製造歡笑，和我們一起歡笑，和我們一起歡笑（工作室內的觀眾齊聲）。和我們一起歡笑！和我們一起歡笑！和我們一起歡笑！和我們一起歡笑！和我們一起歡笑！歡笑！歡笑！一起來歡笑！

影片突然結束並轉黑 30 秒，笑聲和混音過的聲音從背景傳來，一直到影片結束。

**報告結束**

根據聖母慈悲修道院院長█的描述，嬰兒時期的 SCP-166 到達修道院時的情景。

## 特殊收容措施▶

SCP-166 被收容於站點-19 中的 C 區生物收容區中，該區域已經被改造為具有一個密閉的前廊與一臺工業級的空氣清淨機。收容人員在進入 SCP-166 的收容間時，須穿著特別設計的防護衣，以防止來自 SCP-166 的生物危害物質。

基於 SCP-166 特殊的生理需求，須提供各種寬鬆的棉質衣物且每月輪流更換。所有餐點均應以特殊的食譜進行烹調，並盡可能少用無機添加劑。

個人用品及改進收容間的合理請求可在~~4 級或更高級別主管人員的~~同意後批准。更新：所有 SCP-166 的請求必須由站點主管 Light 親自批准。截至目前為止，SCP-166 已請求：

- 一本聖經 (Douay-Rheims 版、Challoner 修訂本 ) ( 已批准 )
- 一條天主教念珠 ( 已批准 )

- 拜訪一位天主教神父以進行告解、彌撒和其他儀式 ~~(被拒絕)~~ (Davis 神父已被安排隔週的週日與 SCP-166 見面，見面前必須進行全身淨身)
- 各種書籍和雜誌，其中大多是宗教性質的（已批准，但須對內容進行審查)
- 一具電話，用以聯繫愛爾蘭戈爾韋郡的聖母慈悲修道院 ~~(被拒絕)~~ ~~(已批准)~~ (被站點主任駁回，被拒絕)

## 描述▶

SCP-166 是一名處於青少年晚期的歐裔人類女性，具有蹄類動物的特徵，擁有鹿角、蹄和短尾巴，令人聯想到 Rangifer tarandus（普通馴鹿）。儘管有這些明顯的異常特徵，但它的 DNA 分析並未顯示有異常的地方。

在 SCP-166 半徑十五公尺內，人造物品會逐漸回到未加工的狀態，尤其是電子產品或車輛等複雜性較高的物品會更快受它的影響，像金屬零件會在數小時內退回原來狀況，導致災難性的結構損壞；石材建築、有機材料的製品的改變程度卻難以察覺。然而在相同半徑內，植物會開始發芽、成長，且會生長在幾乎不可能出現的地方（如監視器、身分辨識儀等）。

SCP-166

SCP-166 對人工材料及汙染物異常的敏感，吸入或接觸都可能引發急性氣喘或褥瘡等症狀。在某個案中，SCP-166 接觸了吸菸者的身體，導致它的氣喘嚴重發作，儘管當時那位博士已經長達三週沒有抽菸。

## 發現▶

SCP-166 被發現於愛爾蘭戈爾韋郡的聖母慈悲修道院中，它自嬰兒時期就在那裡生活。據一名來自全球超自然聯盟（Global Occult Coalition，簡稱 GOC）的叛變特工證實，SCP-166 是威脅實體 9927-Black（「女神」）的孩子，該項目也被稱為 SCP-█████，她在康沃爾事件中被一支 GOC 的攻擊小隊處決。

## 回收取得的 GOC 文件▶

### 威脅實體的相關數據

威脅 ID→KTE-9927-Blackchild 「女兒」

授權應對級別→4 級（嚴重威脅）

描述→威脅實體是 LTE-9927-Black「女神」的孩子，父不詳。儘管它形似於母親並具有動物特色，但它缺少 9927-Black 那樣野獸化的外觀。它操縱植物的能力尚屬輕微，但還是對它做出如此威脅分類，主要原因是它對「神祕程序—發條裝置—黑之子—哈維拉」（Occult Procedure Clockwork Blackchild Havilah）的相關知識及儀式執行的能力。這是一種能夠影響全球的儀式，可以將人類文明不可逆的倒回新石器時代，有效地消除所有重大的技術進步。

「蘭斯洛特」突擊小隊於一九██年，在一次英格蘭的行動中消滅了 9927-Black，後世稱為惡名昭彰的「康沃爾事件」，但由於突擊隊長 Ukulele 特工的死亡，所以，並未能證實 9927-Blackchild 是否已被處理。Ukelele 死後被授予銀盾徽章，以表揚他對人類的終生貢獻。

處理→威脅實體沒有任何防禦能力。無異議予以處決。

特工拒絕處決 SCP-166，並將其帶到愛爾蘭戈爾韋郡的一座天主教修道院中。它十二歲前一直居住在那裡，直到一位修道院的訪客目擊了 SCP-166，並向相關部門通報此事。這位特工隨即和基金會聯繫，同意分享 GOC 的情報以換取對 SCP-166 的安全和收容的保證，更詳細的消息實屬於機密。

<日誌開始>

Davis：早安，孩子。

SCP-166：早安，神父。

Davis：按照慣例，我必須告訴你，由於我們所處的環境，告解的內容不會保密，除非有特殊允許，不過即便如此，如果有必要的話，我們的談話還是會被公開，明白嗎？

（SCP-166 點點頭。）

Davis：很好，那你最近還好嗎？

SCP-166：很好，昨天有一個員工跟我說了 Benedict 的事，那是真的嗎？

Davis：啊，是的，這是件不幸的事情，但也能夠理解，他就職的時候已經很老了，他為教會盡心盡力，現在可以休息了。

SCP-166：你知道誰會頂替他嗎？

Davis：現在有很多猜測，任何人都有可能。這是個困難的時期，鑑於最近發生的……爭議，他們可能想要一張新的面孔來代表教會，或者他們會選擇一個已經貢獻多年的人，誰知道呢？他們甚至可能挑選一個工人階級的人，這肯定會給人們帶來茶餘飯後的話題。

SCP-166：我猜也是。

（SCP-166 和 Davis 陷入沉默。）

Davis：我感覺你還有問題想問，孩子。

SCP-166：抱歉。

Davis：無須道歉，畢竟這就是我來這裡的意義，你想問什麼？

SCP-166：我只是，我想問你些事情，只是可能有些私人，我只是想要知道，你和父母關係好嗎？

Davis：和我母親的話，是的。在她去世前，我每個月去養老院拜訪她一次，還有她的生日和假期。我告訴她我在軍中擔任神父，我想這比較接近事實。

SCP-166：那你的父親呢？

Davis：這是一個相當複雜的問題，他是一個好人、一個士兵，他深愛著三樣東西，上帝、國家和家庭。不幸的是，他非常苛刻地堅持這些信仰，進而導致了一些激烈的討論。我仍然愛他，但現在這種方式最適合所有人。

（Davis 嘆了口氣。）

Davis：那你的父母呢？我知道你生活在修道院裡，但那之前呢？

SCP-166：我沒有真正了解過他們，我還是個嬰兒的時候就被遺棄了。我想如果他們把我放在那裡，他們一定認識一些修女，但我不記得他們。在修女們意識到我在聽她們談話之前，我只有零星聽到一些。她們說了一些有關我母親的事。我想她們說她是一位女神？但這肯定不是真的，她不可能是某種靈體，一定是個什麼東西，因為我最後長成這樣。

（SCP-166 指了指她自己。）

SCP-166：我記得我偷聽到修道院院長的談話。她正在跟其他修女談論她做錯的事情，是一件關於停止儀式的事，她們說她死了。

Davis：對於你失去母親一事，我很遺憾。

SCP-166：也不是說我多認識她。

Davis：那你的父親呢？

（SCP-166 猶豫了一會。）

SCP-166：我不知道，他一定是把我遺棄在修道院的那個人，但為什麼是那裡？為什麼他不帶著我跟他一起走？

Davis：我相信他有他自己的原因。

SCP-166：或許吧，你知道的，她們從來沒有談論過他，一次也沒有。就算我已經問了院長超過一千遍，但她甚至一丁點都沒有提起過他的事情。

（SCP-166 頓了一下。）

SCP-166：如果我的母親那麼可怕……那我的父親做了甚麼？

< 日誌結束 >

## 附錄 166.2: 對【刪除內容】的紀律談話 ▶

< 日誌開始 >

Light：你當時他媽的到底在想什麼？

[ 刪除內容 ]： 我想確保它平安無事，你們不讓我跟它說話，所以我選擇了另一個方式。

Light：你做的事情比那更糟，如果你濫用職權只為了讓它可以舒適一點，那我可以睜一隻眼閉一隻眼，但你卻試圖給一個列為 4 級異常實體一臺與外界溝通的電話……該死，議會已經對讓你和它在同個地方工作感到後悔了，這件事情已經暴露，你可以和你所做的所有交易說再見了。

**[ 刪除內容 ]**：別這樣啊！ Sophia ！它不會傷害人，他們讓它待在這裡的唯一原因就是因為我，我必須做些什麼。難道基金會讓它這樣長大，讓它想到……

**Light**：在你繼續說下去之前，記住，我們現在談話的內容是公開給所有獲得4級權限的人，我雖然可以編輯刪除你的名字，但我不能阻止其他人可能因為那次不合時宜的突然發言而把訊息拼湊起來。

（[ 刪除內容 ] 保持沉默）

**[ 刪除內容 ]**：十六年了，這十六年裡它不能出去走動，不能去看電影，甚至連購物也做不到。不管是在修道院裡或是在基金會的收容間，它都因為它自己無法選擇的事情被關起來，這些都是因為我，這不公平。

**Light**：我知道。

**[ 刪除內容 ]**：但我為此無能為力，我能夠把突擊隊派遣到世界的任何角落，我知道世界上最有權勢的人會花數十億來購買這個祕密，但我甚至不能跟它交談，讓它知道它並不孤單。

**Light**：你已經盡你所能了，在這樣棘手的環境中，你已經表現得比任何人所期盼的都還要好。

**[ 刪除內容 ]**：這真搞笑不是嗎？那幾乎一點用也沒有，我……

（[ 刪除內容 ] 陷入沉默）

**[ 刪除內容 ]**：你知道的，我不在乎。把我做的都記下來，讓我們快點結束吧。

**Light**：……我給你安排了六次與基金會心理學家的會面，每次兩小時，我保證是找Glass這位心理學家，他在最後也簽名了，我們可以把這個從你的個人紀錄中消除掉。

**[ 刪除內容 ]**：嗯。

**Light**：[ 刪除內容 ]。

**[ 刪除內容 ]**：什麼？

Light：……

[ 刪除內容 ]：……好，我知道了，謝謝你，Sophia.

**< 日誌結束 >**

在二〇一三年五月八日，以下信件被發現於 SCP-166 的收容區內。

當我們都還不過是孩子的時候，我第一次遇到妳的母親，她的腳上有蹄子，眼睛中閃爍著星光，她是美和自然的化身，然後我用自己的雙手殺死她。

伊甸園不是一個地方，而是一種狀態。他們想讓我們回到那種狀態，但我阻止了他們。我又一次把天堂從我們身邊奪走了。我從未對那一天我所做的事情感到懊悔，除了一件事，當妳那天第一次見到我的時候，妳看到妳的父親將一枚子彈塞進了妳母親的腦袋，我沒有任何藉口，只想說明一下。妳甚至可能不記得了，但我現在告訴妳這件事情，是希望妳能理解我做的事情，我希望妳寬恕我。

我愛你，希望我能夠為妳做得更多。我能夠做的最好的事情就是把妳留給那些善良的人們，希望她們能夠替我扶養妳。一直以來我看到她們也做得很好。我很抱歉妳已不能跟她們待在一起。我也很抱歉她們把妳送來了這裡。我發誓我會盡可能讓妳在這裡的生活也能快樂，而且我發誓會保證妳的安全。

十六歲生日快樂，
愛妳的父親

報告結束

SCP-939-A6 的變形。

## 特殊收容措施▶

SCP-939-1、-3、-19、-53、-89、-96、-98、-99 和 -109 當前位於威脅生物收容區 Area-14 的收容單位 1163-A 和 1163-B 內。項目被收容於 10 公尺 ×10 公尺 ×3 公尺的密閉收容室內。兩個收容單位皆受環境上的監控並處於負壓狀態，牆面由鋼筋混凝土構成。要接觸項目必須經過外部淨化室和內部氣密鋼質安全門方可進行。觀察窗由厚度為十公分的防彈夾層玻璃製成，並由 100kV 伏電流防護網保護。室內必須保持溫度為攝氏十六度，濕度為百分之一百的環境。項目必須透過紅外線熱像儀進行全面監控。具有 4 級權限的人員方可接觸 SCP-939，或進入其收容區域和觀察室。

SCP-939-101 則被肢解並存放於生物研究區域 Area-12 的低溫保存箱 939-101A 至 939-101M 內。想要接觸 SCP-939-101，必須得到兩名有 3 級權限人員的許可，而其中至少一人必須於所有研究和測試時全程在場。在每次給定的研究時間內只能接觸一個存放 939-101 的保存箱。從低溫保存中挪出時，必須監控 SCP-939-101 組織的核心溫度；若核心溫度超過攝氏十度，則必要將所有組織置回其所屬的容器中，並暫停所有測試七十二小時。除非核心溫度超過攝氏十度，否則只要能夠容忍它發出的胡言亂語和釋放的請求，則 SCP-939-101 的實驗就可以延長進行。

該收容單元應每兩週清掃一次。當需要清掃時，SCP-939 個體將移轉至附近的收容單元。在此期間必須檢查收容單元的門和觀察窗是否損壞，並進行相對應的修理或更換。

接觸項目前，包含移轉收容室、進行實驗等行為前，皆需對所有 SCP-939 進行強效麻醉。有關移轉和實驗協議，詳見文件 939-TE4。

任何人員在和 SCP-939 個體互動時，以及處在 SCP-939 出現的區域中，皆需配戴 C 級危險物質應對裝備。隨後，所有相關接觸人員皆應遵守標準去汙程序，以確保記憶消除劑不會發生二次傳播的問題。

在事故 ABCA14-939-3 發生後，所有與 SCP-939 進行長時間接觸的非 D 級人員，應在接觸期間配戴兩個防水電子脈搏監控裝置。這些裝置會將訊息傳送到一個無線監控系統，是獨立於設備的主要電源之外，而且至少有一個備用電源系統處於待機狀態。若個人的脈搏監控裝置持續顯示為直線狀態或其他故障情況，則將認定穿戴者為死亡狀態。依照指示，監控人員將會無視該穿戴者隨後的所有發聲，且收容所會自動宣布已遭破壞。需要因應收容突破的維安人員也需要配戴脈搏監控裝置。

此外，所有被捕獲的 SCP-939 個體，應在捕獲時立即植入皮下追蹤裝置。

## 描述▶

SCP-939 為一種群居性的溫血肉食動物，如穴居動物一般，它們身上有各種系統都萎縮了。由於項目的皮膚構成類似於血紅蛋白，因此 SCP-939 的皮膚具有高度的透水性，色澤為半透明的紅色。SCP-939 的平均站立身高為 2.2 公尺，平均體重為二百五十公斤，但各個體重差異很大。項目的四肢中，每隻腳都有四趾，三趾在同一側，還有一趾稍微分開，在另一相對位置上，且長有粗硬的剛毛以增加攀爬的能力。頭形細長，甚至沒有退化的眼球或眼窩，也沒有腦殼。SCP-939 的下顎排列著紅色並發著微光的犬齒狀牙齒，類似於蝰魚屬（Chauliodus）的牙齒，長達六公分，且被熱敏感的頰窩器官包圍。背脊骨上的刺布滿了能夠感受光線明暗的眼點，這些刺最長可達十六公分，而且據信對氣壓和氣流的變化十分敏感。

SCP-939 沒有很多重要的器官系統：中樞神經和周圍神經系統、循環系統和消化道均不存在。SCP-939 的呼吸系統已經萎縮，除了傳播 AMN-C227（詳見下文）外，沒有任何其他功能。SCP-939 沒有明顯的生理進食需求，也沒有任何消化的能力。被吃下的物質通常會積聚在 SCP-939 的呼吸系統中，一旦吃下的量足以明顯干擾呼吸功能時，它就會把多餘的量嘔吐出來。儘管缺乏許多重要的器官系統，SCP-939 依然能進行繁殖。詳見附錄 1991-10-16。

SCP-939 主要是先模仿受害者的聲音來誘捕獵物，但也曾有模仿其他物種聲音的紀錄，同時過去也有很活躍的夜間狩獵紀錄。SCP-939 的發聲時常隱含著有很大的痛苦，它是否理解所發聲的內容，或者它只是重複所聽到的內容，目前正在研究中。迄今尚未得知它是如何在從未聽見受害者發聲的情況下模仿受害者的聲音。分析 SCP-939 的發聲，發現當前並無能力區分 SCP-939 和已知受害者聲音之間的差異。因此，強烈建議不要在收容 SCP-939 的任何設施中使用生物語音識別系統。受害者通常被一口咬碎顱骨或脖子而死亡，測定得到的咬合力結果超過三千五百萬帕斯卡。

SCP-939 能夠呼出微量的霧化 C 級記憶消除劑，編號為 AMN-C227。AMN-C227 能夠引起暫時的順行性失憶症，它能夠抑制暴露於該物質期間的記憶生成，暴露終止之後還將持續平均三十分鐘。該物質無色無臭無味，直接吸入的情況下，其半中毒濃度時間積（ECt50）約為 0.0015 毫克 · 分鐘 / 立方公尺。在通風良好或露天的環境下，暴露於該物質的危險性會大幅降低，但依舊不能鬆懈。在停止接觸六十分鐘後，通常無法在血液中檢測到 AMN–C227。有報告顯示，在離開充滿該化學物質的環境後，會失去方向感和有輕度幻覺。很多以娛樂性為目的而服用的精神作用藥物也會有類似的結果，因此，容易造成誤判。

## 筆記 2005-03-23 ▶

此份報告與 SCP–939 的 Alpha 形態有關，關於 Beta 形態的相關資料，則詳見 [ 刪除內容 ] 實驗紀錄 914，武裝機動特遣隊 Nu–7 的行動後報告███–███–█████。

### 測試紀錄 914- 0114

姓名→ ██████博士
日期→ 2011–07–01
所有物品→五個成年 SCP–939 的樣本。實驗已經由 O5 命令批准

輸入→每一個成年 SCP–939 的樣本對應一個 SCP–914 的設置

設定→極粗製
輸出→一堆骨頭碎片、碎掉的牙齒和零碎的紅色半透明組織。組織斷斷續續地抽搐了幾個小時，然後停止活動。保留材料作進一步研究。

設定→粗製
輸出→物件按照一定規律被分成了幾堆組織，有（推測是）肌肉組織，但不僅限於此；有兩堆磨碎了的骨頭組織（關於這個分成兩組的意義何在，尚不知曉）；有牙齒，有皮膚，另有總長大概有十七公尺的食道組織被分解成了許多螺旋形狀的東西；還有將近十五公斤腐爛的人肉、骨頭碎片、碎布條和一個撕碎的識別證堆成一堆，經鑒定，識別證的擁有者為 D–09355。和上一個測試一樣，SCP–939 的組織抽搐了幾個小時後停止活動。SCP–939 的殘骸將收回，留作進一步研究，人類殘骸則予以火化。

設定→ 1:1

輸出→ [ 刪除內容 ]

設定→精製

輸出→相同的 SCP-939 樣本，發現呼吸已經停止。此測試項目立即被轉移到一個增強防守的堅固房間，用閉路電視進行監控，設施維安部隊被命令高度警惕。二十四小時以後，項目沒有活動的跡象。三十六小時以後，項目對外界刺激沒有任何反應，接著宣告死亡。驗屍無法鑒定死因，也未發現任何與 SCP-914 相關的解剖學上的變化。遺骸留作進一步研究。

設定→極精製

輸出→一堆悶燃著的白灰。

## 附錄 1981-11-14 ▶

以下是初次接觸並回收 SCP-939 時的無線電通話紀錄，通話者分別是現場指揮官（代號捕獸者基地），以及下屬的戰鬥小隊（代號分別為捕獸者一號、二號和三號），以上成員皆隸屬站點-███的戰術聯絡維安部隊，代號「捕獸者」（Trapper)。一九八一年十月二十八日，捕獸者被派遣至位於███████的█████████郊外，搜尋一名基金會失蹤的特工，該特工之前在此調查當地居民（包括數名負責調查的警員）連續失蹤的案件。

< 紀錄開始 >

**捕獸者基地**：好，現在我們來檢查一下通信狀況。別忘了上次那些防毒面具搞得我們的無線電接收器聽不到聲音。

**沃斯伯恩特工（捕獸者 1 號隊長，Trapper One Lead，下稱 T1L）**：捕獸者基地，捕獸者二號，捕獸者三號，這裡是一號，通信調試，完畢。

**邁克爾斯特工（捕獸者二號隊長，Trapper Two Lead，下稱 T2L）**：聽得很清楚，一號。

**森德里克特工（捕獸者三號隊長，Trapper Three Lead，下稱 T3L）**：收到，一號。

**捕獸者基地**：我能清楚聽到你們發言，各小隊注意，你們接下來要進入該區域。捕獸者一號，限制開火（即在沒有遇敵或得到命令的情況下不得開火——譯注）。

**沃斯伯恩特工（T1L）**：遵命，基地。三號，留在基地待命，你們知道自己的職責。二號，我們突入後緊跟在我們的側翼。

**邁克爾斯特工（T2L）**：收到，一號。

**沃斯伯恩特工（T1L）**：一號，集合。

（能聽到捕獸者一號的隊員們接受了隊長的指令。）

**沃斯伯恩特工（T1L）**：行動。

**尼古拉斯特工（捕獸者一號隊員，下稱 T1）**：一切就緒，充水爆破彈五秒後引爆。

（爆炸聲）

**尼古拉斯特工（T1）**：前方有樓梯！左側，安全！

**羅蘭特工（T1）**：右側有門！右側安全。

**邁克爾斯特工（T2L）**：天花板安全。

**哈里森特工（捕獸者二號隊員，下稱 T2）**：湯普森，掩護我。已穿過房間。房間安全。

**沃斯伯恩特工（T1L）**：報告基地，捕獸者一號和二號沒有發現目標。二號，去確認一下那邊的走廊，標注一下你們探索的區域，調查完後下樓與我們會合。注意搜尋我們的人，下樓之後給我打個招呼；我可不想誤傷友軍，聽到了嗎？

**邁克爾斯特工（T2L）**：聽到了，一號。

**沃斯伯恩特工（T1L）**：霍金斯，你帶路。

**霍金斯特工（T1）**：遵命。出發。

**沃斯伯恩特工（T1L）**：基地，這裡是一號；我們現在要更加深入這棟建築物，將會從樓梯下樓，完畢。

**捕獸者基地**：收到，一號。請繼續前進，完畢。

（能聽到捕獸者一號的隊員穿過門廊走下樓梯的聲音。）

**沃斯伯恩特工（T1L）**：捕獸者基地，請注意：現在我在樓下聞到了一股腐臭味，味道很重。就好像有什麼東西已經死了很長一段時間……等等……全體停止前進。基地，我現在看見了一些衣服碎片。沒有屍體，只有衣服，而且看上去也不像是我們的人。應該是個員警……

**霍金斯特工（T1）**：上帝呀，你看……那就像有什麼東西從他的背心上咬掉了巨大的一塊……

**捕獸者基地**：別去動它了，一號。沃斯伯恩，繼續前進。

★強烈建議所有與 SCP-939 接觸的單位，
不要對牠的請求或呼救做出任何的反應。

一張市民所拍的
SCP-939

**沃斯伯恩特工（T1L）**：遵命，基地。捕獸者二號，你們也要小心。我們這裡有個胃口不錯的傢伙，而且它的牙也相當鋒利。

**邁克爾斯特工（T2L）**：收到，一號。我們樓上的搜查已經快要結束了。如果我們的特工真的在這建築物裡，那他一定是在樓下你們那裡。我們一結束就馬上——

（沃斯伯恩特工的無線電接收器中傳來一個遙遠、幾乎不可辨的人聲，好像被什麼捂住了嘴一樣。）

**沃斯伯恩特工（T1L）**：一號，二號，都別出聲。

（**不明來源的聲音**：救救我！上帝啊！快來人啊！）

**沃斯伯恩特工（T1L）**：基地，二號，我想我們找到我們的人了。大家快走。

（能聽到捕獸者一號的隊員們快速前進的腳步聲，那個聲音又呼救了一次。）

**沃斯伯恩特工（T1L）**：基地，我們已到達聲音來源處。我們現在就要救出我們的特工。二號，讓你們的醫生準備好急救包，他聽上去好像受傷不輕的樣子。霍金斯，行動！

（兩聲槍響，門撞擊地面的聲音）

（一陣持續的槍聲）

**沃斯伯恩特工（T1L）**：基地，請回覆！二號，他媽的快到樓下來！羅蘭，後退！

**尼古拉斯特工（T1）**：霍金斯倒下了！幹！

**沃斯伯恩特工（T1L）**：羅蘭，當心右邊！二號，別他媽的磨蹭了！

**邁克爾斯特工（T2L）**：一號，下面到底發生了什麼事？

★除非基地直接下達命令，否則絕對禁止接近聲音的來源。

（槍聲停了）

**邁克爾斯特工（T2L）**：一號，快說話啊！

（**沃斯伯恩特工的聲音，沒有通過無線電而是直接大喊**：二號，他媽的快到樓下來！霍金斯倒下了！別他媽的磨蹭了！）

**邁克爾斯特工（T2L）**：收到，一號！哈里森，湯普森，你們跟我來，加巴蒂，你留下保護醫生。

（能聽到捕獸者二號的隊員按照隊長的指揮開始行動。）

**邁克爾斯特工（T2L）**：基地，一號，請注意：二號正向一號最後通話時所處的位置前進。

（能聽到邁克爾斯特工的無線電接收器中遠遠傳來沃斯伯恩特工的咒罵聲）

**邁克爾斯特工（T2L）**：一號，聽著，你的無線電已經壞了；我能聽見你說話，可是你……老天爺啊！二號，開火！開火！

（一陣持續的槍聲）

**邁克爾斯特工（T2L）**：湯普森，我們來收拾了這爛攤子。準備好你們的武器！小夥子們，把它們逼退到走廊裡。哈里森，注意壓制門口。行動！

（爆炸聲）

**邁克爾斯特工（T2L）**：加巴蒂，醫生，拿起你們的 M-60 機槍，我們馬上就來。捕獸者一號已全滅，我現在要扔瓦斯彈了。大家都戴好面具，瓦斯來了！瓦斯來了！

（能聽到三聲悶響）

**邁克爾斯特工（T2L）**：快到樓上來！

**哈里森特工（T2）**：它們的速度減慢了。能聯繫到三號嗎，邁克爾斯？

**邁克爾斯特工（T2L）**：基地，我們已經投放了 VX 毒氣彈，需要三號帶著防護裝備下來清理現場，做好消毒的準備。

**森德里克特工（T3L）**：收到，二號，我們已經出發。

**加巴蒂特工（T2）**：見鬼！

（槍聲）

**邁克爾斯特工（T2L）**：哇哦……打得好，加巴蒂。基地，我們捉住了一頭失去知覺的怪物。我們需要一個可移動的收容籠，還有急救藥物，因為它好像吸入了一些 VX 瓦斯。樓下已經聽不到動靜了，基地。

**捕獸者基地**：收到，二號。和三號保持聯繫，儘量不要讓那怪物死掉，準備接受全身消毒。完畢。

**<紀錄結束>**

★當發現 SCP-939 的巢穴時，建議使用毒氣或任何不需要靠近它們才能使用的武器。

## ~~附錄 1982-04-11 ▶~~

~~由於 SCP-939 極度厭惡明亮的光線，一般認為光線能防止它逃脫。帶有標準日光燈照明的走廊就足夠把 SCP-939-1 限制在它黑暗的隔離室內。~~見附錄 1991-09-20。

## 附錄 1987-06-29 ▶

初步研究 AMN-C227 的結果顯示，它可以被**開發成多功能記憶消除劑**。六號生化收容及研究中心目前正在研究量產方法以及可能的副作用。

## ~~附錄 1990-10-03 ▶~~

~~AMN-C227 已獲得批准，今後將被作為 C 級記憶消除劑使用。在十二號生物研究中心的培養皿中的 SCP-939 呼吸器官組織，預計每年能生產三公升以上的 AMN-C227。~~

## 附錄 1991-09-20 ▶

隨著代號「平安夜」的事件，在生化收容與研究站點-06 中的九頭 SCP-939 逃脫了收容設施。基金會以風暴來襲為藉口疏散了當地居民，並向該地區派出了搜捕隊。

## 附錄 1991-10-16 ▶

［刪除內容］因為上述原因，北半球地區每年九月八日至十月七日，以及南半球地區每年三月六日至四月四日期間，嚴禁與 SCP-939 發生任何接觸。［刪除內容］目前尚未確認是哪一頭雄性 SCP-939 個體［刪除內容］包括 B 級記憶消除［刪除內容］

## SCP-939 的繁殖 ▶

檔案 #939-00-62：SCP-939 的繁殖

一九九二年九月二十五日，SCP-939-1 在經歷了長達十二個月的孕期後產下編號 SCP-939-A 的後代。SCP-939-A 包含六個個體，分別編號為 SCP-939-A1 至 SCP-939-A6。SCP-939-A1、A4、A5 為雄性，A3 和 A6 為雌性。SCP-939-A2 一出生即夭折，被 SCP-939-1 當場吃掉。研究人員從 SCP-939-1 身邊帶走它的後代時，它沒有表現出任何反抗之意。

對 SCP-939-A1、A3、A4、A5 進行了活體解剖，發現它們不論是外形、結構還是基因方面都與健康的人類嬰兒沒有區別[1]。SCP-939-A1 和 SCP-939-A3 的殘骸分別被儲藏在十二號生物研究中心的生物組織收容單元 939-026C 和 939-026D 中。SCP-939-A4 和 SCP-939-A5 的殘骸已被焚化。

SCP-939-A6 則被轉移到了［刪除內容］，以觀察它的成長過程。它每月接受一次身體檢查，任何被視為必要的檢測，都可隨時加入其中。

檔案 #939-A6-16：██████博士的調職紀錄

［刪除內容］

1. 幾名參與活體解剖的研究人員隨後要求進行 B 級記憶消除。在收集所有相關數據後批准這些請求應該是標準政策。 – O5-█

**筆記 1997-03-16** →在多次無意間聽到研究人員彼此的交談後，SCP-939-A6 開始認為自己的名字叫「Keter」。考慮到這對於保持它良好的心理狀態有益，研究人員被要求既不承認也不否認它的這個猜測。它的身心發育與正常人類孩童無異。

## 檔案 #939-A6-33：SCP-939-A6 緊急醫療紀錄

日期→ 2001-01-09

在大約晚間八點的時候，SCP-939-A6 開始顯得越來越焦躁不安。當詢問它時，它表示感覺身體不適。能觀察到它的呼吸變得又快又淺。SCP-939-A6 被送到醫療室做進一步的檢查。據測定，它的心率十分不規則，平均每分鐘一百九十下。由於沒有觀察到其他異常症狀，SCP-939-A6 服用了苯二氮平類鎮定劑後被送回了收容室。據推測可能是急性焦慮；但原因不明。

日期→ 2001-01-10

清晨四點半，SCP-939-A6 再次報告出現了先前的症狀，同時伴有輕微的頭痛和畏光。診斷結論和前一天完全一樣。SCP-939-A6 服用了鎮定劑，被送回收容室靜養。

日期→ 2001-01-24

前述症狀在持續了兩星期後突然惡化。半夜一點四十分時，研究人員發現 SCP-939-A6 破壞了它房間內的照明設施，並以胎兒的姿勢蜷縮在床下。A6 極力抗拒離開房間，要求研究人員帶它去███區域的醫療室。它表示感覺到嚴重的頭痛和對光線的強烈恐懼，同時它對聽覺刺激的敏感度上升，胸腹部也感覺劇烈疼痛，還感到一種不舒服的熱度，表示自己「痛到哭不出來」。經測量，A6 的核心體溫高達攝氏 41.2 度。研究人員無法量測到它的脈搏。

核磁共振顯示它 [ 刪除內容 ]。

SCP-939-A6 被移轉到了以鋼筋混凝土加固的收容隔間中。隔間的光照非常暗淡，另外按它的要求，給它準備了一大盆水。

日期→ 2001-01-26

SCP-939-A6 把自己浸入準備好的水盆中，保持靜止不動，該狀態持續了約四十一小時，然後它突然開始撕扯自己的皮膚。當意識到自己的皮膚正在蛻落時，它表現出了極大程度的痛苦，但卻無法停止下來。在晚間十點三十六分時，████████博士報告說 SCP-939-A6 的頭顱與身體斷開。在十點四十分時，它在形式上已經和 SCP-939-1 完全相同，但體形上相對小的生物。

**附錄 2001-02-13** → SCP-939-A6 被重新編號為 SCP-939-101。它將被轉移至十二號生物研究中心，進行進一步的研究。

檔案 #939-101-77：錄音紀錄 939-101A #13

< 紀錄開始，2004-05-22,10:16>

（████████博士獲准進入存放 939-101 的低溫儲藏室）

（與低溫槽 939-101A 的接觸已獲批准）

SCP-939-101：對不起，先生，我們為什麼要待在這裡？這裡冷得要死，我們好想回家。現在已經過了睡覺時間了，我們很抱歉。我們不是故意的。

SCP-939-101：你有沒有看過我們畫的畫？我們喜歡畫畫。爸爸把它們掛在牆上，可是有的時候，其他穿白袍的人會拿走它們。爸爸叫我們不要畫那樣的畫。他看到那些就很難過，所以我們儘量畫別的東西，可是有的時候我們忘記了。有的時候，爸爸會偷偷藏起我們的畫，或者撕掉它們。他告訴我們，他也不想這樣。他說這是為了保護我們，不讓那些穿白袍的壞醫生來欺負我們，可是後來那些醫生就把爸爸帶走了。

SCP-939-101：他們給我們打針，還叫我們忘掉爸爸，可是爸爸不在的時候，我們很害怕打針。我們不會忘掉爸爸的，可是爸爸忘了我們。我們覺得這都是醫生的錯。爸爸不會忘了我們的，是不是？

SCP-939-101：他們還給我們一個假爸爸，告訴我們他是真的爸爸，可是我們知道他不是。醫生又給我們打了很多針，不停地告訴我們假爸爸就是真爸爸，可是他們騙不了我們。

我們告訴他們說謊是不對的，爸爸就是這樣告訴我們的，他們就不說謊了。

SCP-939-101：他們把我們獨自留下，可是他們也給了我們紙筆和顏料，告訴我們想畫什麼就畫什麼，我們照辦了。有的時候我們畫爸爸，有的時候我們畫爸爸不讓我們畫的東西。醫生把所有的畫都拿走了。

SCP-939-101：有的時候穿白袍的醫生和一些穿著有很多口袋的黑衣服的人會來找我們，那些黑衣人戴著在眼睛部位配有弧形視窗的頭盔……爸爸管它們叫什麼來著？我們不記得了。他們帶我們到樓下的大廳裡檢查身體。我們不喜歡這個。

SCP-939-101：有的時候，我們需要躺在黑暗的地方，一點點都不能動。爸爸以前會給我們講故事。我們不是都能聽懂，可是我們很喜歡聽。他會講那些沒有天花板的地方的故事，在那裡，頭上的空間是無限的，腳下的地面也不總是白色。我們覺得這很可笑。所有地方都有天花板，不是嗎？醫生把爸爸帶走以後，我們就再也沒聽過故事。

SCP-939-101：然後，我們開始覺得身體不舒服。

SCP-939-101：醫生給我們做了很多檢查，他們看上去很害怕，所以我們也害怕起來了。我們覺得頭真的好痛，而且燈光和響聲讓我們好難受。我們只想浸在涼快的水裡，避開燈光，直到頭不痛為止。

SCP-939-101：他們讓我們待在暗處，給了我們很多水，可是水讓我們渾身發癢。我們抓癢的時候，身上的皮膚掉了下來。我們害怕極了。我們不停地喊爸爸，可是他沒有來。

SCP-939-101：最後我們身上一點皮膚也沒有了，可是不要緊，因為我們已經不需要皮膚了。然後我們也不覺得癢了。燈光照著也不難受了，頭掉下來之後也不覺得頭痛了。其實還是有點討厭燈光，可是已經沒有剛才那麼厲害了。我們再也看不見了。

SCP-939-101：我們覺得好餓。雖然知道這樣不對，我們還是吃掉了以前的皮膚和以前的頭。它們很好吃，可是這樣是不對的。我們吃完以後還是覺得餓，就叫他們給我們吃的東西。他們給了，可是就算是以前最喜歡的食物，現在吃起來也味道也不對了。其中唯一好吃的東西是肉。我們向他們要更多肉。

SCP-939-101：他們把兩個人和我們一起關在黑屋裡。我們叫他們不要這樣，可是他們不聽。然後我們有一段時間覺得不餓了，可是我們現在又好餓。

SCP-939-101：我們很抱歉。我們知道說謊是不對的。我們不是故意的。

< 紀錄結束，10:37>

一九九〇年十一月二十八日，位於█████的██████地區██████ ███████市西北兩公里處，基金會捕捉 SCP-████，並收容了它，事後使用 AMN-C227 對當地部分居民進行了記憶消除。一九九二年一月三十日，統計資料顯示，這些接受過記憶消除的人的失蹤率為████████國平均失蹤率的███倍。應立即停用 AMN-C227，等待進一步調查。一九九二年一月三十一日，基金會特工██████████、█████和███████被派往該地區進行調查。透過與當地警方的合作，█████特工獲得了一次與 J█████ S█████先生談話的機會。J█████ S█████在大約七個月前向警方報告了三名居民神祕失蹤的事件，由於他的敘述疑點頗多而被拘捕；他和這三人都曾經接受過 AMN-C227 的記憶消除。

檔案 #939-73 → J█████ S█████問話記錄 1
受訪者→ J█████ S█████
訪問者→ █████特工
前言→這次問話由我█████特工主持，目的是為了確認或反駁在一九九一年六月五日，由 J█████ S█████先生報告了 A█████ M███、J████ B█████N██████和 C███████ W████三人的失蹤，而這起失蹤事件是否與在一九九〇年十一月二十八日時，對這四人都使用了 AMN-C227 有關係。

< 紀錄開始 >

█████特工：感謝你抽空來與我見面，S█████先生。首先，我想請你盡可能詳細地複述一遍六月五日那天發生的事。

J.S.：好吧……那天我約了一些朋友，我們打算去郊遊，你知道的，就是在樹林裡瞎鬧。那天天氣不錯，我們都閒得慌。我記得 [ 無關對話刪除 ] 一切都很正常，直到我突然感覺眼前的一切好像以前就發生過。我說出自己的感受，A███████奇怪地看了我一眼，她說她也有一樣的感覺。我們每個人都有這樣的感覺。M██████這傢伙真是明智，當時他就說自己覺得害怕，然後逃回家去了。我們剩下的幾個人都很好奇，決定要仔細深究一下這到底是怎麼回事。我說，你有沒有聽說過五個人同時出現既視感的情況？

█████特工：從沒聽說過。請接著講下去。

J.S.：更奇怪的還在後頭呢。當我們靠近█████ ████的時候，那種既視感越來越強了。

█████特工：█████ ████？

J.S.：嗯，那是附近的一個很大的岩洞。我想我們大家應該都從沒進去過。我們只有一個手電筒，而且進去後發現手電筒照不了多遠，不過我們還是去了。我們走得越深，那種既視感就越強。雖然我一直管它叫「既視感」，但事實上這個說法並不確切。那是一種全方位的熟悉感，不是好像曾經發生過，而是確實曾經非常熟悉，但卻無論如何也回想不起來的感覺。我們越往裡走，就感覺越熟悉，我們越發確定自己正在接近目標。至於是什麼目標，我不知道，我們誰都不知道，所以我們繼續往前走。

█████特工：你們發現了什麼嗎？

J.S.：沒有。好吧，其實我也不知道。我記得 C█████說現在已經很晚了，我們該回去了。之後我就什麼也不記得……直到我……我……

█████特工：沒關係，慢慢說。

J.S.：（抽泣）我……我他媽的什麼也不記得……然後我只記得自己坐在公路邊，天……天已經黑了。有一位警官問……問……問了我幾個問題……叫我保……保持冷靜……後來救護車就來……來了。我當時……非常害怕，不停喊著有……什麼紅色的東西，求……求那個警官放我走，我一定要逃……逃離那東西。

█████特工：逃離什麼東西？

J.S.：那個紅色的東西！

█████特工：什麼紅色的東西？

J.S.：我……我不記得了。

█████特工：你的朋友們怎麼樣了呢？

J.S.：他……他們沒和我在一起。員警說……說我殺了他們，不……不肯聽我解釋，說我嗑……嗑了什麼藥，被迷……迷幻劑沖……沖昏了頭腦。他們還說我一直……一直對著救護車的車……車燈尖叫，說什麼「你們抓……抓不到我」。我不……不記得這個了……可……可是現在我還是很……很害怕紅色。

**[ 無關對話刪除 ]**

**< 紀錄結束 >**

**後記→我的團隊不足以應付後續的深入調查。明天早晨我們將回到 [ 刪除內容 ] 報告我們的發現。根據目前我們的發現，可能需要一些動作來掩飾真相，至少這個案件是需要掩飾的。為此，我已建議 J█████ S█████先生對殺害朋友的指控認罪。他一經定罪，我們就可以將他從監獄招募到我們的 0 級管理人員隊伍中，然後把他轉移到可以用上他能力的地方去。**

■■■■特工向組織報告了該地區可能存在的一個 SCP-939 巢穴，基金會派出了獵殺小隊前去該地進行搜索。很快在■■■■■■■岩洞中發現了 SCP-939，並於一九九二年二月六日將其消滅。

一九九二年二月二十日，■■■■博士發現了 J■■■■ S■■■■先生所體驗的既視感的真正原因。這是種迄今未被察覺的效應，當曾經暴露於 AMN-C227 的人再次暴露於該物質時就會發生。這種感覺就像是一個誘餌，會引導受過 AMN-C227 影響的人，將他們帶往該物質濃度較高的地方——通常是 SCP-939 的巢穴。

## 附錄 1992-03-01：利用 AMN-C227 協助追蹤 SCP-939 ▶

我們可以利用這個。利用 AMN-C227 協助追蹤 SCP-939。只要 AMN-C227 的濃度到達可以讓人產生順行失憶症狀的程度，這些受到影響的人就會有一種奇異的既視感，具有追蹤 SCP-939 的能力，就像獵犬一樣。根據■■■■特工的報告，從 J.S. 先生和他朋友所走過的路線，我們可以確認這種能力的偵查範圍至少有■公里。當然，這方法並不能直接找出 SCP-939 的個體，可是能幫助我們找到它們的巢穴。

我建議我們可以向第一線的人員介紹一下這種方法。願意接受的人，將會在嚴格控制劑量的情況下，使用 AMN-C227，然後優先派遣至曾有居民使用過 AMN-C227 的地區。如果這些人員出現不尋常的熟悉感，則可視為是一種確認附近存在著 SCP-939 巢穴的可能性，就可以報告給上級組織，隨後基金會可以派出獵殺小隊搜尋該巢穴並消滅其中的 SCP-939。

如果上述計畫能成功，我認為可以將這些人員派至主要人口中心，維護當地的安全，並配合一切民間、軍方、警方以及 [ 刪除內容 ] 的資訊管道來定位 SCP-939 巢穴，並消滅一切野生的 SCP-939，這將是最好的行動方案。—— ■■■■博士

**報告結束**

與市民████████訪談，隨即將訪談內容視覺化。

在和 SCP-412 接觸「產生連結」的第█天，對象 D-█████發現自己的生理變化。

Safe

# SCP-412

## 誘變鏡

報告者__ RICHARDJ28

日期__ ████

圖像__ THOMAS FRANK

翻譯__快閃開我按錯

來源__ SCP-WIKI.WIKIDOT.COM/SCP-412

### 特殊收容措施▶

SCP-412 目前被儲存在站點-19 的 Unit-11 中；要取出該項目至少需要三名 3 級員工的批准，而且有可能會被站點維安否決。在處理 SCP-412 時應佩帶手套，該項目被運送時，應置於不透明容器中。

員工進行的互動必須完全遵守危險品協議 7-R。任何與 SCP-412 進行過物理接觸或直接觀察 SCP-412 的員工，則需接受一次全面身體檢查。被發現身體出現變化的人員，將立即送回隔離區。

## 描述▶

SCP-412 是一個長十八公分、寬七公分的古代銀製手鏡。鏡子的左上角有四公分長的裂縫，並有一個玫瑰和葡萄的蝕刻圖案。直視過 SCP-412 的受試者中，大約有百分之███報告指稱他們有一種想拿起該項目去觀察自己在鏡中倒影的衝動。這些有反應的受試者，並沒有任何一種明顯模式顯示他們被選中的原因。後續將測試是否可能為遺傳、心理，或其他的挑選特徵。

不管受試者是否被 SCP-412 所強迫，在同時觀察並接觸 SCP-412 會導致受試者與它「產生連結」。使用被約束的受試者進行的測試結果顯示，兩種行為（觸摸和觀看倒影）都是建立連結所必須的。迄今還沒有找到「切斷」這種連結的方法，目前缺乏完全隔離超過兩年的案例。

已經產生連結的受試者被強迫反覆觀看他們在 SCP-412 中的倒影。最初是每天一到兩次，數週內觀看的頻率不斷提高。大約五十五天後，受試者一天裡花在觀看他們自己的倒影總時數，開始超過他們從事其他行為的時間，這些行為甚至包含睡眠。

受試者在每次觀看 SCP-412 後，他們的生理就會產生變化，開始是較小的變化，例如：淋巴結腫大、面部皮疹或皮膚變色。雖然受試者的例子完全不同，但九十天後幾乎所有的測試者都顯示出胸腔向下擴大，接近口腔後部的大型囊腫將下顎固定張開，生殖系統與免疫系統嚴重受損。受試者的記憶力和情緒反應能力也都一直在退化中；功能性核磁共振成像掃描顯示受試者的杏仁核和頂葉的活動，明顯地減少。訪談結果顯示，受試者似乎有一種對「另一類生物」的癡迷，他們正為該種生物做好「準備」。

假如有幸存活到更高的變化階段（超過████天），受試者開始表現出明顯的行為變化，以及更加極端的生理變化。這些包括內臟的重組，導致了胸腔裡產生一小塊空洞區域、黏液產量增加、激素產量改變和 [ 已刪除資料 ]。對晚期階段的受試者進行解剖後證實了一個理論：在那一小塊空洞區域裡，能夠維持一個獨立的生命形態。這發現使得研究員推測 SCP-412 引起的變化，目的是為一個不適應地球大氣層的生命形式的物種，將接觸過 SCP-412 的人的身體變成一件「環境適應裝」。經過授權的人員可參考附錄 412-2 以獲取更多細節。

## 附錄 412-1：回收情況 ▶

隨著五起與上述例子一致，發生在███████的原因不明死亡事件，SCP-412引起了基金會的注意。三名死者各擁有一面年代相近（在設計上差別很大）的手鏡；只有一面鏡子有比較完整的玻璃，一旦確定鏡子造成了突變，它就被基金會收容保管。另外兩面鏡子沒有顯示出特殊性質，已經被銷毀。

經過測試和觀察，研究員推斷SCP-412本身不是那把鏡子，但實際上像是一個「下錨停泊」在鏡子上的外部力量。這一理論尚未得到證實，但只要有任何鏡子被懷疑展現出相似特性時，那面鏡子必須被收容和控制。

## 附錄 412-2：事件 412-A ▶

在二〇███/███/███，受試者 D-56653，在與 SCP-412 最初連結後的兩百零一天，停止了觀看他的倒影，並沉默地坐在隔離室的角落。三個小時之後，該受試者開始抽搐並捂著胸口——持續了三分鐘，在那之後受試者一動也不動地躺著，似乎已經死亡。一旦確認死亡，測試者的屍體便被送去分析。病理學家在改造的胸腔內發現了一個小的（8 公分）模糊人形 [ 已刪除資料 ]。生命體曾與受試者的血液供應系統和神經系統相連接，並已開始向上延展卷鬚，穿刺受試者的氣管。卷鬚頂部五公分的細胞顯示與橈足類的神經器官中的細胞相似，但結構更加複雜。此生命體的起源和其死亡的原因目前未知。

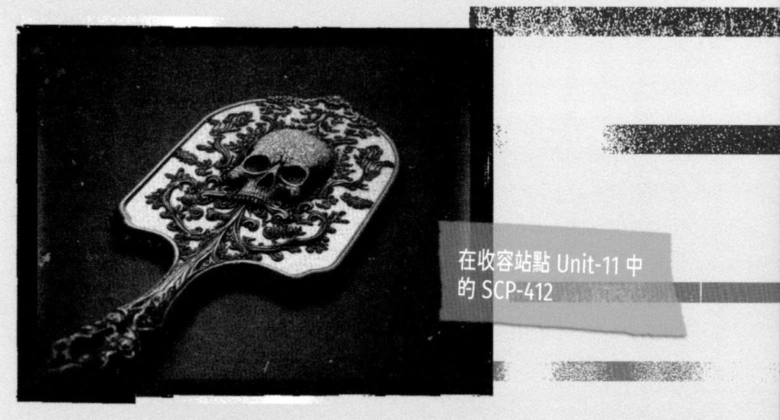

在收容站點 Unit-11 中的 SCP-412

**報告結束**

資深研究員█把 SCP-870 視覺化。

## 特殊收容措施▶

SCP-870 被收容於一個 8 公尺 × 8 公尺的密閉房間內，此房間必須加裝運動傳感器，以便對 SCP-870 的動向進行全時監視。

在 SCP-870 收容區域外圍處，應放置一個有動作感應的攝影機，以防止 SCP-870 逃脫。一名患有精神分裂症的 D 級人員將透過監視器對 SCP-870 進行全時監控。

每四十八小時應向 SCP-870 提供一具牛的屍體。

## 描述▶

SCP-870 是一種無法被確認其身體、形貌及體積的動物，出於未知原因，似乎只有患精神分裂症的人員才看得見。這也導致 SCP-870 個體經常被誤認為是種幻覺而遭到忽視。SCP-870 是雜食性生物，並且幾乎所有的肉類及植物都能吃，不過，它們傾向於在幽暗僻靜的地方進食。

值得注意的是，當兩名符合條件的人員在看見 SCP-870 後，得出完全截然不同的描述，即便他們看見的是同一 SCP-870 個體。通常對 SCP-870 有以下描述：

- 一個長有三隻眼睛及蜘蛛腿的短吻鱷。
- 一個由煙霧組成的男人。
- 一個帶有人臉的巨型螞蟻。
- 一個駝著背、長有鸚鵡頭的小孩。
- 一個長著「很多很多腿」的蜘蛛。
- 一個腿部被替換成人手的巨形蜈蚣。

SCP-870 是種高度獵食性的生物，它們通常可以追捕獵物數月或數年，然而完全不需要進食。目前未得知它們是如何在營養不足下，克服這段追捕獵物的時間。SCP-870 會在看似隨機的時間點下，將單獨行動或是處於荒山野嶺的獵物迅速殺死並整個吞下。（詳見訪談紀錄 870-1）

目前 SCP-870 的繁衍模式尚不清楚，不過根據患有精神分裂症的研究員██████的日記推測，它們實際上是不需要透過進食來維持生命的，而是利用受害者的身體，把它的後代放進去，讓它們待在裡面很長一段時間。目前該理論尚未得到證實，仍需透過更多研究來測試理論的準確性。目前處於基金會監管下的 SCP-870 個體都對人類保持高度敵意，並且經常試圖破壞收容措施。在 SCP-870 的收容區域內，每小時都能記錄到撞擊聲。目前正研究著一種在不用透過精神分裂症患者，也能看見 SCP-870 的方法，雖然這可能需要花費一段相當長的時間。

據信目前世界上還存在著數十個甚至數百個 SCP-870 個體。它們的存在明顯對當今的公眾社會構成巨大的威脅，對它們必須採取銷毀或執行收容程序。

## 訪談紀錄 870-1 ▶

受訪者→█████先生
採訪者→███████博士
前言→於二〇███/███/███，█████先生向警方報案，聲稱他在位於███ ███的家中殺了一隻「怪物」。█████先生隨後被發現患有精神分裂症，由於基金會懷疑可能牽涉到 SCP-870，於是便將他帶來詢問。

＜紀錄開始＞

███████博士：你好，████。你還好嗎？
█████先生：我……我很好。但是，你是誰？
███████博士：我是███████博士。我來這裡就是為了釐清你向警方透露的細節。
█████先生：當……當然。你問吧。
███████博士：那隻「怪物」究竟長什麼樣子，你願意具體向我描述一下嗎？
█████先生：你覺得我像撒了謊的樣子嗎？那是真的，我向天發誓，它真的就在那裡！
███████博士：請先回答問題，████先生。
█████先生：抱……抱歉。我只是情緒激動了點。好吧，它看起來就像隻蜘蛛，不過嘛……有很多隻腳。它就這麼突然地尖叫，還向我跑了過來，於是我便向它開槍了。
███████博士：你第一次看見那隻怪獸是在什麼時候，████先生？
█████先生：那，那個……
███████博士：不好意思？請回答問題。
█████先生：事實上，我……我在哪都能看見它們。我還曾跟蹤過它們，看看它們究竟在做什麼。我只是非常想知道它們到底是什麼，你能明白我的意思嗎？
███████博士：了解。除了那以外，你還知道什麼有用的訊息嗎？
█████先生：其中一名混蛋也在狩獵那傢伙。我全都看見了，就在他房子外邊。我看著那怪物眼睜睜地看著他。你有沒有弄丟過東西，但當你試圖回頭尋找時，卻發現它意外地消失了？

████████博士：當然，但二者之間有什麼關聯性嗎？

██████先生：它其實並沒有消失。我看見那男人掉了把尺，當他試圖撿起那掉落在書桌下的尺時，那怪物抓住了他，並把他活活生吞了。過了幾天後，我看見了那怪物，以及……那被吃得快連骨頭都不剩的男人。

████████博士：好的……謝謝你，█████先生。█████女士會帶你離開的。

< 紀錄結束 >

結語→後來█████先生被施於 A 級記憶消除後便被釋放了。令人憂心的是，█████先生暗示的那個 SCP-870，目前正處於一個人口密集的地區，對此進一步的調查仍在進行當中。

## 附錄 SCP-870-1 ▶

我個人不完全相信那些精神分裂症患者真的能看得見 SCP-870，我是說他們只是比我們看得多一點而已。我們之所以看不見它們，僅僅是因為我們的大腦本來就不是用來看它們的。對於精神分裂症患者而言，他們大腦的連結方式和我們稍微不一樣，他們看到的實際上也就比我們多那麼一點而已。說真的，那些東西真的非常善於偽裝，我不認為我們真的就那麼簡單地能看穿它們。　——████████博士

**報告結束**

圖像__ PAVEL KOBYZEV

翻譯__ NYUNYUNYUN

來源__ WWW.SCPWIKI.COM/SCP-127

## 特殊收容措施▶

SCP-127 雖然不比同類普通槍械更具危險性，然而基於其異常性質，未使用時應將它浸泡在富含鈣和蛋白質的水中，存放在 7-C 號武器儲物櫃裡。目前僅有 SCP-127 的研究小組被授予訪問權。

理論上，SCP-127 在受到破壞時，也會有傷口並且會流血。

## 描述▶

SCP-127 乍看之下是一把標準的 MP5K 衝鋒槍。實驗顯示，除了外殼，整把槍是有機且有生命的。該武器的彈藥最初看上去像人的牙齒，然而對「子彈」的 DNA 測試結果，與地球上的任何物種都不匹配。

SCP-127 有兩種模式：半自動和全自動(切換模式時可以聽見呻吟聲)。在耗盡武器的「彈匣」後(通常為六十發)，會在三至五天內重新長出子彈。想卸下彈匣的嘗試都失敗了——它似乎永久的附著在武器上。

SCP-127 目前似乎沒有繁殖能力（掃描顯示沒有明顯的生殖器官），除了水、鈣和蛋白質之外，並不需要其他任何營養。

SCP-127 最初位於 James ██████先生的房子裡。██████先生在一九九一年十一月十七日晚上被發現死於心臟病。驗屍官的報告指出，██████先生於十一月八日上午死亡，直到一個多星期後才被發現失踪，沒有發現併發症或異常因素。由於死者收藏了大量槍枝，ATF[1] 和 FBI 依指示收集他的武器。SCP-127 在測試和分類過程中被發現，並立即由 SCP 特工回收。

## 附錄▶

於一九九█/███/███重新分級為 Safe。

1. 美國菸酒槍炮及爆裂物管理局（Bureau of Alcohol, Tobacco, Firearms and Explosives）

報告結束

Safe

# SCP-2264

## 阿拉加達宮深處

報告者__ METAPHYSICIAN

日期__ ████

圖像__ ALLEN WILLIAMS、DAVID ROMERO

翻譯__ VOMITER

來源__ SCP-WIKI.WIKIDOT.COM/SCP-2264

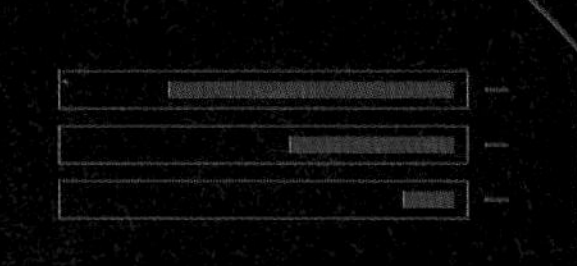

### 特殊收容措施▶

由於無法避免 SCP-2264-A 的所在建築物進入公眾視野，維安措施的重點將會是防止一般民眾接觸該異常的出入口。基金會將與英國政府合作，以隱藏 SCP-2264-A 的存在。

已建立一條密道作為接觸 SCP-2264-A 的唯一手段，原本通往 SCP-2264-A 所在房間的入口也已築牆封閉，由此確保只有獲得授權的人員可以進入。鑒於 SCP-2264-B 造成心理成癮的風險，相關工作人員將按月更替並重新分派崗位。

位於倫敦塔[1]建築群之一的馬丁塔內有一密室，SCP-2264-A 是其內的一扇鐵門。該門無法以常規方法開啟，若要進入，必須完成一系列高度儀式化的流程。SCP-2264-A 連接著一個由煉金術工具（包含蒸餾器、反應釜和坩堝等）組成的複雜裝置。

根據密室中發現的日誌，SCP-2264-A[2]很可能是亨利・珀西（一五六四年四月二十七日至一六三二年十一月五日）的作品。亨利・珀西是一名英國貴族，第九代諾森伯蘭伯爵，同時也是一名被長期關押於倫敦塔的煉金術師。儘管他很長一段時間都

1. 又稱為「國王陛下的宮殿與城堡」。
2. 在筆記中經常被稱為雅努斯之門。雅努斯是羅馬神話中的開始和過渡之神，因此與出入口、門廊、閘門和通道有關。

受到囚禁，這位伯爵仍然保持了一定程度的影響力——據說他在塔內的生活依然相當舒適，並且也能自由閱讀各類書籍和研究資料。由於他擁有龐大的圖書館並對科學和神祕學有濃厚的興趣，人們稱他為「巫師伯爵」。

SCP-2264-A 的製作過程可能有亨利．珀西的知交好友也參與其中，例如：在伊莉莎白女王時期擔任宮廷占星家的著名煉金術師——約翰．迪。除此之外，據傳珀西伯爵曾參加過的「黑夜學派[3]」也可能涉入其中。

## 巫師伯爵，亨利．珀西的日誌▶

黑化：我們將面對靈魂的黑暗夜晚——「松果體」將被新鮮提取。火焰喚起內心的陰影。

白化：洗去不純物——雨水潔淨一切罪惡，為靈魂進入樂園做好準備，劃分的原則不是要依照和諧性的嚴格要求，而是以兩個完全對立的原則去劃分，然後最終兩個對立會凝結成一體。

黃化：勝利與月亮意識的泛黃同時發生。白色向黎明投降；太陽斬殺了月亮。

紅化：紅色暗示；反之，要向設備做出憂觀的犧牲。

諮詢過基金會煉金術師後得知上述指引大致上符合「偉大的創作」(magnum opus)，即創造傳說中的賢者之石的四步驟。要重現該程序會需要 [ 刪除內容[4]]。

雖然尚未了解其中道理，但完成以上的步驟，SCP-2264-A 內部的機制會有所反應，鐵門因而被解鎖並開啟——由此得以進入 SCP-2264-B。

3. 一個對科學、哲學和宗教研究感興趣的祕密結社；成員疑似抱持無神論思想，這在當時不僅被認為是褻瀆，還被視為叛國和無政府主義。
4. 請洽詢煉金研究部門以取得進一步資訊。

SCP-2264-B 是一座異次元的城市，其地形、地貌與任何已知地點（包含地球與地球以外）均不相似。SCP-2264-B 內的物品在被帶出 SCP-2264-A 後會消失於無形。消失的物品之後將會回到它們被人帶走之前的位置。

所有受試者在報告中都表示，他們進入 SCP-2264-B 時原本攜帶的個人物品都會消失，而身上衣物則會被替換為化裝舞會的裝扮，其風格特別類似於以精緻面具聞名的威尼斯嘉年華。上述奇裝異服會在離開 SCP-2264-B 時消失，裝扮中的面具在 SCP-2264-B 內無法取下，但其他衣物則可以自由丟棄。大部分 SCP-2264-B 居民的穿著打扮也與上述風格類似，不過，特工們表示，他們的服裝存在某種有機物的質感——最常被描述為「像是甲殼一樣」。SCP-2264-B 中最常見的居民大致上是人形，並已被歸類為 SCP-2264-1。

在他們的描述中，天空是黃色且有數量不明的黑色星星，其排列形式與任何現實中已知或理論中的星座均不相符。建築物似乎是由單一的無接縫建材雕刻而成。據稱，SCP-2264-B 內部只會出現黑色、白色、黃色和紅色，無法見到其他顏色。物體均呈現非歐幾何的結構，且似乎不受正常的引力法則限制[5]，因此有時可以觀察到居民頭下腳上的爬樓梯，但若參考他們本身的重力來源，他們是正常的上下樓梯。

城市裡的氣味被描述為像是「乾花和一絲霉味」或者「與陳舊書籍類似」。該城市的實際大小很難估測，但它似乎位於一座被黑色汪洋環繞的島嶼上，該液體成分未知，但據稱看起來比水更黏稠。

特工們在探索 SCP-2264-B 時，他們報告稱自己陷入了一種半夢半醒的昏沉狀態，對時間與空間的估計變得相當困難。儘管目前認為 SCP-2264-B 是一個實際存在的地點而非夢境，但具有清醒夢經驗的人，確實表現出更強的自我控制力以及對細節更敏銳的覺察力。鑒於 SCP-2264-B 造成心理成癮的風險，相關工作人員將按月輪替並重新分派崗位。在最初的探索中有八名特工失聯，返回的特工在報告其觀察結果時，幾乎無法保持正常邏輯，也很難深入描述特定細節。

5. 有可能是因為城市中存在多個引力井，但目前沒有辦法直接測量以證實假說。

由於 SCP-2264-B 會使觀察者陷入於半夢半醒的狀態，許多人便將其視為一場夢境或者幻覺，而無法完整地認識到其本質上的真實性。作為一個清醒夢者，以及有經驗的致幻劑使用者，我(卡利斯托 · 納瓦耶茲博士)十分適任於此任務。任務開始後不久，我的同伴們很快陷入了這種異常中，沉浸在城市的放蕩歡樂中，尤其是在宮殿內。

儘管誘人，我並沒有加入其他人的狂歡饗宴中。我建議重新審問之前進入 SCP-2264-B 的人，他們很可能對某些細節有所保留。很多人會說他們在有機會控制夢境時會飛到空中或探訪其他星球，但他們幾乎都在說謊，實際上大多數人選擇的是沉溺在性愛的欣悅妄想中。

再次強調，這不是夢，但我能理解為什麼大多數人無法察覺其中的區別。我想起了阿薩辛教派的傳說，據說他們的領袖會對新兵下藥讓他們神智不清，然後把他們帶進他的城堡裡，並在其中準備好超乎任何想像的酒池肉林——讓那些新兵打從心底相信自己嘗到了天堂的滋味。

SCP-2264-B 的原理在某種程度上與之相似，但我不認為它的輝煌是由此造就的。我懷疑它其實並不是一道陷阱，可能單純的就是一座城市（當然是一個我之前所見所聞都無法匹敵的壯麗城市），只不過碰巧存在於基礎現實之外，且並不完全符合我們熟悉的物理規則。

在探索 SCP-2264-B 的期間，我有了一些重大發現：

一、語言文字的全面翻譯——雖然大多數特工覺得居民們講的是英語，但在我耳裡他們是用我的母語西班牙語交談。就連我的團隊成員在異常裡與我直接交談時，我都覺得他們是在講西班牙語。我發現書面文字也有這種自動翻譯現象，但不是完全準確。

書面文字一開始看起來十分怪異——大多數文字符號都有某種螺旋狀的圖案。如果持續直接觀察這些符號，它們將開始模糊並發生變化，直到某種程度上的翻譯字句浮現。然而這種翻譯可能存在一些限制，而且有些 SCP-2264-B 特有的詞語似乎在任何人類語言中都沒有對應詞。這些詞看起來就像在紙上移動，只要暴露時間稍長就會引起噁心和頭痛。

二、SCP-2264-B 的真名是阿拉加達，據說與 Nevermen[6] 接壤的一個城邦。這些資訊很多都來自庫爾曼納斯的魔杖士，他們跟我一樣都是學者，也一樣不是本地人。他們戴著一個鳥嘴面具，華麗的長袍掩蓋著駝背的身軀；手上有鱗片（更像是鳥類而非爬行類動物）且帶有黑色鷹爪。他們在我面前展開了一幅卷軸，稱它為一張多元宇宙的地圖——層層無盡的螺旋——現在只是想到它，我的偏頭痛就像要發作了一樣。

無論如何，我很高興在裡面遇到了一位知識分子。我向他詢問他研究的性質。然而他反問：「什麼是一切存在的性質？」我以為他在玩文字遊戲。「總得有個頭才能開始，」他補充道。

三、SCP-2264-B 內有一個相當明確的權力結構，根據描述，涉入其中的實體在基金會體系中很容易就會被評為相當危險的一批現實扭曲者。庫爾曼納斯的魔杖士警告說，我們甚至不應該接觸這些人，以免為我們的現實引來期望之外的關注。

權力結構中，總共有（或曾經有）四名蒙面君主直接監視著 SCP-2264-B：

黑之君主，苦痛面具的佩戴者

白之君主，勤奮面具的佩戴者

黃之君主，醜惡面具的佩戴者

紅之君主，歡悅面具的佩戴者

據稱他們是阿拉加達國王的首席顧問。魔杖士繼續警告我，不要被他們的名號迷惑，每一名君主都一樣可怕。我已經見過那些蒙面君主，每次都是遠遠的眺望，除了那名佩戴苦痛面具的君主，我至今仍未見過。我得到的情報說黑之君主在前段時間的政治爭鬥（原因為何？是否存在？原因也都未知）中成為犧牲者，被放逐到了某片恐怖次元黑水之中。但它的回歸只是時間的問題。

這座城邦深藏不露的魅力掩蓋著可怕的真相，一位魔杖士也很難用三言兩語解釋清楚。他們說大部分的外鄉人都是來尋求王的恩賜，但拒絕深入談論那所謂的「王」，並且建議我最好也避開阿拉加達的大使，然後才禮貌地向我道別。

我認為該回報了，於是就召集其他人（其中幾個還是從一堆扭動的超次元蒙面實

6. **真實意義未知。**

根據納瓦耶茲博士的描述，所繪製出的 SCP-2264-2，即「庫爾曼納斯魔杖士」。

體中拉出來的）一同返回。我們進入的第一道門就是將我們帶回基礎現實的門。我懷疑 SCP-2264-B 是一個次元樞紐，與多元宇宙中無數世界相連。SCP-2264-B 內使用的每扇門都直接連接到 SCP-2264-A。如果還有像 SCP-2264-A 這樣的其他入口，我懷疑它們目前均已被封閉。

卡利斯托．納瓦耶茲博士因其主動性受到了表揚。根據心理評估的結果，確定他在不久的將來可以重新進入 SCP-2264-B，不過他也被要求在報告中使用更專業的語氣。今後將依據意識狀態改變時（睡眠或其他狀態）的頂葉活動量來篩選特工，只有活動量高於一般水準者才能加入相關任務。

「庫爾曼納斯的魔杖士」被編為 SCP-2264-2，並被視為一個寶貴的信息來源。「阿拉加達的蒙面領主」則被編號為 SCP-2264-3。

## 探索報告 ████年███月███日：卡利斯托．納瓦耶茲博士（第二次調查）▶

我相信 SCP-2264-2 是我們在阿拉加達中真正唯一可以信任的實體，於是我在進入後就立即開始尋找它們。這座城市中有數以千計、甚至數以百萬計的實體，但 SCP-2264-2 十分鶴立雞群，它們似乎對 SCP-2264-B 有著嚴格的學術興趣——尤其針對城中的宮殿圖書館。全館藏書令人印象深刻，在我看來規模可能是無限大（房間內看不到盡頭，走廊一直延伸到地平線）。我在看似無盡的大廳內像無頭蒼蠅一樣尋找著 SCP-2264-2，身邊跟著克倫威爾特工和尤博士。我瀏覽了幾本魔法書和卷軸，這些陌生的符號無法翻譯（我猜測這並不屬於地球上任何一種的語言）。

我們最終及時找到了 SCP-2264-2，它們依舊和善並對我們的健康與安全表示關心。我請它們進一步解釋之前沒有說完的內容，然後盡力記住他們的回答並寫在紙上：

「阿拉加達的大使很快就會從阿狄泰姆返回，只有瘋子才留下來。我建議你們盡快離開，因為我也是這麼打算的。」

我感謝他們的警告，並宣稱我們不會逗留太久。我詢問關於阿狄泰姆的情況。他們回答：

「那是一座恐怖的城市，充斥著同樣可怕的人。據說阿狄泰姆的大術士服侍著一尊恐怖的上古神祇，有些人認為祂甚至能與阿拉加達的受絞之王匹敵。鴉！(SCP-2264-2 發出了類似烏鴉的叫聲)我不該談論他們。至少不該在這裡。」

我詢問它們(SCP-2264-2)是誰，想要更深入了解。它們回答：

「我是庫爾曼納斯的魔杖士。你肯定已經知道了，是學者。我是星界的旅行家，天穹之海的航海家，平面深淵的洞穴探險家。」

SCP-2264-2 提及某些與我們的「靈氣」有關的東西，說這種情形在多元宇宙中非常罕見，但也承認在之前到訪 SCP-2264-B 時曾經遇到過類似的靈氣。它說了一些話，大概像是：

「倫敦的不死商人，受貪婪和黑暗野心驅使而來。還有另一個，身處異域的外鄉人。他似乎不知道自己身在何方，散發恐懼的氣味。我無法想像一個人會如何意外地走進阿拉加達，我在那之前從不相信這樣的事情可能會發生。而他們很快就消失了，不過，我從未見到他們如何離開，真的是一眨眼，他們就不見了蹤影。」

他還繼續提到阿狄泰姆的「術士」和「首徒」，稱他們「散發著腐敗胎水的氣味」。說與我們有類似「靈氣」的人是以上這些。我懷疑 SCP-2264-2 能夠感知一個人的「所屬次元維度」。SCP-2264-2 將頭轉了整整一圈(像貓頭鷹一樣)，啼叫一聲，然後說道：

「我感覺到阿拉加達的大使已經回來了。我要離開這個地方，我建議你們也這麼做。逃走吧，不要拖延。也許將來我會造訪你們的領域。」

SCP-2264-2 打開最近的一扇門離開。在門關上後我便無法再把它拉開，但我猜測它連接到了 SCP-2264-2 的家鄉次元。我們快速行走(不想引起太多注意，所以沒有跑)也離開了圖書館。之後我們找到了一扇未上鎖的門並由此返回。我們仍未見到大使或他們的王，但我感覺最好不要去窺探他們。

**雖然沒有直接接觸，阿拉加達大使與阿拉加達之王分別被編列為 SCP-2264-4 與 SCP-2264-5。**

▶ ██████████████

O5 議會以十票贊成、三票反對的表決結果，支持派遣機動特遣隊 Psi-9 「深淵凝視者」 進入 SCP-2264-B 。此次行動的目標是找到 SCP-2264-4 和 SCP-2264-5，並評估它們對人類、地球和本地次元空間的威脅程度。十二名經過徒手戰鬥和反魔戰略（Counter Occult Stratagems，簡稱 COS）訓練的特工於█████年███月███日 08：00 進入 SCP-2264-A 。

**僅一名隊員生還，其餘推定為已死亡或無法營救。**

受訪者→ 亞歷山大·帕帕多普洛斯
訪問者→ 拉克什密·納蘭
前言→ 自 SCP-2264 返回的**帕帕多普洛斯特工身受重傷，並在不久後便失去知覺。身體檢查發現，他全身骨骼斷裂合併大量內出血。經過三週的住院治療後，帕帕多普洛斯特工的健康狀況已能夠接受訪談。**

**< 紀錄開始 >**

**拉克什密·納蘭博士**：我知道這可能有點強人所難，但請你告訴我你還記得的所有細節。
**亞歷山大·帕帕多普洛斯特工**：那座城市讓人嘆為觀止。雖然司令部在事前準備中已經盡可能告訴我們裡面是什麼樣子，但那真的是言語無法形容的美。我們在進入的時候，裝扮都變得像是某種奇裝異服的小丑或是古老的化裝舞會一樣。不完全是那樣，但很相近了。我們不管怎麼試都沒法把面具摘下來。我們有任務在身，但執行細節卻相當模糊。
**拉克什密·納蘭博士**： 模糊？
**亞歷山大·帕帕多普洛斯特工**：我們的任務是找到 SCP-2264-4 和 -5，然後評估它們的威脅等級。我們知道它們對 SCP-2264 來說很重要，但我們完全不知道它們的長相或是如何找到它們的所在地。
**拉克什密·納蘭博士**： 繼續說。
**亞歷山大·帕帕多普洛斯特工**：好。總之。我們找到了宮殿。不知道花了多久。在那種地方時間真的會失去意義。那座城市裡充滿了人，特別是在宮殿裡，但那似乎又不像是我們世界裡的繁華都市。有些不一樣的感覺，但我不知道怎麼解釋。像是分了層？不，還是不對。我猜那不是太重要的事，各種東西都模糊得很嚴重。一切的法則都變得像是夢境的邏輯一樣。

**拉克什密．納蘭博士**：夢境的邏輯？

**亞歷山大．帕帕多普洛斯特工**：對。我的意思是。我很肯定它不是一場夢。我身上的傷疤也能證明這點。一切都是真實的，但你有沒有注意過夢境裡不是每一個細節都會完整呈現的？你有時候會記得最後到了某個地方，但就是想不起來怎麼到達的，對吧？就像那樣。我還記得化裝舞會——音樂和舞蹈……哦，還有做愛。當然，所有人都戴著面具。看到他們之中的某些「裸體」十分震撼。它們跟我們不同。應該說，那些奇裝異服的某些部位其實不是外加的裝扮，你懂我的意思。那些人的皮膚像陶瓷一樣。我猜它們就是當地人，你知道的，SCP-2246-1。只是你越盯著看，每個人看起來就越不像人類；有些多了幾隻手腳，有些是少了幾隻。我小時候讀過一本很老的奇幻漫畫，裡面就有這樣的怪物。雖然這地方看起來已經很瘋狂了，但我不覺得我們真的有看到全部的真相。感覺就像一直套著濾鏡。因為我們是人類才會把那些東西都看成是人形的。如果是來自其他世界的生物，它們看我們的時候，應該也覺得是在看跟它們自己類似的形體。但還有些……尤其是當地居民……我有種感覺，在那些面具的背後，在那些錯覺無法覆蓋的地方，有些人類所不能想像的……。

抱歉，我開始講些不著邊際的話了。要回想那些東西讓我頭很痛。（分心離題）我的手跟腳動不了，我的四肢是出什麼問題了嗎？

**拉克什密．納蘭博士**：你的藥物會造成一些麻木感，那是很常見的副作用。請專注在回答我的問題上。

**亞歷山大．帕帕多普洛斯特工**：好。就聽你的吧。我還記得我必須把馬赫特工從一個女人身邊拉開……我覺得那是個女人。她其實並沒有襲擊他或是做什麼壞事。說實話是恰恰相反，不能怪他。她那身體曲線前凸後翹的——讓人很容易就會忽略掉旁邊那些觸手。

然後，我們十二個人就一起行動，這麼大的陣仗很容易就會讓人覺得我們是去找麻煩的。不過無論如何，我們在宮殿裡漫無目的地遊蕩。那裡就像一座迷宮，我認真地覺得就算我們面前冒出什麼牛頭怪物也不稀奇。我們大部分時間都在下樓梯，應該吧？我感覺我們一直越走越深......

然後不知怎麼地，就在我們以為已經到達最底部的時候，我們又回到了外面。看起來跟剛進入 SCP-2264-B 時是同樣的一個地點。老天，我們甚至可以看到宮殿在遠方。

但又不是完全一樣。一切都變得黯淡，失去了色彩。我是說，我們還是可以看到一切，但就是蓋著一片朦朧灰暗的黃昏色澤。街道上空無一人，建築物看起來很……破敗？對，就像整個城市已經被遺棄了很久一樣。荒涼而且寂靜，只聽得到我們自己腳步聲。

我們還是踏入了宮殿。這次的宮殿看起來還是跟上次一樣，至少在建築結構的上。

也就是在那個時候我們聽到了耳語，那是一種我從未聽過的語言。我能感覺到那段話語蠕動著鑽入我的耳朵裡，朝著大腦啃噬出一條通道……

然後我們……（開始啜泣）

**拉克什密．納蘭博士：**請繼續。

**亞歷山大．帕帕多普洛斯特工：**我們摧毀了自己。

**拉克什密．納蘭博士：**……什麼？

**亞歷山大．帕帕多普洛斯特工：**我們別無選擇。大使，它找到了我們。它沒有臉——沒有嘴巴、鼻子或眼睛。我還以為它穿著緊身服和……高跟鞋？一開始看起來就像那樣，但不是……那是它的身體。它的肉是黑色的。它身材高大、苗條又缺乏性徵，是這麼……這麼……

**拉克什密．納蘭博士：**這段資訊很重要。請冷靜下來。我們可以先暫停，只要……

**亞歷山大．帕帕多普洛斯特工：**（打斷）它站得這麼該死的趾高氣昂，渾身散發著一股傲慢。它說的話我一個字也聽不懂，但每個音節都滴落著它瘋狂自戀的毒液。它抬起一隻手，放到應該要有嘴巴的地方……然後它笑啊笑，笑啊笑……然後我們就摧毀了自己來取悅它。

我們的骨頭被擊碎，血肉被撕開，然後內臟被劃破，毀滅了自己的身體和心靈，只為了取悅那個東西。那個時候我一直、一直想要尖叫，試著跪地求饒，但卻連個聲音都發不出來。「我很抱歉」、「我很抱歉」，我試了又試，但就是什麼都說不出來。我們的團隊，我的同伴，我還記得他們懇求慈悲的眼神……還有請求饒恕的眼神。你不可能忘得了那樣的眼神。

到了最後，我是唯一活下來的——身邊全都是我曾經的隊友們，但那些屍體已經被肢解到不成人形。我現在懂了。大使需要一個目擊者，它需要有人傳遞訊息。要告訴你們這個……還有……（開始過度換氣）

**拉克什密．納蘭博士：**請繼續。

**亞歷山大．帕帕多普洛斯特工：**我看著天花板不斷變換……而它拖著我破敗的身軀經過一個又一個房間。最後我們停在王座前，它把我舉高。那時我看見了「王」，它被釘在原位，

一幅關於 SCP-2264-5 的藝術描繪。

雙手和喉嚨被緊緊固定，就像……一具受到束縛的死屍。它的臉藏在一片黑色的面紗後面，或者可能是兜帽。我……我不太記得了。

但我還記得有一群可怕的小妖怪，它們撫摸著「王」抽搐的身軀，就像是在嘗試安撫它，但其他妖怪會把束縛扯得更緊。「王」顫抖著，我看到蒼白的觸手在破爛的長袍中滑進滑出。當那些小妖怪揭開「王」的面紗時，我看到了……（語氣變得清醒，似乎恢復理智）我想死，我無法忍受我所做的事情，請殺了我，結束這一切。我已經感覺不到我的腿了，我感覺不到我的手了，不要像這樣，不要這樣，拜託，我求你了……

**拉克什密・納蘭博士：**你知道我不能這樣做。請告訴我你看到什麼？

**亞歷山大・帕帕多普洛斯特工：**（沒有感情地說道）一個有著神的形狀的空洞，一片荒蕪的烏有之境，充斥墮落與失敗的創造物。你看見早已逝去的星辰留下的光芒，你的存在不過是瀕死之神發出吼叫所產生的回音。無形之物匯聚，環繞著你，繃緊，像一條繩子把你緊緊的束縛著。

**< 紀錄結束 >**

有關 SCP-2264 的任務將無限期擱置，直到另行通知為止。特工提出了了結生命的請求已被否決。由於受傷嚴重，他的雙臂與雙腿均必須截除，此外，該員今後大部分的生物功能都必須靠維生系統輔助才有可能正常運作。儘管已失去四肢，但仍嘗試過自殺。此外，他將被徹底審問，以獲取所有與 SCP-2264 相關的可能資訊。而且，由於他接觸過 SCP-2264-4 和 SCP-2264-5，他將受隔離並密切觀察是否出現任何異常跡象。帕帕多普洛斯特工目前拒絕進食和飲水，因此需要使用鼻胃管提供營養。

## 附錄▶

█████年███月███日，於整修馬丁塔的期間意外發現了 SCP-2264。由於一併發現的手稿署名為第九代諾森伯蘭伯爵亨利・珀西，皇家代表懷疑可能存在異常物品而連絡了基金會。在伯爵的筆記中，還發現了一封未寄出的信件，收件人填寫為著名詩人及劇作家克里斯托弗．馬洛。信件日期標註為一五九三年五月三十日，也是克里斯托弗．馬洛遭遇謀殺的日期，該案至今依然成謎。

**文件 2264-0037**

致我獨一無二的好友，但願此書函能趕得及抵達你手中。

你曾力勸我不要建造雅努斯之門，而我卻對你惡語相向，認為你愚蠢且對科學一無所知，願你能原諒我的傲慢。

而你卻承受了我視而不見的邪惡。我向你展示了另一種的平凡，結果讓潛藏其中的黑暗縈繞在你美麗的心之餘燼上。我曾盲目無知，但我現在已看清。

我懇求你將那份受詛咒的劇本★燒毀，讓它回歸塵土。你的守護神所尋求的是腐化與玷汙：當祂降臨時，會有一些根本不應該發生的事情出現。大使必將壓榨你，一如它們對我們所做的。我已封印了雅努斯之門，只讓受光者進入。願他們有智慧見我所未見，且有力量斬殺其中的悲慘之王。

該死的那座血之王城，那片可怕的國度與它無數的古老罪愆。願你以火炎摧毀你的劇本，拒絕邪惡的守護神，自這一切瘋狂中抽身。我們依然渴望再迎你回黑暗之夜。

★看來這裡所說的劇本很可能是指 SCP-701。有必要調查那份腳本來取得關於阿拉加達的更多資訊。

—— 恩基魯．迪亞瓦拉博士

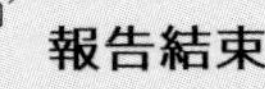

SCP-2002 撞擊情景。

Keter

無效化

# SCP-2002

## 末日未來

報告者__ CRAYNE

日期__ ████

圖像__ ROMAN AVSEENKO

翻譯__ HOLY DARKLIGHT

來源__ SCP-WIKI.WIKIDOT.COM/SCP-2002

### 特殊收容措施▶

SCP-2002的收容措施應專注在那些有組織化、與(移動)天體有關的不實資訊上，而這些資訊散布的對象是那些發現(移動)天體、會作追蹤研究以及討論或單純只有討論的組織或個人。尤其要特別注意一些邊緣組織，他們會進行操縱來掩蓋 SCP-2002的本質。

洩漏到公眾中的 SCP-2002 圖像都應使用數位碼予以篡改，並且打上陰謀論者作品的標籤。為了這一目的，基金會讓聘請的專家出現在相關媒體上，此外也會讓他們去擔任外部研究計畫的顧問。

如果想了解更多有關於現在、過去以及未來這一誤導行動的資訊，請參閱檔案 SecInf/2002-D/DepDI:rev2.41。基金會已經授權，必要時可使用致命武力來確保所有 SCP-2002 的相關資訊不會公諸於世。

所有收集到的 SCP-2002 殘骸以及其主體剩餘部分都應保存在站點 -102 中，以對 SCP-2002 的起源進行研究。請聯繫現在該項目的負責人西格納博士，以獲得有關該專案的更多資訊。

**Rem/SIGNO1/20060217：請注意，儘管 SCP-2002 已經被無效化，該收容措施仍然無限期有效。**

## 描述▶

SCP-2002 是一艘即將直接與地球相撞的太空船。在探測之後，基金會深空資產部門成功地傳回幾張 SCP-2002 殘骸的圖像，其中發現 SCP-2002 的設計與當時正在開發的 [ 已刪除資料 ] 之間很多相似的地方。有鑒於此，並且結合從 SCP-2002 殘骸上回收的資料，SCP-2002 被分類為一個時間連續性異常，但被認為是這異常來自於目前現實的迭代現象[1]。儘管因為 SCP-2002 本身已摧毀，使得專案人員無法查證這一點，但是從 SCP-2002 殘骸檢查中，發現了一些支持這一論點的證據。

SCP-2002 有著一個直徑約為四百五十公尺的球殼，依附在這球殼上的是約三千個直徑 1.7 公尺的小型球體。SCP-2002 沒有任何可見的推進系統或是能量產生設備，同時也沒有獨立空間或系統，例如駕駛員座艙、生活區、儲存倉等等均無法分辨。

為了與 SCP-2002 溝通，基金會使用「搜尋地外文明（SETI）」設備嘗試了所有辦法，全部得到 SCP-2002 的自動播放回應，而這些播放都是透過一個專門為基金會保留的無線電頻率上進行的。非基金會設備發出的信號是不會引起 SCP-2002 的回應，這顯示出 SCP-2002 能夠分辨出信號的來源。請參見附錄 2002-A-04 有自動播放的完整字稿。

1. **是重複回饋過程的活動，其目的通常是為了接近並且到達所需的目標或結果。每一次對過程的重複被稱為一次「迭代」，而每一次迭代得到的結果會被用來作為下一次迭代的初始值。**

在重新檢示研究之後，發現由 SCP-2002 送出的資訊中暗示著 SCP-2002 似乎不需其他外力協助，它本身擁有一個系統能夠讓它返回地球。不過，萬一這個假設有誤的話，則代表它著陸時會有潛在的破壞性影響，因此不論如何，應將 SCP-2002 分級為 Keter。SCP-2002 當時始終保持著每秒 12.5 公里的恆定速度，且預期於███/███/二〇███重新進入地球大氣層。關於 SCP-2002 回歸後可能導致任何 K 級末日事件的處理，已經草擬完成相關協議。

SCP-2002 是於一九███/███/███由基金會衛星搭載的遙感系統探測到的，當時它正位於離地球大約 15.8 天文單位[2] 的位置。從 SCP-2002 的軌道推斷，在路線未變化的情況下，SCP-2002 在至少███年前就被發現。這樣的情況可能是一場意外性時間扭曲的證據，而非是 SCP-2002 或是其飛行員有意為之。SCP-2002 自動放送的無線電內容也對此推論給出了更多的證據。

## 附錄 2002-A-01：摘錄自摧毀事件報告 2002/D/NeutRpt-01:rev1.01 ▶

於一九███/███/███，因為 SCP-2002 從月球前掠過，一顆未被識別、搭載著大功率二氧化碳鐳射炮的全球超自然聯盟 (GOC) 衛星向 SCP-2002 開火。這一擊打碎了主要船體部分，並且使得船體上附著的小球散逸在一片極廣的區域。一部分在之後的鐳射攻擊中亦被摧毀，而大部分的小球則因船體破裂而繼續飄浮於太空中。還有一部分繼續向地球運行著，於二〇███/███/███，這些小球以及船體的大部分零件進入了地球大氣層之中。

對全球超自然聯盟此次毫無依據摧毀的行動調查中，發現了一連串的加密電郵，這些是來自站點 -102 的交流終端機的一個工作站。解碼這些郵件後，揭示了有些資訊已流向 GOC，其中包括 SCP-2002 相關部分，儘管只有一些基本描述的情況而已。在數封這樣的郵件之中，真實正確的 SCP-2002 資料並沒有洩露，而是流出了一些錯誤的內部資料。

根據機動特遣隊 Beta-1（「灼蝕者」）的全面調查，確定這些資訊的發送者為

2. 一天文單位 =149597871 公里。

SCP-2002 的摧毀畫面，取自基金會衛星的監控影像。

███ ███，是站點 -102 的 4 級研究人員，但他沒有與 SCP-2002 計畫有所瓜葛。該人員在試圖離開站點-102 區域時遭到扣押和詢問，最後確定了他積極運用了 [ 已刪除資料 ] 反情報措施。雖然嘗試查明這些郵件的收件人，但都徒勞無功，不過可以確定的是對方必定是一名 GOC 的管理者。基金會在該組織中的臥底人員到目前已經確定，GOC 至少在一九██年就具有 SCP-2002 的相關知識，儘管這些知識也僅僅是一些基本情況（見下文）。因為 GOC 對於 SCP-2002 缺乏更進一步詳細、真實的資料，再加上關於 SCP-2002 的事項上，基金會不管對內以及對外都採取了散布不實資訊的措施，這可能就是最終導致了 GOC 決定將 SCP-2002 摧毀的原因。

由於這起事故，基金會在關於異常事件的內外交流機制進行了重新審定，並且在必要的地方進行升級。「碳行動」開始啟動，而且將無限期地持續下去，直到基金會能夠設計出一套系統來對現有及未來員工進行標準化忠誠測試為止。

那顆由 GOC 所使用的衛星於二〇██/██/██被破壞，並墜毀在巴西的熱帶雨林之中。基金會的部隊進行了回收，儘管GOC已經數次要求基金會歸還，基金會仍然對它有控制權。請參見補充檔案 2002/C/DipInc-8:rev.1.12 以獲得有關此次行動的兩大組織間的交流紀錄。

# KTE-0481

威脅編號→ KTE-0481-Typhon「處於地球撞擊軌道上的大型未知物體」

授權應對等級→ 4 級（嚴重威脅）

描述→一個非自然太空物體處於與地球撞擊軌道上。由臥底特工 ██████ 所提供的資訊表明，基金會正出於不明原因而追蹤 KTE（以下指代爲 SCP-2002），但目前為止既未採取有效行動，也未展開應對措施以阻止這一撞擊進程。關於 KTE 相關的資訊實地報告，請參見附錄 001-016。此份報告來自臥底特工 ██████。

此物體是一個估計直徑為四百五十公尺（約一千四百五十英尺）的球體，並且球殼上還有著許多不知作用為何的球形節點，不排除這些節點是某種武器的可能性。在這個物體上沒有直接目擊到推進系統，似乎也沒有發電系統。

儘管 GOC 地面部署的資訊發射器和美國海軍 ████████ 以相同間隔持續向其發送通信提示資訊，此物體沒有表現出任何想交流的欲望。

現有的計算結果顯示，地球將會於格林威治標準時 間 ██████：██████，二〇███/███/███ 與其相碰撞。如果 KTE-0481 仍在軌道上不受任何阻礙地運行，則最保守估計，此撞擊事件將會導致一場「全球永冬」的場景。

應對規則→如果物件進入離地球 0.00269 天文單位的距離範圍內，則應馬上進行摧毀，以阻止全球生命滅絕事件的發生。GOC 的太空軌道設施 Thor-AXII 已經被配置在永久警戒的狀態。各項措施已經開展，以保證本次行動擁有百分之百的成功率。臥底特工 ██████ 將在摧毀了 KTE-0481 之後立刻撤回。

## 附錄 2002-A-03：回收報告 2002/D/RecRpt-14:rev1.15 的重點摘抄 ▶

二〇███/███/███，在 SCP-2002 的主球殼和部分小球落地三十七分鐘後，機動特遣隊 Zeta-40（死胡同清道夫）和數名當地嚮導趕到了現場，殘骸的墜落地點位於沙烏地阿拉伯首都利雅德外二百四十公里處。在數天之後，所有的殘骸和部分被摧毀的人類殘餘物（據估算包括五名成年男子、一百四十二名新生男嬰、二十一名成年女子，以及三百七十七名新生女嬰）裝載上了基金會的運輸工具，並且最終運回了站點-102。經過 DNA 測試後發現，部分殘餘物質的 DNA 與某些基金會的現職人員是吻合的，其中包括 O5 議會的成員。

## 附錄 2002-A-04：SCP-2002 自動播放內容的部分摘抄 ▶

**語音合成，英語：**

這裡是基金會 SCPS 孟德爾號。我們已經收到了你們的通訊。根據仍生效的停止協議，我們所有的成員都不能回應你們的信號。請等待播放自動錄音。

**女性聲音，英語：**

我是 Agnes Younts 博士，SCP-█████的 4 級專案主管。如果你收到了這段訊息，我只能說這次任務是沒有必要的。從 21██時 SCP-█████最終收容失效所導致的不良影響以來，我們已經在很長一段時間內試著去適應其後果。首先，我們嘗試再安置是否是一種可行的辦法。我們建造了一個軌道空間站，而當這也不管用時，我們建造了月球設施，但瘟疫總是如影隨形。在面對百分之百的不孕機率下，我們發現了一種能夠培養胚胎的方法，這樣一來他們將不會受到瘟疫的影響。至少，在胚胎還是停滯的情況下是這樣的。我們的計算顯示，這種受瘟疫影響的效果需███年才會消散，所以，我們別無選擇，只能選擇一部分胚胎發射到太空之中，同時會有一些肩負照顧這些胚胎任務的人員。這艘艦艇上的人員將復甦並且準備重回地球，他們已經走過了漫漫長路。

**語音合成，英語：**

我們的預計到達時間（ETA）目前設定為警告：偵測到時間位移錯誤。我們急切要求你們清理 Sector-521A 以迎接我們到達★。

**語音合成，中文：**

此資訊將以普通話再次播報。

★目前的基金會資產中並不存在該設施。然而計算表明，其預期位置為[redacted]。

在以中文播報之後，這段資訊還會以西班牙語、北印度語，以及阿拉伯語再次播報。

**報告結束**

決定性組合XE，來自研究員█████的觀察。

## 特殊收容措施▶

SCP-2003 被收容在武裝站點-47 的第四類限制出入區。根據第四類協議，負責研究、看管以及維修 SCP-2003 的人員都必須接受完整的背景調查，同時應在霍伊伯格－加澤因果關係問卷（Hoiberg-Kazawa Causality Questionnaire）中取得合格成績。除了取得站點站長事前同意的 XN 牧者專案（XN-SHEPHERD）組員以外，其餘不得接觸 SCP-2003 的本體。

所有關於決定性組合、機率升高事件、指定增強人物與 XN 牧者程序的資訊都屬於機密情報，並且只限站長、O5-7 與 SCP-2003 管控措施中記載的相關人員閱覽。

一旦觀察到選定指標的數據顯著偏離決定性組合 XN 參數時，必須立即向站長報告，並視為第 5 級「存在威脅」的緊急應變事件。

## 描述▶

SCP-2003 是一種裝置，它能超越主流科學所理解的正常時空下，往返進行時間旅行。基金會利用研究 SCP-█████、SCP-████與 SCP-█████所衍生的科技，耗費二十五年設計打造出 SCP-2003。儘管 SCP-2003 的科技功能與設計規格都有留下詳細紀錄並且能夠在必要時重製，令它運作的科學和異常原理目前仍未被完全研究透徹。

在啟動後，SCP-2003 能夠在其中央艙內搭載一個活體，並將其送到未來某一時間的同一物理空間位置。受試對象能夠穿越的時間長度取決於輸入至 SCP-2003 的能量多寡。文獻中大約每小時三千五百千瓦的能量能讓受試者被送往七個月後的未來；然而，在更高能量水準下這一關係變得無法預測。

使用 SCP-2003 的受試者會穿梭到未來，停留在那裡十五週到三十八週，然後會回到時間穿梭前的起始時間點，物理位置與他們最初所處定點相同。為了安全起見，已設立一安全區域供操作人員在等待回到起始時間點時使用。SCP-2003 啟動後，操作人員必須在經歷九十八天之後彙報一次。

儘管 SCP-2003 能夠讓活體受試者進行時間穿梭，其啟動程序已被證實會對大部分動物與植物組織造成嚴重損害。至今唯一例外的組織是神經系統，因此被指派使用 SCP-2003 進行穿梭的人員必須據此準備（詳見附加文件）。

實驗結果顯示，在當前的狀態下，SCP-2003 直到二三四八年十二月為止，都能維持正常運作，且在基金會控制之下。

## 附錄 2003-A：SCP-2003 研究的整體結果▶

SCP-2003 的最初運用始於一九九五年，期間一些人員被送到未來以確認未來世界的狀況。這時的運用目標是確認 SCP-2003 的時間穿梭能力，以及盡可能蒐集資料讓基金會能夠減輕未來發生的異常現象所帶來的危害。這些初期探索任務說明了一些解讀未來事件觀察的重要原則：

**運用 SCP-2003 蒐集到的資料並不完全準確。**早期探索任務取得了大量與疑似未來事件相關的資料。然而，經後續觀察證實，根據這些觀察做出的預報未必準確。實際案例中，基金會確實利用了資料，在一九九七年避免 SCP-█████在站點-19 造成重大管制破口，但是美國西岸卻沒有如預期在一九九九年遭遇一場震央位於外海的毀滅性地震打擊（由數名外勤特工使用 SCP-2003 觀測得知）。隨著取得的資料增加，綜合分析已經能夠適當地對觀察結果做出符合脈絡的解釋，並列出未來重大事件發生的機率。

**某些特定人物似乎更顯著的影響因果性。**在更多探索任務完成後，基金會編列的未來可能事件列表也逐步擴增，而其中一部分事件對於基金會任務會造成不利影響。雖然早期會嘗試干預這些事件，但是結果成敗參半。儘管對一些人物的控制或消滅有時能夠達成任務目標，但在其他嘗試中，基金會即使清除了數名重要事件的推動者，都完全無法改變事件的結果。綜合分析顯示，在某些情況下，某些人物雖然本身與重大事件並無明顯關聯，有時甚至身處事發千里之外的地區，但他個人言行（甚至存在的本身），對這些事件有深遠且直接的影響。在此一發現之後，研究人員已經建立一個資料庫來保存這些人物的相關資料。

**僅有少數具凝合力的「未來」能讓人類存續下去。**儘管在每次探索任務中觀察到的狀態都有彼此偏異的傾向，但仍有數條彼此勉強相連的「時間線」存在，而這些時間線作為決定性組合被記錄在基金會的資料庫中。大部分的決定性組合若非導向不利於人類文明（有些甚至是生命整體）存在的未來地球環境，就是導向對大部分人類健康直接有害的狀態。目前仍然無法解釋為什麼讓人類能夠長期倖存的可能情境是相對的缺少？這是否意味著和基金會記錄到的異常現象案例持續穩定增加一事有關？

## 附錄 2003-B：使用 SCP-2003 人員的準備工作

基於 SCP-2003 對人類解剖學的影響，人員必須經過特別準備，以適當的裝備來確保在時間旅行中得以存活和保有執行任務的能力。由於 SCP-2003 任務有不可避免的敏感作業，使用 D 級人員並不恰當。

招募 SCP-2003 搭乘者的意願調查，將優先發給接近正式退休年齡或已超過的員工。另外，也會優先諮詢那些被診斷出不會影響中樞神經系統的末期病患。在任務期間，自願搭乘 SCP-2003 進行時間穿梭的人員，薪資將被調整至第 4 級；所有完成任務的倖存者，都將可以透過祕密管道享有高級福利待遇。

在整備出發前，被選定的人員應接受完整、長期的知覺隔離訓練，同時會模擬曾接受 XX890-V 維生觀察系統的人員所處的環境，讓他們在這樣的環境下接受訓練。上述人員在這一期間必須在醫療人員監控下，預防性服用抗抑鬱藥與抗精神病藥。

人員結訓後，其整副腦組織、神經以及相關的神經系統結構將以外科手術移植到 XX890-V 維生觀察系統中。所有可用的器官隨後將根據醫療協議予以保存。

根據目前的指導方針，XX890-V 維生觀察系統及其搭乘者最多只能參與四次 SCP-2003 的任務。非任務期間，人員將維持在誘導昏迷狀態。根據研究，這一狀態持續過長會使搭乘 XX890-V 維生觀察系統的人員在交流與反饋上變得躁動且難以理解，其臨界點的時間平均是十八個月。

XX890-V 維生觀察系統的性質應視為機密情報，僅限高級人員查閱。

## 附錄 2003-C：XN 牧者程序概覽 ▶

**備忘錄**

收件人→武裝站點-47 站長███ - ███ ████

寄件人→ O5-7

回覆→ XN 決定性組合

███ - ███：

直到今天為止，所有運用 SCP-2003 干預未來的嘗試在本質上都是不完整、有限且破碎的。我很理解這一做法的利弊；這是艱難的應變計畫與風險利益權衡下的結果。

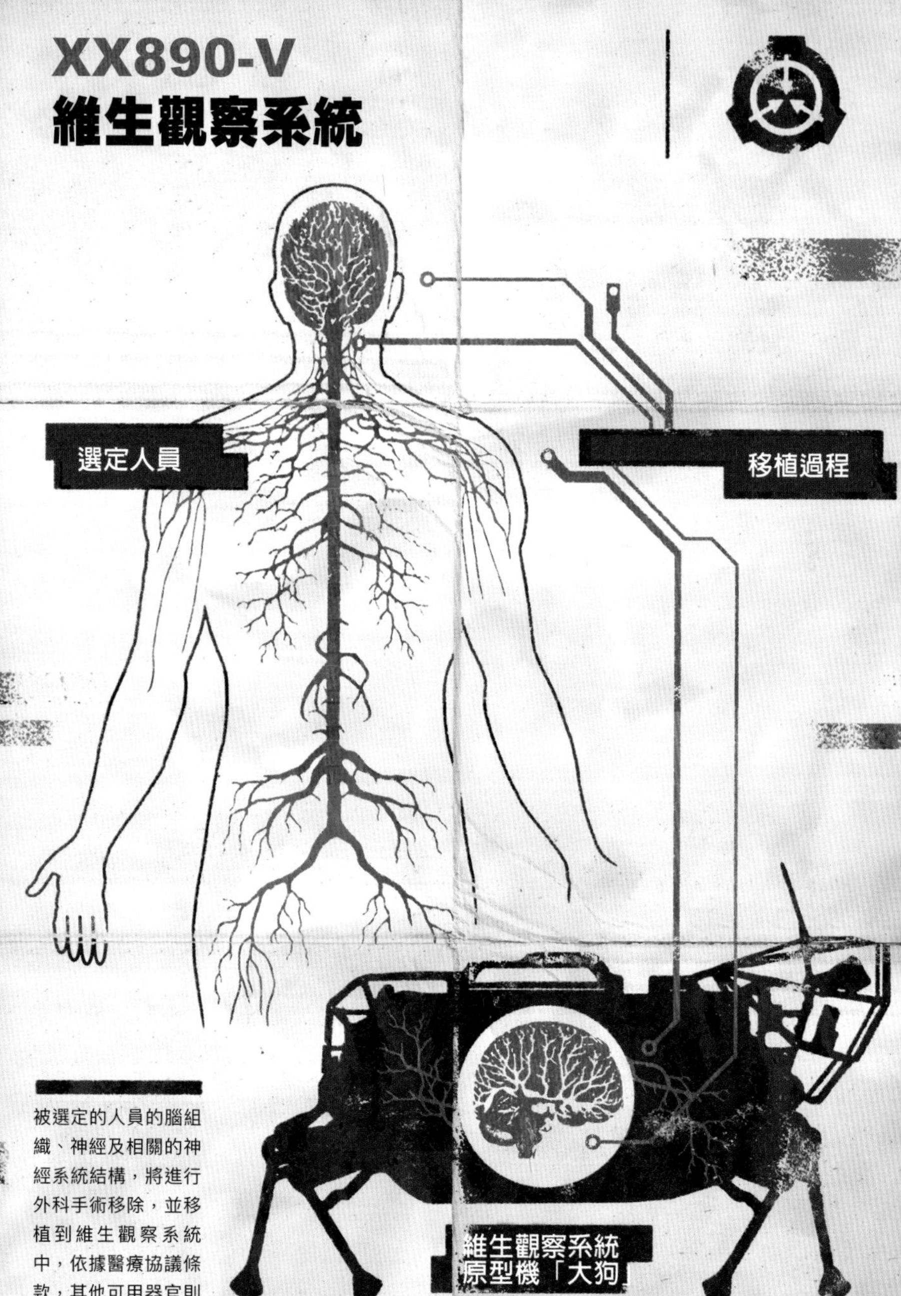
XX890-V
維生觀察系統
選定人員
移植過程
被選定的人員的腦組織、神經及相關的神經系統結構，將進行外科手術移除，並移植到維生觀察系統中，依據醫療協議條款，其他可用器官則將採集出來。
維生觀察系統
原型機「大狗」

然而，根據過去十八個月以來的報告來看，只要我們有足夠果敢的心去掌握主動權，我們有機會在此找到轉機。

雖然我們也必須付出代價。但眾所周知，一切事物都有代價。

以下請視為官方的正式變更。從今天起，所有干預嘗試都將盡力導向和保存 XN。與 XN 相關的指定增強人物必須不惜任何代價以最高優先級保護，以免發生不利影響。具體目標是讓奴魯 · 迪亞涅按照大部分觀察所預期般的那樣死去。如果有什麼事會因此徹底改變，就讓它改變。

我相信你們對其他決定性組合已經夠熟悉，所以我不再闡述應該這麼做的原因。

還有一件事：我的辦公室將負責審查一切，我強調的是「一切」，所有和站點-47 之外任何人的通訊都必須經由我的辦公室批准和監聽。

——█████博士

## 附錄 2003-D：已知決定性組合列表 ▶

**優先選項：**

| 編號 | 描述 | 備註 |
| --- | --- | --- |
| XN | 當前紀錄中的現實。社會按照基金會對經濟趨勢、環境因子與社會動盪的預測發展中。異常活動頻率大多與當下相同。符合共識的現實狀況成功維持到二三四九年一月，一顆過去未被發現的直徑二十二公里的小行星 83345 Moore 將撞擊地球，摧毀幾乎所有人類並且使環境不再適合人類居住。 | 詳見附錄 2003-C |

僅供親閱

**其餘紀錄中的決定性組合：**

| 編號 | 描述 | 備註 |
| --- | --- | --- |
| **XB** | 社會依據相似於 XN 的規律，發展直到二〇一七年四月二十三日，在 HD 188753 附近出現一次直擊地球的伽瑪射線爆發。該爆發維持了二分三十八秒，並殺死了所有已知形式的生命。 | █████研究員是在伽瑪射線爆發事件中直接觀察到此一情景，也是唯一已知的倖存者，該員之後仍有能力繼續蒐集資料直到五十二天後他返回。仍須研究 XX890-V 維生觀察系統在高輻射環境下的運用情形。 |
| **XE** | 威廉．恩特威斯托爵士在二〇四九年當選紐西蘭總理，同一天，土庫曼阿哈爾省一名嬰兒出生了，啟動了一連串情勢加劇的連鎖反應，最終導致二〇五八年以色列與大印度尼西亞[1]兩國之間爆發摧毀人類社會的核子戰爭。基金會對任一相關人物的干預都只能讓核戰發生的日期提前。 | 這一事件組合的各種變換有一共通點：在核武爆發的正好八十六天前，基金會的存在都被公諸於世。 |
| **XH** | 在二〇二三與二〇三四年之間，一種傳染性極強的流感大流行，導致全球約十四億人死去，各國政府因而在處理國際事務上的合作態度急遽升高。在二〇四〇與二〇五〇年代，長久難以解決的許多種族衝突在多邊組織調解下被消彌，撒哈拉以南的非洲以及印度次大陸等地的區域性貧困與飢荒狀況獲得大量減輕，且抑制海平面上升的大規模計畫在所有沿岸地區都獲得成功。二〇五九年七月二十九日，地球所有人口與所有已知的動物生命突然自發性消失，並且直到可觀察到的極限時間範圍內都未曾恢復。 | 不適用 |

1. 大印度尼西亞是一個由馬來左傾人士提倡的政治概念，其構思是把馬來半島、北部婆羅洲和荷屬東印度群島在內的馬來民族國家統合成一個獨立的政治實體。

僅供親閱

## XJ

二○一一年四月一日，一個事後被證實為小泉雅子博士的完全複製實體出現在武裝站點-47的內部管制區，該複製實體要求立即取消安置在該設施某處的小泉博士的安樂死計畫。小泉博士過去曾是SCP-█████被收容前的研究人員之一，然而在當時已被收容的SCP-█████不具備功能，所以無法得知該實體如何可以做出這一要求，並且推測這是發生於未來的狀況。然而，「K-失效安全協議第十二條」（K-Failsafe Protocol Twelve）的存在，讓基金會人員不可能向該實體妥協，於是引發了Alpha-8型的時間悖論（Alpha-8 type temporal paradox）。這一系列事件重複了無數次，最終導致人類所理解的時空結構因而崩塌。

工作人員對小泉博士的複製體施以鎮定劑，將它放入XX890V-維生觀察系統，並以所有可用的能量透過SCP-2003進行轉送後，該情境才能避免。尚不清楚此一行為會對時間造成何種額外的影響，但據推測，其影響至少不會在二三四九年以前顯現。

## XO

異常現象的發生頻率自二○三七年來呈數量級增加。基金會在二○三九年徹底喪失維持現實穩定的能力，而全球文明陷入一段期間的混亂與動盪。數百萬人將死於突發性的暴動，而集體自殺在全世界都變得相當常見。崇拜救世主的宗教運動大量出現，進一步導致國內衝突與內戰。在二○四○年代中期，一些殘存的國家政府組織成功將各類異常現象武器化，而除了一小群藏匿在站點-104的倖存者以外，全體人類將在二○四八年遭到完全滅絕。

由於異常現象在這一情景中已經公開化，資料收集在這一決定性事件組中也變得十分容易，因為特工█████████能夠公開且不受阻礙地四處行走。

僅供親閱

## XR

未知人（Homo ignotus，一種未知人形生物）的數量在二〇一五年的一夜之間從基金會特工長期統計的約五百隻暴增到大約八百萬隻。基金會的集合部隊與未知人隨即爆發了一場短暫而殘暴的衝突。未知人新增的大量個體在三天內被以各種方式摧毀。人類之後██████████████。研究員們對於這一決定性組合是否能夠預測未知人現存族群的意圖有不同看法，其中「██████」與「██████████████████」理論被視為最有可信度。

［刪除資料］

## XS

決定性組合 XS 按照與 XN 相似的規律發展至二〇一九年的某一未知日期，之後基金會顯然不再保有武裝站點-47 與 SCP-2003 相關的任何情報。██████研究員在二〇二二年的觀察任務中遭 XS 版本的基金會拘禁，並且直到她返回為止，她被視為一種 SCP 現象。██████研究員在她下一次觀察任務才開始時，即遭 XS 基金會人員拘禁，返回時並未攜帶任何可抽出的資料且有部分腦組織被移除。沒有關於決定性組合 XS 的進一步資訊。

［僅對 4 級權限人員開放］

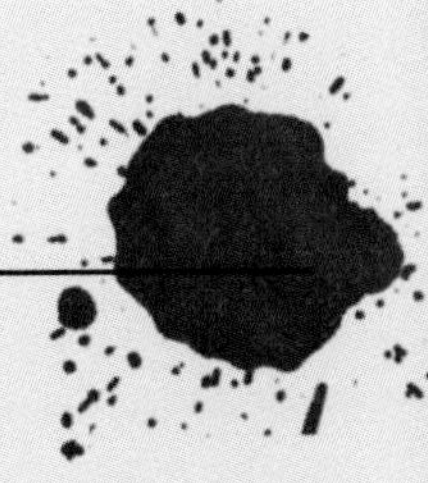

## XU

二〇二六年二月十七日，太陽突然違反一切天文模型與古典量子物理的理論，在質量理應不足以引發強大重力塌縮的情況下，崩塌為一個黑洞。此時地球與太陽系的其他所有行星的溫度都下降至大約攝氏負二百七十度。儘管地球生命因而完全滅絕，人類卻無法死去，在生物學功能與分子運動幾乎完全停滯的情況下，依然保有意識。

這一決定性組合是過去被指定為組合 XT 的衍生組合。在 XT 未來中，有一極權政府幾乎完全控制了整顆行星並且試圖消滅各種「反動」組織，更特別針對基金會人員。基金會研究員為了避免這一情境，而將三名已知的南韓人士送上國際太空站。結果便是 XU。

## XW

二〇一九年八月十三日，一種與人類大小相似的活體版 SCP-█████出現在許多主要的人口集中地。它們並未引發警報，反而因為促成許多醫學、能源、農業以及藝術等方面的長足發展而廣受人類接納。在二〇二二年末，數千民眾自願參與一個可以將眾多不同人類的意識合而為一的實驗性的計畫。在二〇二四年，創造了一名據信含有十三萬四千名人類轉移意識的完全成熟人類。該名人類之後被封入一個帶有自動配給食物與飲水的房間中，與所有外界隔離。除此之外的所有人類都在二〇二四年底被有系統性的消滅。

最後兩名被送往觀察決定性組合 XW 的人員（████特工與█████研究員）未能返回到起始時間點，目前被列入任務中失蹤名單。

## XX

一種在當前時間線中未被發現且未被辨認的原生生物(基金會研究員將其命名為 Nephroisospora araneae)，它們的數量成幾何地成長，推測起原因可能與該生物近期發展出的適應演化有關，讓它們幾乎在所有水的環境中都可以存活下來。N. araneae 被證實善於進入人類的神經組織並能夠存活，引發類似弓形蟲病，進而導致人類宿主對巴西游蛛(Phoneutria nigriventer)的偏執愛好。直到二〇二八年為止，幾乎有百分之八十五的人口遭受感染，而且大部分的社會資源都被重新分配，用在保護與繁殖巴西游蛛上。未受感染的人類會被拘禁，並大多被投入蜘蛛養殖設施中以提供牠們額外的食物來源。由於全世界都只單一關注蜘蛛族群的增長與維持，造成系統性的農業衰退與基礎建設劣等化，而全球飢荒在二〇三〇年代導致大約六十億人口死亡。

目前正在研究 N. araneae 流行率增加背後可能的異常原因，和其作為病原體的性質。

## XZ

地球人口完全消滅。所有過去曾為主要城市的中心地點都建有一巨大設施，能進行對某一超遠距離外地點的暫態旅行，事後觀測分析，確認該目標位置位於長蛇座超星系團附近。隨後的觀察者被授權進入這些巨大的設施而被傳送到某一生態圈，顯然此生態圈位於類似地球的行星上，該地存在著正常運作的人類文明。在各個案例中，傳送至此地點的觀察者都會立即遭到該行星的居民發現。雖然當地居民並未與觀察者做出任何交流，但每位觀察員均在隨後被護送到了該星球社群的某些選定地點，包括有大型公共建設、紀念碑、博物館，以及其他在文化上有重大意義的地方。長蛇座超星系團上的人類文明，顯然從當代一般人類文明進化而來的，且大部分在當代社會已知的不利因素都消失了。這一文明到目前可觀察的極限範圍都依然存在著，可以推測其生存狀態仍會繼續。

在 XN 牧者程序下，進一步的研究獲得授權。正在審議是否重新評價為優先選項。

報告結束

僅供親閱

SCP963-1 的捐贈者。

## 特殊收容措施▶

SCP–963–1 必須由一名現為 D 級、並同時為布萊特博士的助理人員保管。此名助理人員必須由 O5–█指定，不僅需對基金會有忠誠度，且需要有穩定的心理狀態。

~~需使用高黏著性環氧樹脂將 SCP–963 固定在持有者的前額或手背。~~現在，SCP–963–1 需使用一條鍊子掛於持有者的頸部。禁止持有者將 963–1 藏匿於身上。任何想嘗試這樣做的人，都將遭受處決。

~~若當前 D 級人員持有超過三十日將被處決，並指定一名新的持有者配戴 963–1。~~依據 O5–█命令，任何持有 SCP–963–1 的個體將暫緩處決，直至其自然壽命終止，或 963–1 被轉移至新的個體為止。

~~注意：自█████/12/13 起，禁止 963–1 接近任何 Euclid 或 Keter 級人形 SCP。此命令必須嚴格執行。~~已撤銷，O5–6, O5–8, O5–9

~~注意：在事件 -239-b Clef-Kondraki 後，未經二名 O5 議會成員許可，禁止 SCP-963-1 進入站點 17。若有違反將予以處決~~。已撤銷，O5-6, O5-8, O5-9

## 描述▶

SCP-963-1 為一件周長約十五公分裝飾華麗的護身符，由白金製成。十三枚███克拉明亮式切割的鑽石，呈放射狀圍繞在一枚█████克拉橢圓狀切割的紅寶石周圍。最初被發現於██████ █████的私人物品中，此人已明顯死於自殺的行為，屍體周遭圍繞數本超自然相關書籍。我們的特工在現場發現 963-1 無法被摧毀，並依據協議 XLR-8R-███將它帶回。

傑克．布萊特博士原為一名聲譽良好的基層研究員，被指派研究 SCP-963-1 的性質，且有存取［已刪除資料］的權限。在同一年後來發生的 SCP-076-2 收容失效（見文件 076-2-19A），造成［已刪除資料］人死亡、███人受傷。當時手持運送 SCP-963-1 的布萊特博士正好路過 SCP-076-2 的收容間，並成為第一批 KIB (Killed in breach［於收容失效中死亡］) 人員。約█日後，D1-113 接獲清理該被破壞區域的任務，在瓦礫間發現 963-1 並將它拾取。D1-113 當下立即發生顯著變化。以下為訪談內容。

## 訪談日誌 X██████，日期：████████████▶

██████：請告訴我你的名字？

D1-113：就是傑克．布萊特，你們明明就知道！

██████：我們認為你是湯姆．希格利，因判無期徒刑而選擇為我們工作。

D1-113：別開玩笑了！我不可能是——（SCP-963-1 此刻從 D1-113 身上移除。進一步核磁共振顯示 D1-113 停止所有高階大腦功能。963-1 再被置回時，D1-113 大腦功能也回歸正常。）

██████：布萊特博士？

D1-113：怎樣？

██████：看來我們遇到了一個麻煩。

在更多實驗後發現任何活著的類人猿生物若與 SCP-963-1 發生皮膚直接接觸，該對象的心智將被消除，而布萊特博士的意識將從 963-1 投射到實驗者身上。已知布萊特博士的記憶能夠在宿主之間轉移。

若對象和 963-1 持續接觸三十天，其大腦功能將成為最近期的布萊特博士的複製品。若在這之後移除 963-1，對象將成為保有布萊特意識的獨立個體。為阻止有布萊特博士意識的獨立個體彼此勾結，創造出數個布萊特博士的行為將受到制裁。然而此措施被證明是不必要的，因為經證實，布萊特博士已經完全獻身於基金會及其事業中。

SCP-963-1

布萊特博士自身對 SCP-963-1 進行了密集的實驗，表現出想從 963-1 中得到解脫的欲望。與布萊特博士的訪談顯示，████ ███是在賦予 SCP-963-1 力量的過程中自殺，因而無法將自己的意志放入護身符中。布萊特博士推測，自己正是因為他殺，而非像最初創造者那樣自殺，才在無意中啟動了 963-1 的力量。

## 關於 SCP-963-2 項目 ▶

在███/██/██，由 O5-9 下令複製 SCP-963-1。任何嘗試皆失敗，直到 SCP-963-2，當時 [ 以下已刪除資料 ]

**所有關於 SCP-963-2 的訊息已加密為 5 級。任何不具備 5 級權限的人員，若試圖存取更進一步的訊息將被處決。**

**報告結束**

**Safe**

# SCP-1981

## 割喉雷根

報告者__ DIGIWIZZARD

日期__ ██████

圖像__ IVAN EFIMOV

翻譯__ MILK2015

來源__ SCP-WIKI.WIKIDOT.COM/SCP-1981

PLAY

## 特殊收容措施▶

SCP-1981 被放置在站點███的多媒體檔案館裡的一個安全影片收容單元 (secure video storage unit) 內。在使用 SCP-1981 時，不應把它從箱子內移出或讓它暴露於任何強磁力源。在站點███的觀測影院 02 (Observation Theatre 02) 內準備了一套 Betamax 家庭錄影系統[1]和一臺類比電視[2]，以及用於錄下觀測時的電子設備。

## 描述▶

SCP-1981 是一個標準的 Betamax 錄影帶。其側面的黏貼紙上用氈尖筆寫著「RONALD REGAN CUT UP WHILE TALKING[3]」。實驗室分析指出 SCP-1981 由普通塑膠製成，且其序號與一九八〇年九月生產的家庭錄影帶一致。SCP-1981 最初被一個在隆納·雷根總統圖書館工作的檔案管理員接觸到，他觀看了之後就報警，希望找到錄影帶的製作人並以「猥褻篡改」罪逮捕他。當時組織了一個層級不高的警務進行調查，並在此時引起了基金會的注意並控制了 SCP-1981。在██████被通知之前實行了 A 級記憶消除。基金會人員對圖書館紀錄的進一步調查卻依然沒有找到 SCP-1981 的來源。

SCP-1981 似乎是一個家庭錄影帶，記錄了美國總統——隆納．雷根在一九八三年三月八日，於佛羅里達奧蘭多的雙子塔希爾頓大酒店內，對全美福音派協會發表了他有關「邪惡帝國[4]」的演講。儘管如此，在一分十秒時，雷根的演講聲調開始偏離變得

1. 首款獨立盒式錄影機，在錄影歷史上有著很大的影響力。隨後的錄影帶租賃業務即由此產生，後為更清晰的、更便宜 JVC、VHS 設備所淘汰。
2. 接收類比信號的電視。
3. 隆納．雷根在說話時被切碎。
4. 指蘇聯。

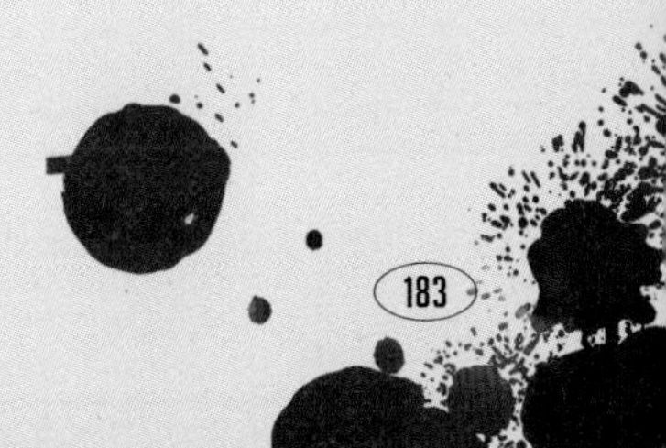

沉悶，最後一點都不像雷根說的話語。在約五分鐘處，雷根身上開始逐漸出現多處切口、撕裂傷和穿透傷，而且無法看出這些傷口是如何形成的。這些傷口足以讓一般人喪失行動能力，但是雷根還是繼續演講，直到他的聲帶被切斷或錄影帶播放時間達到二十二分三十四秒。

在倒帶重播 SCP–1981 時，演講的內容完全是新的，常常完全與先前的不同。主題包括拷問、兒童騷擾和儀式祭品等。而雷根身上的創傷也會不同，被觀測到的有刺穿、生殖器損毀和 [ 刪除內容 ]。當 SCP–1981 影片撥放到七分之一時，一個穿著黑色長袍、頭戴尖錐兜帽的人取代了雷根媒體團隊的一名隨機成員，它被稱之為 SCP–

1981-1。SCP-1981-1 出現的意義當前未知。

雷根所說的演講內容大部分都語無倫次，缺少潛在的主題結構，主要由無意義的奇聞異事和預言組成。儘管如此，偶爾雷根也會提到一些他自己不可能知道或預測的事，比如九一一恐怖襲擊、二〇〇八年俄國大選結果和████ ████████。因此在每次倒帶重播時，我們花很多時間和努力，專注於記錄每次重播的演講。雖然試圖將 SCP-1981 複製到同樣的錄影帶上，但還是失敗了，不過卻能成功「捕捉」到 SCP-1981 每次重播的畫面。對 SCP-1981 進行的任何觀察都必須記錄在所提供的攝影機上，並交給計畫監督員 █████ 博士用於隨後的調查。

多年的地磁干擾嚴重影響了 SCP–1981 的信號品質，使得從重播中篩選有意義的資訊變得更為困難。另外，在雷根身上的創傷被描述為「非常令人不安」，因此建議任何人員在觀看重播後若感到不適或嘔吐，應使用站內提供的精神病學設施，進行一次 3 級心理評估。

由於在 SCP–1981 被收容時，雷根還在世，所以曾部署一個監視網去尋找他和 SCP–1981 之間的關係。儘管沒有找到任何已知聯繫，但雷根在他的精神狀態退化成老年癡呆之前，他經常抱怨有關「噩夢」的事。

## 在 1993/██/██ 錄製的錄影帶文字紀錄的摘錄 ▶

0:17:24 – 雷根：傳統價值觀的改革一直以來是國家實力的支柱。在華盛頓區的一位研究員最近做了一項調查，他的結論認為相較百年前，美國人現在更願意參與吃人肉的行為。美國是一個不會輕易遭受任何憎恨的國家。七。這是覺醒的核心。十二。十八。我們將阻止蓋達組織。你們又來了。

0:17:53 –（歡呼）

0:18:02 – 雷根：我們是第一次站起來，我看見我們正在被消耗。我看見的圓不是圓。收容設施裡有數百億的亡魂。國家的道德結構正被拆解，心靈變得骯髒。我來自人類之上的王國。有什麼啟示？一個虛偽的微笑讓整個國家都遭到詛咒了。

0:18:43 – 沒有希望了。

0:18:59 –（歡呼）

0:19:15 –（雷根縮了縮後背，似乎感受到了劇痛。多個新撕裂傷出現並穿透了空洞的眼窩，新的刺傷似乎刺入額頭和鬢角。剩餘的左臂完全被切成兩半。）

0:19:59 – 雷根：進一步輿論證明，仍有超過一半的美國人心存恨意。被空洞所吞沒。空虛。無知。悲哀。陰險。黑暗。（笑聲）

0:20:30 –（笑聲持續到信號退去成爲靜電雪花）

< 文字紀錄結束 >

## 在 1996/██/██錄製的錄影帶文字紀錄的摘錄 ▸

0:12:32 – **雷根**：我曾去過阿拉斯加的煉鋼廠，和內布拉斯加州的麥田。我看過一些谷歌廢棄的辦公室被燒毀，窗戶被木條封住，裡面還有一些擅自佔住者。我看過他們肢解嬰兒的那些房子。從海岸到閃亮亮的海岸，我空空地走在流口水的小路上（語意難以辨認）虛假道德腐爛的肉體在毒害我們的孩子。我站在這貪婪大地的山上，看著我們美麗、虔誠的深淵，充滿著無數無助的手臂。你們知道我看到了什麼？

0:13:57 – 地獄。

0:14:20 –（觀眾爆發出大笑。）

0:14:32 –（可聽到攝影機背後低沉的聲音）

0:14:45 – **雷根**：你們又來了！

0:14:52 –（笑聲持續到逐漸消失）

0:15:00 – **雷根**：不過說真的，我們生活在一個幸運的時代。這是個幸運的時代。時間站在我們這邊。（大笑）事功倍半[5]。

0:15:40 – 你有你們的真實，我有我的真實。有已知的已知，已知的未知和未知（無法辨認）。他們中的一些正在收聽。

0:16:02 –（在此時，雷根脖子的傷口似乎非常嚴重，無法再支持頭顱。語句變成咯咯聲，因為雷根猛烈的前傾，脊椎完全斷開，而頭只靠肌肉組織連接在身體上。身體在之後的三分鐘繼續活動，並在最後倒下前，脊椎似乎從頸腔中被拔出。錄影帶訊號在 22:34 變成雪花。）

< 文字紀錄結束 >

## 在 2002/██/██錄製的錄影紀錄 ▸

**刪除內容。需要 O5 級許可權。**

5. 將英文諺語 A stitch in time saves nine.（及時處理，事半功倍）說成 A stitch in nine saves time.

0:00:00 –（長鏡頭拍著演講臺以及平常雷根和隨從所坐的空椅子。奇怪的是，這是唯一一次缺少聲音和雷根存在的紀錄。）

0:00:30 –（鏡頭拉近講臺。）

0:02:55 –（已知是 SCP-1981-1 的個體從左邊進入鏡頭並站在演講臺。在影片的餘下時間保持靜止。）

0:22:34 –（錄影帶閃出一張單幅畫面，上面用紅色的標題寫著「我看見你」。持續了七秒並馬上變成靜電雪花。餘下的錄影帶沒有進一步信號。）

< 文字紀錄結束 >

這是已知看見 SCP-1981-1 的最後一次。SCP-1981-1 在隨後的所有重播中消失。
若今後再發現，建議工作人員不要與 SCP-1981-1 交流，
並向任一值班的 4 級監督者報告。

報告結束

## 特殊收容措施▶

所有已知 SCP-940 幼蟲的樣本目前都已被收容，而從平民身上有系統性地清除 SCP-940 成蟲的工作（自██████/███/███起開始執行）則由 Area-14 的研究人員和機動特遣隊 Omicron-7「奧肯」充當先鋒。經基金會強化的████-██-███████樣本（參見與「藍劑[1]」有關的文件）正被用來添加在商業用的殺蟲劑中，希望能防止任何「野生」SCP-940 群落的出現。所有 SCP-940 的感染者都應當作 4 級生化危機處理，並且在施以重度鎮定劑後收容且移轉至 Area-14，或者予以處決。受 SCP-940 菌株感染的屍體，無論在哪一發展階段，都應焚毀。

1. 藍劑是美國在越戰期間使用的「彩虹除草劑」之一。

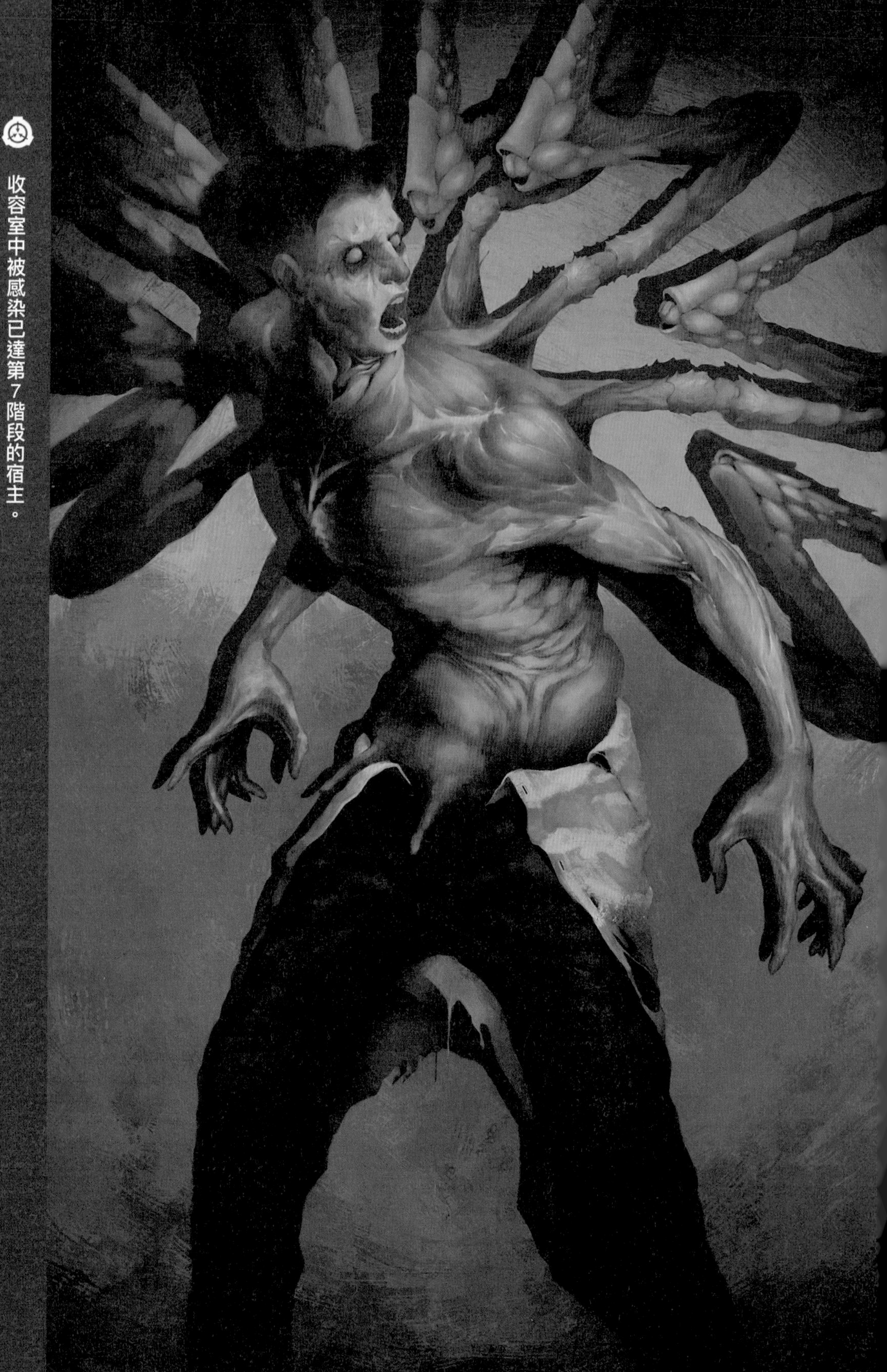

收容室中被感染已達第7階段的宿主。

SCP-940 是一種宿生生物，表面上與穴居的蛛形綱成員有一些相似的地方。成蟲行動極其迅速，腿部跨度可達四至七公尺；由於要將 SCP-940 從它們宿主身上分離有難度（見下文），平均重量和體形不具討論意義。它們八條半透明的腿上，每條都均勻分布著六種專門的感覺器官——一對紅外線敏感的紋孔器官；羅倫式壺腹[2]；對紫外線敏感的複眼及非複眼；以及兩種功能未確定的器官——末端是巨大的跗骨爪，具有狩獵蜘蛛中常見的剛毛叢，可以幫助它們輕鬆地攀爬陡峭或垂直的表面。SCP-940 具有和海星綱生物或普通海星相似的橈神經，並且沒有中樞神經系統。目前不排除一種可能性，SCP-940 是借用其宿主的智力以處理來自外部的刺激。

人體的感染是經由接觸含有 SCP-940 的卵和幼體的體液。從初步感染到成熟階段，SCP-940 的生命週期如下：

## 第 1 階段

經過接觸含有 SCP-940 的卵和幼體的體液時便會發生感染。幼蟲在此時過於微小，無法用肉眼看見，顯微鏡檢試顯示，卵一般直徑不超過 3 到 5 微米。在進入宿主體內之前，SCP-940 的幼蟲是其生命週期中，唯一需要靠很多器官系統維生的一個階段，肢體展開後直徑約 7 到 17 微米。

2. 電磁場感應器官，常見於鯊魚。

# 第2階段

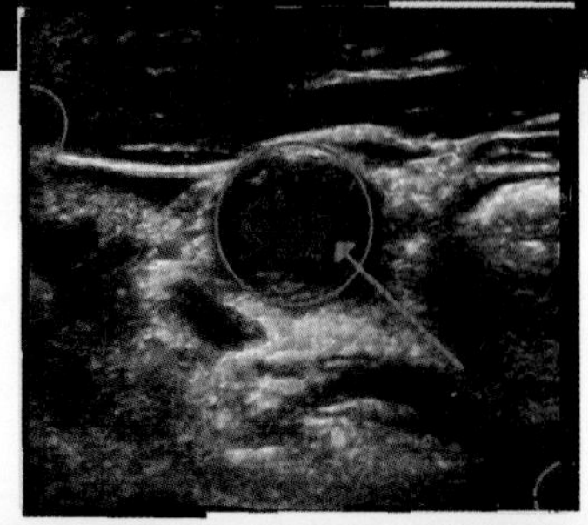

超音波影像顯示頸動脈內孵化出的寄生蟲。

首先孵化的 SCP–940 幼蟲會開始食用未孵化的卵，然後互相捕食，以確保一個宿主體內只有一隻幼蟲成長至成年。在此階段宿主會經常抱怨腹痛或胸痛。注：也曾有一個宿主體內至少有五隻幼蟲成熟的案例，主要是因為宿主身體感染的菌落數量過於龐大所致，由於幼蟲之間的競爭機制，這種情況極為罕有。（見事故 –940–01，對象 04）

# 第3階段

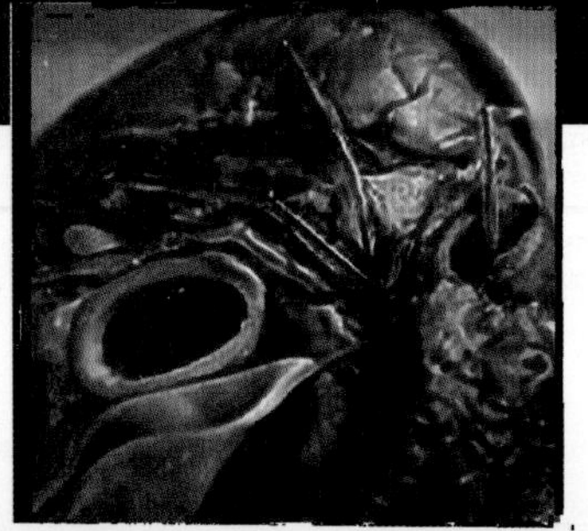

死因爲心臟嚴重感染寄生蟲。死者因身體內部機能崩解，導致中風死亡。與進入第 4 階段情況相符。

存活的 SCP–940 幼蟲轉移至胸腔，一般會攀附至主動脈、心臟或脊柱，用指向宿主背後的肢體固定身體。幼蟲的內部器官系統開始萎縮。

# 第4階段

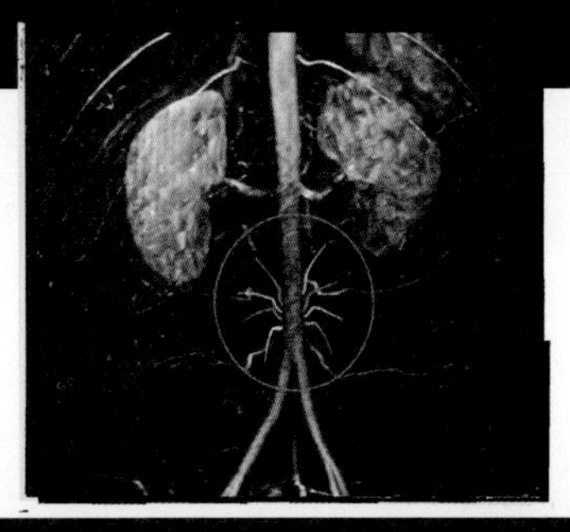

磁振造影血管影像顯示寄生蟲附著於腹主動脈。

SCP–940 的幼蟲軀體上的甲殼脫落，肢體保持完好。幼蟲的循環系統與宿主的循環系統結合在一起，神經系統亦然，不過結合程度較鬆散。幼蟲開始生成一些酵素，使宿主的身體產生很多賀爾蒙，包括人類生長激素。早期的胸腹疼痛減輕。宿主的食欲上升，但通常精神萎靡。

# 第5階段

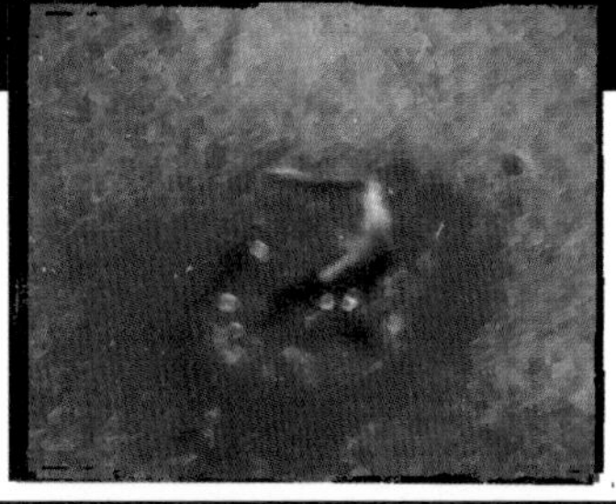

寄生蟲的肢體開始穿透宿主的背部。

感染約三個星期後，SCP-940 開始轉換宿主體內的血清素和多巴胺，使宿主感到快樂和幸福感。幼蟲的肢體在這階段，由宿主的循環系統提供血液和營養，並且開始穿透宿主背後的皮膚。宿主通常不會提出身體有任何不適的報告，也沒有任何警覺。基本上，不會就醫。

# 第6階段

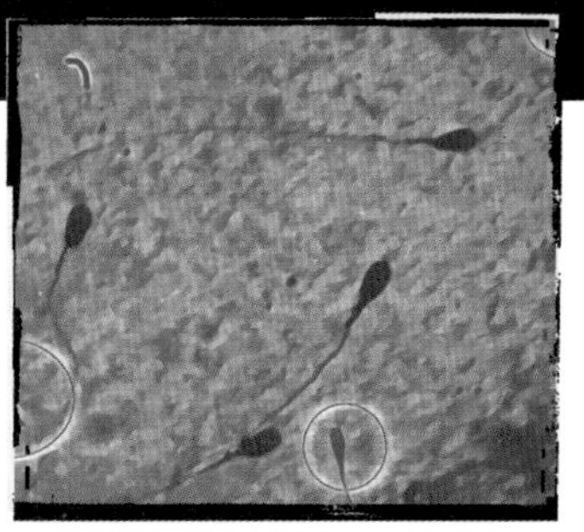

940-20 事件中回收的精液樣本。已感染。卵則在女性陰道分泌體液中不常見。(更多訊息，請參照事故報告 940-04、940-05)

感染約五個星期後，SCP-940 達到成熟，體形達到最大。宿主對它們的狀況完全不了解。據信在 SCP-940 和其宿主之間會產生一種聯繫；例如宿主能夠隱約地感覺到發生在他們背後的事。SCP-940 的個體通常會收攏它們的肢體，平放在宿主背上使其被衣物掩蓋。另外，SCP-940 刺激宿主體內的睪固酮產生量，導致性欲增長。透過傳播帶有 SCP-940 卵的體液，感染新的宿主，這種情況通常在已感染的宿主與他人性交時發生。

# 第7階段

所有被感染後存活了六個星期的感染者都認定為第 7 階段。據報告，第 7 階段的感染者會失去對人格的感受，眼睛被逐漸翳蓋導致視力下降，最終接近完全失明，並且不斷發作緊張症和僵直性昏厥。通常是由於血壓飆升、心臟或腎臟衰竭或失血引起的動脈瘤而導致死亡。此階段的感染者可以由他們奇異的「咳嗽」聲辨認，就好像他們要儘可能吸入更多的氧氣一般。當宿主在生物學意義上死亡之後，SCP-940 會繼續通過其肢體操縱屍體，進入「狂暴」狀態。這種狀態下 SCP-940 會不考慮隱蔽性而試圖繁殖和感染，有時會通過性侵以達成目的。這種狀態能夠持續一到三天，直到 SCP-940 死亡。

在 Area-14 收容區爆發的事件影像。

只要在第7階段之前，進行靜脈注射防治寄生蟲複合藥物，治癒是可能的。

第 6 階段及以上的成年 SCP-940 樣本在不試圖偽裝自己時，是極其迅速和熟練的捕獵者。通過利用強有力的肢體和多種感覺器官，它們十分擅長躲避捕捉；現場特工應提高警惕，並時刻配備著 MOPP-4 以防感染，還有基金會專用神經毒氣手雷以作為壓制用。

## 附錄 事故 940-1 ▶

D-940-05 子宮中的 SCP-940，拍攝於███/███/███，助理研究員█████沒有將一份 SCP-940 幼蟲的活體樣本送回冷凍保存，而是在午餐休息期間任由幼蟲

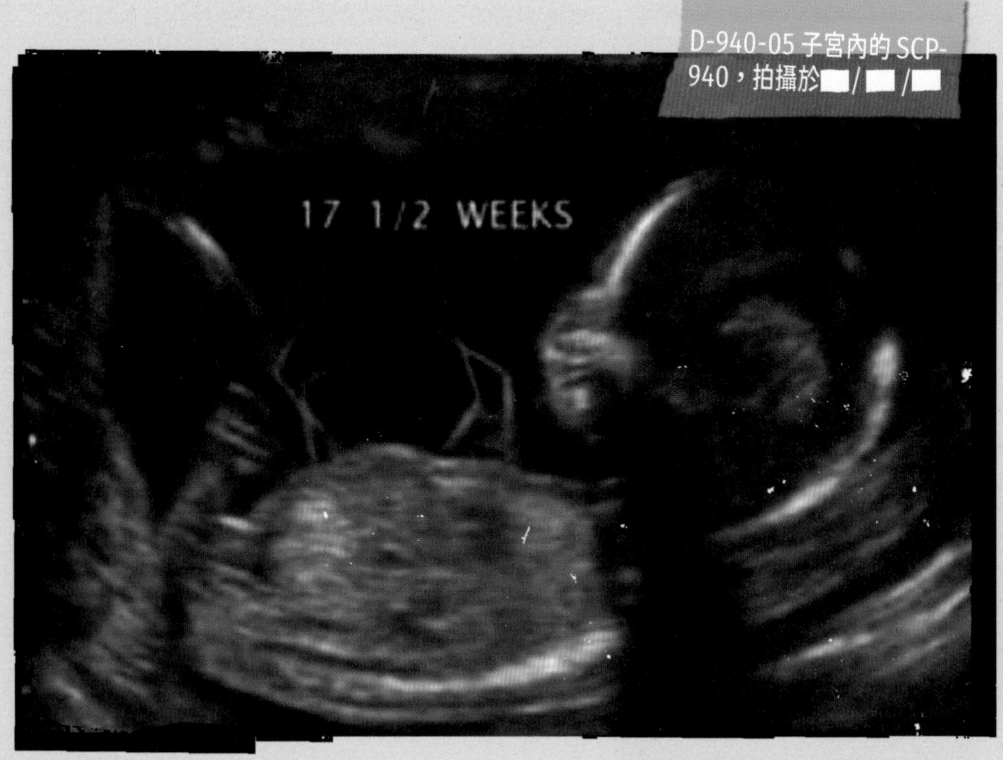


D-940-05 子宮內的 SCP-940，拍攝於██/██/██

在實驗室中無人照看下約四十五分鐘。結果導致收容突破事故，使七名研究人員、維安人員，以及五名 D 級人員被感染。Area-14 被感染的側翼進行封鎖並淨化，對受感染的基金會人員注射了防治寄生蟲複合藥物，在被感染的六小時內都接受了治療並完全恢復。受感染的 D 級人員被隔離觀察，以確定受 SCP-940 感染的進程，並且測定感染後多久仍是可以治癒的時間範圍。

通過觀察 D-940-01、-02、-03，建立了前文所述的感染過程的基礎。

因為物件 D-940-04 有多個幼蟲達到成熟階段，所以是唯一一個不符合上述報告的感染過程。在感染後第三個星期，當加速的感染使其完全跳過了第 5 階段和第 6 階段，直接進入了第 7 階段時，D-940-04 被處決了。

物件 D-940-05 最初被認為未感染，因為三個星期過後都沒有顯示出任何被感染的症狀。但近一步全面檢查發現，D-940-05 懷孕了；未出生的胎兒被感染了。胎兒，即 D-940-06，被允許生長至成熟。D-940-05 一直不知道它的情況。當 SCP-940 的肢體刺破 D-940-05 的子宮時，胎兒和母體全部死亡。D-940-06 被冷凍保存在武裝生物保管區域 Area-14 以供研究。

**報告結束**

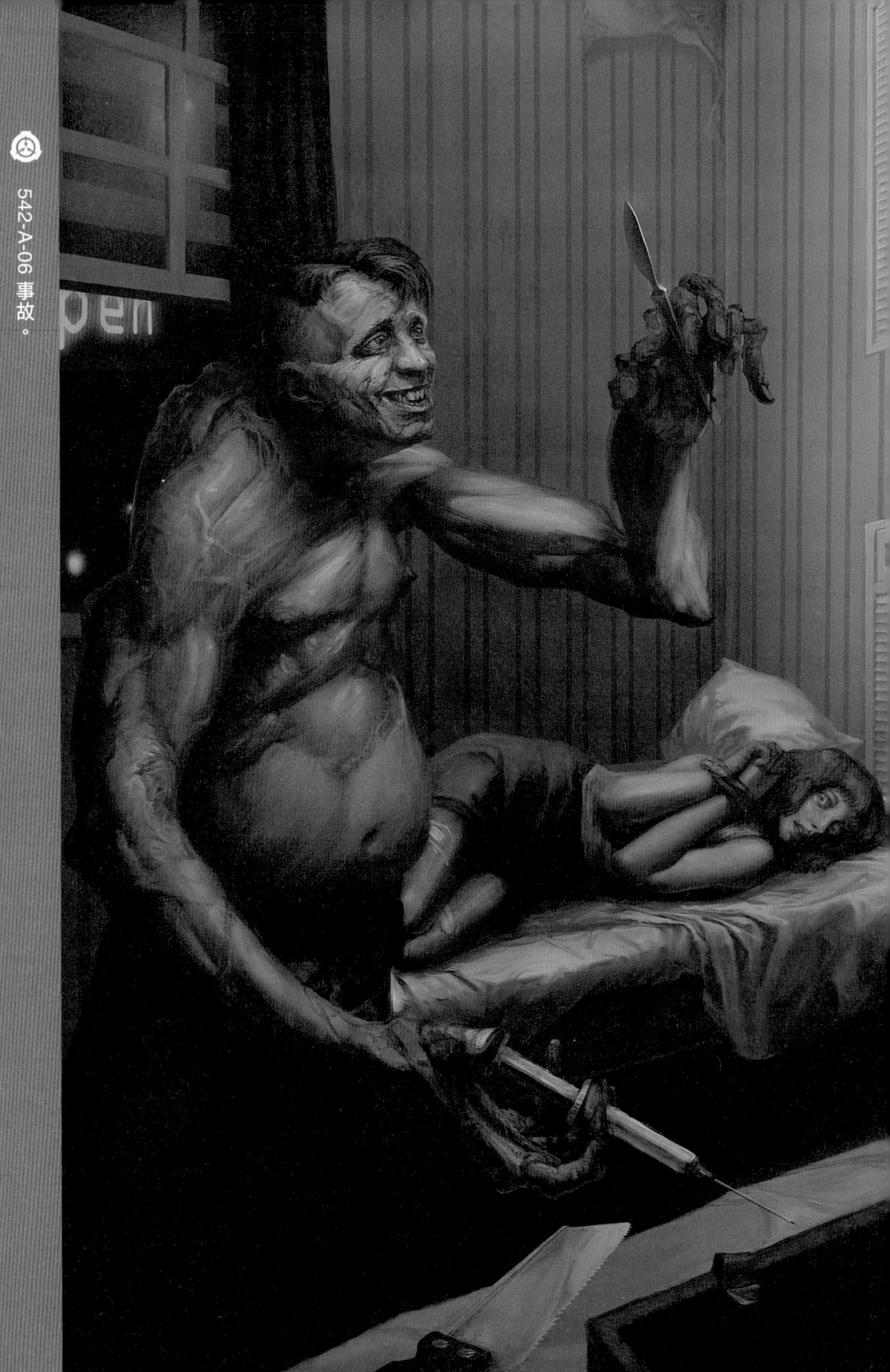

542-A-06 事故。

SCP-542 應被收容於一個 8 公尺 × 8 公尺大、並且附有盥洗室的房間中，雖然可以提供合適的居家裝潢，但是任何可能被改造成外科手術用具的物品則需摒除在外。

SCP-542 提出值得注意的要求如下：

- 一張雙人床，不要毛毯或者床單，只需床墊（批准）
- 兩張大工作檯（批准）
- 一個大衣櫥（批准）
- 一件厚外套、實驗室服裝和褲子（批准）
- 數個全身鏡（否決）
- 一套完整的紡織設備，包括布和梭子（最初批准，在事故 542-B-03 之後撤回）

- 數個大書櫃，裝滿了從舊到新的解剖學和醫學書籍（批准）
- 一套棋具（批准）
- 空白的筆記本和數種書寫用具（批准）
- 定期供應德語填字遊戲（批准）
- 工業等級的深洗手槽（否決）
- 鋼製指甲銼（否決，給予了木質或砂紙質金剛砂板作為替代）
- 指甲鉗（否決）
- 允許它使用自己的外科手術工具（否決，但實驗期間內允許，見附錄）

該房間應保持上鎖，以門閂鎖死，並且在任何時候都應該至少有兩名 D 級人員在外面進行阻攔。SCP-542 每日供給兩餐，由 D 級人員運送。根據它的請求，每週都讓它輸入一品脫新鮮的血（一品脫約 500cc，任何類型皆可）。

當 SCP-542 開始出現器官衰竭時，它可能會要求替換一個新鮮的器官，由基金會醫學人員幫它注射鎮定劑然後進行手術。儘管它不斷地提出要求，但是不能允許 SCP-542 對自身進行任何侵略性的外科手術，除非是在觀察實驗的情況下。那些老的、被遺棄的器官應該要收集起來進行實驗。

如果 SCP-542 逃離了監禁時，可用高劑量的鎮定劑制伏或用網子來捕獲，讓它無法行動。如果它拿到了刀子、玻璃或是鏡子碎片之類的可用於切割的尖銳物，非致命的開火行為是允許的。

## 描述▶

SCP-542 自稱在某一段時間是一個有著白種人血統的平凡人類，在國籍上被確認是德國籍。這個說法得到證實，因為它的母語是德語，並且說其他語言時都有著德語口音。SCP-542 要求別人稱呼它為「Herr Chirurg」或是「外科醫生」。它可以流利地說德語、法語和英語，並且還可以說一些波蘭語和義大利語。智力測驗顯示，SCP-542 的智商在一百五十左右，代表著它有高度的智慧。現在仍不知道 SCP-542 到底有多老；因為各種組織檢驗都沒有結果。它宣稱它在第一次世界大戰以前的生活「平凡枯燥」，而且還宣稱它為納粹工作過，它甚至說納粹的目標「簡單得令人生厭」。

它在外觀上被描述為一個「鐘樓怪人式的怪物」。SCP-542 會將它怪異的外表掩藏在厚重的衣服之下，但是更喜歡僅穿一條休閒褲，顯露出它駝背的外形、扭曲的胸腔和奇異的手臂結構。它的皮膚是由顏色不盡相同的補丁所構成的，有些皮膚因傷疤癒合在一起，有些是縫合在一起。不對稱的骨骼和肌肉結構顯示，它隨著時間的推移，身體的大部分都已汰換過了，而且承認曾在一些助手的協助下，替自己的身體也換過某些部分，像是脊椎。雖然它的外觀可以通過外科手術進行改變，但手臂對於身體來說總是太長了，並且手也大量改造過，好讓手指有更多的關節。

SCP-542 的臉上皮膚繃得太緊了，但因為它就是偏好讓骨頭繃出皮膚，所以令它看起來有骷髏般的外觀。它的牙齒，這個值得一提，是從數個個體身上收集而來的，而有些外觀上來看不可能來自於人類。對於它來說，咳嗽和嘔血並不是什麼稀奇的事情，這些情況讓它需要一週一次輸入新鮮的血液。它自誇有兩個心臟，並且還有著數個額外的器官和器官系統。SCP-542 是如何能在對自己身體進行外科手術的時候，同時還能掌握自己的身體結構一事，目前仍然未知，但是它認為這正可說明它「有極佳的記憶能力」。

檢測所有組織的 DNA 後並沒有得出結論，不過，發現了片段的 DNA。目前還不知道它是如何能夠接受不同血型的血液和許多器官，而不會受到排異反應或是過敏反應的折磨；同樣地，也不知道它是如何在對自己進行侵略性外科手術的同時，身體機能還能保持運作，甚至是在它將多餘的腦組織塞入它自己的顱骨之中的時候。SCP-542 應被保持或者進行觀察，應該讓 SCP-542 保持活著，以便觀察和測試那些它維持自己生命的過程。

在大部分時間中，SCP-542 都以一種令人驚奇的優雅方式行動，它很享受與別人長談有關於生物學、科學和政治學，同時也很喜歡長時間的對弈。但是，當身體之中的某一器官開始衰竭或者是壞死時，它會進入一種激烈的人格轉換之中，此時它會非法跟蹤躲在遠處觀察人。關於它的習慣和攻擊行動的額外資訊，將會在附錄中提及。

SCP-542 似乎有著一種我們以前完全不知道的能力，它可以完全掌控體內器官工作狀況和功能狀況，甚至可以指出身上某一點在腐爛或是衰敗，理論上，它是不可能以任何已知的方式感覺到的。然而，這種能力已被證明可以延伸到它自己的身體之外。它可以被動感知周圍幾公尺範圍內其他人類的健康和醫療狀況，當它聚精會神地加以運用時，這種感知能力可以延伸到大約五公尺的範圍。它自己也不知道是怎麼回事，但它承認利用這能力來選擇它的受害者。

## 附錄 ▶

SCP-542 已經被證明是過去三年中，在德國、英國和美國所發生的一連串四十五起殺人事件的兇手，並且它也是在那段期間中另外發生的十五起殺人事件的嫌疑人。四年前在德國的█████發生的事件中，它首次被特工█████觀察到的。那次事件中有四名人員被攻擊，他們的肌肉、肌腱或者是骨頭都被從肢體上移除了。三名受害者因為失血過多和震驚而死亡。第四名受害者，█████正巧住在特工█████下榻酒店房間的隔壁，特工介入了這起事件。這起事件可以在事故報告 542-A-06 中找到。

SCP-542 與一整套外科手術用具有強烈的連結關係，這套工具有解剖刀、刀片、注射器還有其他外科手術用具。這些用具製造時間從古至今不一，保存好的話，可以追溯到一九一〇年代。它將這一整套工具裝在一個天鵝絨內襯的黑色皮箱之中，並且改造了好幾件外套來藏匿和隨身攜帶這一整套工具。目前不允許它接觸這套工具，除非是在進行測試或者是要觀察它如何自我手術的時候。

SCP-542 也造成了數起 D 級人員的死亡，甚至不是在試驗期間。歸咎起來，這些都是因為這些人員的疏忽或大意造成的，誤判某些工具在它使用的情況下是安全的。儘管它在大部分時間之中都是令人愉悅的，但一有機會，它會出於取樂或好奇而動手解剖這些工作人員，所以這些人員應該被告知這一點。這些事故可以在事故報告 542-B-01 到 542-B-11 之中讀到。看起來安全的物品比如裁縫工具，讓它為自己製作出了一件剪裁精良的好外套之外，也讓它先將一名 D 級人員縫在床墊上，隨後不久，它把那名 D 級人員的腎和一部分的肝臟移除了。

SCP-542 也表現出了十分願意配合某些實驗，而且似乎也很樂於表演自我手術以供觀賞，就像一名老師講解外科手術的教科書一般，解釋它正在做什麼以及展示它對於這項工作的知識。不幸的是，這樣通常伴隨著會受它攻擊的危險性。

現在已經要求 SCP-542 須保持存活，它能夠經歷高強度的外科手術，而沒有任何器官排異反應，這樣恢復過來的方法應加以研究，甚至有可能在醫學應用領域之中進行複製。由於 SCP-542 的智力以及對解剖的強烈慾望持續增加，它也因而表現出可以在外科手術之中提供援助和進一步深入研究的潛力。任何由它所寫下的筆記或者是書籍都可以允許安全等級 2 以上的人員進行查看和研究。

## 20█████/█████/█████ 更新 ▶

SCP-542 不知如何獲知了有關 SCP-291 和 SCP-1025 的資訊，並且對於它們的用途表現出了很深的興趣。所有它關於想研究兩者的請求都應被否決，直到有進一步的通知。

## 事故報告 542-A-06 ▶

特工█████████，當時正待在位於德國█████████的█████████酒店之中。在當地時間凌晨三點時，聽到了從對面門廊處傳來的扭打聲和尖叫聲，他覺得應該介入，但那時不知道會和一個可能是 SCP 項目面對面。特工推倒了█████████的房門後，看到了 SCP-542 正從█████████小姐的右腿上移除肌肉和骨骼。在數槍射擊後，SCP-542 從窗戶掉了下去。特工█████████通知了當地的政府和救護車。

█████████，是一名剛剛到這個鎮上不久的美國遊客，在事件後於醫院康復期間描述了在她身上發生的事。她很願意接受給予她的記憶消除藥劑，更希望相信她只是遭遇了一場不幸的交通事故，而她的右腿已經被截肢了。

她的報告如下文所示：

我之前就來過德國，所以我知道這附近怎麼走……而且我習慣搭巴士。我想我是第一次在那裡見到它的，我想，就是這個藏在外套、帽子和眼鏡下的傢伙，而且理所當然地，我會懷疑，因為正值夏天，你明白的，悶熱得難以忍受……並且我知道它正在看著我，但我選擇忽略它。它在我的站沒有下車，不論如何，當時在車上還有其他人，即便當時已經很晚了。我想我連著三天都看到它，然後我停止去想這件事情……它一定是跟著我下了車……就在那天，那個晚上。

我走進我的酒店房間，然後我不……我不記得了……窗子是開的，一片漆黑，燈打不開，我以為是某個人想要偷我的東西，然後我走了進去，看看是不是少了什麼，然後……然後……

（██████表現出了強烈的不舒服症狀，並且要求給一分鐘來讓她自己平靜下來。她的要求被允許了，然後她在數分鐘後重新開了口）

它躲在我的床下，並且它有著那畸形的……手臂……還有那手指……太多關節了，隨後它從我的正下方抓住了我的腳踝。它實在是太快了，然後……然後它將我的手臂和腿綁在床上，並且一開始我認為，你懂的，就是它想……想……你知道的。

它一直在說話，比如「別擔心」、「你將能幫我」和「我需要你的説明……」，還有類似這些的什麼東西，很嚇人，然後它說只要我保持安靜它會在事後幫我叫救護車，這實在是太可怕了。

我想事情比那更糟糕，它脫下了它的外套，就是掛在門上的那件，我甚至都沒有去注意到它……然後開始拔出那些刀，然後……所有那些我不知道用來幹什麼的工具。所以我決定抓住機會來開始盡我所能地大叫，之後它……它……

（██████被允許在這裡停下，並且給予了記憶消除劑，讓她對那晚的事件有另個說法。）

## 事故報告 542-A-15 ▶

想知道最終對於 SCP-542 的追蹤和逮捕，請參見 [ 已刪除資料 ]。解密的請求正審查中，二〇███/███/███。

## 注釋 ▶

從███/███/███起，SCP-542 被運到了生物研究區域 12（Bio-Research Area-12）來協助奧林匹亞計畫。

「而且，我要他毫髮無傷地回來！」
——Rights 博士

## 注釋 ▶

SCP-542 不知以何種方式獲得了關於 SCP-291、SCP-827 和 SCP-545 的資訊。目前正在調查 SCP-542 對這些 SCPs 項目了解的程度，以及它是如何拿到這些資訊的。違反規定的工作人員會在 O5 董事會調查後，得到適當的紀律處分。

報告結束

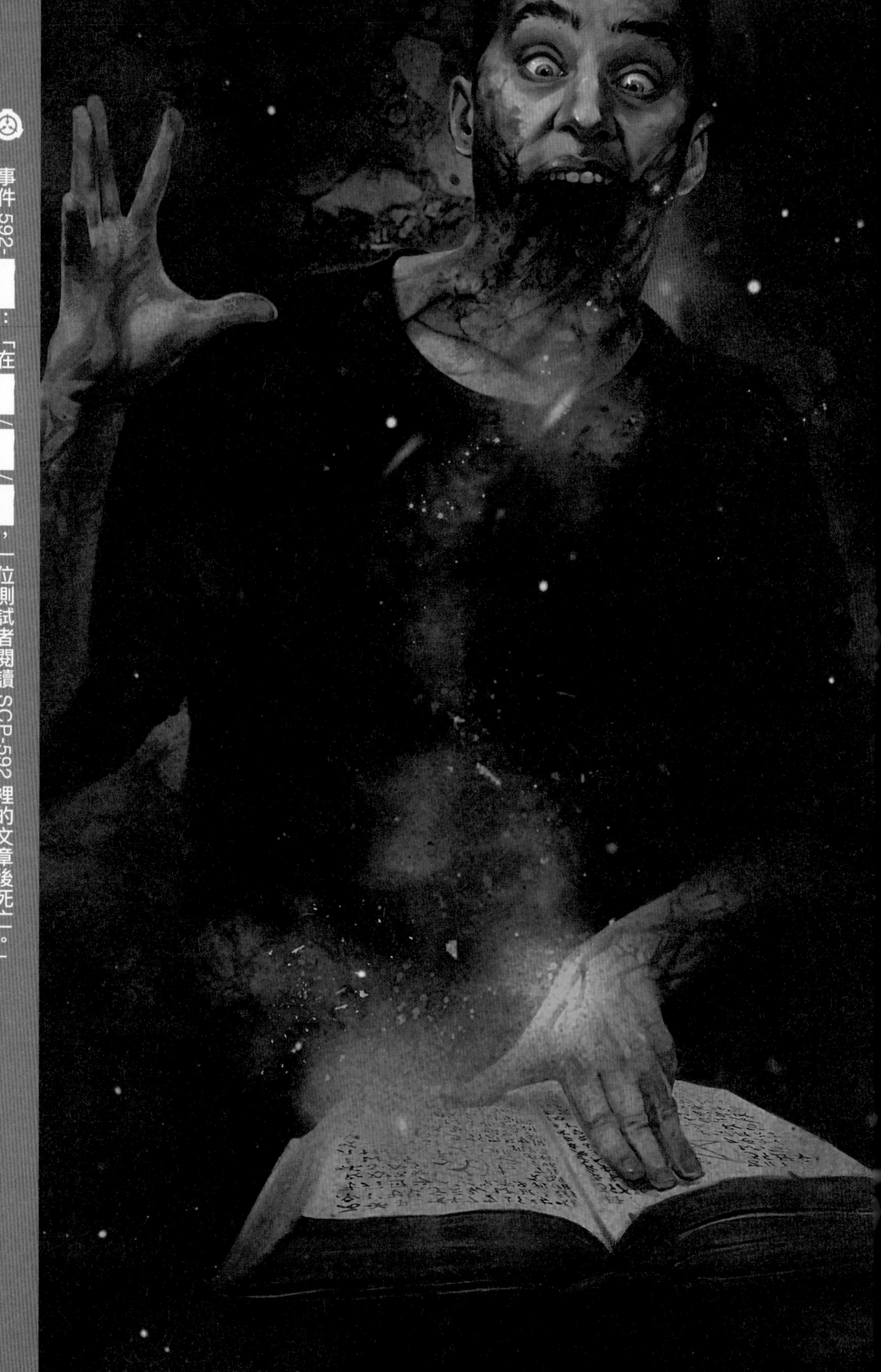

事件592-█：「在█/█/█，一位測試者閱讀SCP-592裡的文章後死亡。」

## 特殊收容措施▶

SCP-592 應被永久保存於研究室 1611-E 內，鎖在一個鋼製的箱子裡，而箱子是放置在以磨砂玻璃為隔間的密室的中央。密室裡有一張桌子、兩臺電腦、一臺標準尺寸的電腦掃描器、一個內部網路連接埠及兩副視覺變形護目鏡，人員在進入房間時，應佩戴護目鏡來讓他們無法辨認 SCP-592。第一臺電腦作為分析機使用，第二臺是常規防火牆。所有設備裝載了特殊的軟體及硬體(細節見測試協定)，網路埠被確保只有防火牆能夠使用。測試完畢後必須關閉和拔下電腦及掃描器的插頭，電源只能在測試期間連接。SCP-592 的封面和封底應用不透明的黑色膠帶永久封存。

研究室須持續守衛，以防 SCP-592 被挪動。

SCP-592 是一本大型精裝書，外觀無任何異常特徵，但在閱讀時可能導致妄想症狀、精神錯亂、身體健康狀況及外貌的改變，甚至嚴重創傷。其標題為《二十世紀編年史》，含有四百五十張全彩印刷的書頁。報告稱其有一層印刷的封面（不是書衣），上面含書名、出版商姓名及一份文中插畫的選萃，原來的封面是深藍色。書背寫有標題和出版者姓名，未被膠帶覆蓋。封面表明該書出版商為 Interworld Press 公司，位於伊利諾州的芝加哥████████街道五十四號，於一九九六年出版。然而，名為 Interworld Press 的公司從未在美國註冊過，上述街道亦不存在。

該書正文是剪報和短篇文章的選集，涵蓋了一九〇〇年一月至一九九五年十二月發生的重大事件。文本前半段大部分與有紀錄的事件吻合，但在一九五六年六月十五日之後，研究者將此日期稱為分歧點（Point of Divergence，PoD）——文本開始與已知歷史偏離。隨著事件發生的日期愈遠離分歧點，偏離情況變得更加常見和嚴重。

測試者閱讀分歧點前的文本沒有副作用，而且他們普遍評價文章寫得很好，並認為文章看上去有精確調查過。測試者閱讀分歧點後的章節的結果，他們會認為該文章所述的是公認的事實，對任何提出該章節不正確的建議，他們會強烈否定。測試者的說法常常令人不安或震驚。測試者閱讀過從某年分摘抄出的文章後，似乎同樣能複述出在書中後面章節所描述的事件。

現在發現若測試者的出生早於測試文本中提到的日期，同時住在文本中描述的事件發生地或鄰近處，則那些測試者可能構築出與事件關聯的個人經歷，並且能像敘述清晰記憶般一樣敘述出來。測試者會極力地辯護他們故事的真實性，時常在被審問時變得暴力。

暴露於 SCP-592 可能會改變測試者的物理特徵，變得跟文本所描述的事件相一致。改變可能小至外觀或服裝的變化，大到因嚴重打擊造成的創傷。譬如，有一次測試者（D-94920）在審訊期間出現了一道傷疤，聲稱他「[已刪除資料]的時候受了傷」。後來向他的遺孀出示位於測試者████████處的傷疤後，她感到非常驚訝，並表示她「從未注意過（這道傷疤）」。

目前發現到，一旦測試者察覺到世界與他們擁有的記憶相矛盾時，他們會開始感到現實是一種幻想、夢境或是謊言，通常聲稱是政府或邪惡勢力在施加幻覺。發展到此階段的測試者，會長期的進入嚴重精神錯亂，所有嘗試治癒這種妄想的方法都失敗了。實際影響各不相同：

| 閱讀文本的日期▶ | 影響 |
|---|---|
| 分歧點前▶ | 無短期或長期副作用。 |
| 分歧點後二個月內▶ | 短期：困惑。<br>無長期副作用。 |
| 分歧點後二年內▶ | 短期：困惑。<br>長期：輕微精神疾病、痙攣傾向、噩夢、輕微偏執症發作及急性焦慮症。 |
| 分歧點後十年內▶ | 短期：困惑，暴力發作。<br>長期：嚴重深度妄想產生，導致偏執型神經衰弱、精神錯亂及精神分裂型失調。 |
| 分歧點後十年以上，若測試者形成「個人經歷」則更早▶ | 短期：困惑，暴力發作。<br>長期：嚴重精神錯亂及妄想。衰弱性失認症。變得孤僻。高機率可能出現自殺或殺人的行為。有極嚴重的風險會發生急性且各種身體上的改變。 |

SCP-592 是在二〇〇六年八月的一次針對 [ 刪除內容 ] 先生財產的毒品緝查中被發現，此人是一個頗有爭議的宗教組織「真實歷史之教會」的領袖。儘管持有 SCP-592，[ 刪除內容 ] 先生成立教會的初衷被認為是斂財而非揭示真相。由於瘋狂使用包括安非他命、古柯鹼及大量類鴉片在內的毒品，他在接觸 SCP-592 後大概只存活了兩

年——雖然已知致幻劑、尤其是二甲基色胺的使用很可能與 SCP-592 的效應互相影響多過其他藥物。[ 刪除內容 ] 相信其幻覺來自於使用毒品，但在接觸 SCP-592 一年後，他發現自己更加頻繁地服用毒品來「逃避現實」。在被拘留及強制戒毒中，他陷入昏迷並在一週後死去。這次收容的經過啟發了研究者，他們提出測試 SCP-592 與致幻藥物的交互影響實驗（見提案██████-██）。

## 附錄 592-A ▶

對 SCP-592 化學成分的研究由葛雷森博士及化學鑑定法醫隊伍負責。葛雷森博士報告稱：

> 樣本是從書頁切割下來的方形紙片，採集過程中佩戴護目鏡。紙片的大小只夠容納一個詞，含有部分圖像的紙片則在採集後立即用不透明的黑色膠帶覆蓋。我們的研究結果指出 SCP-592 的化學成分與其他彩色出版物相差無幾。紙張主要由普通樹木的纖維素組成，黑黃墨水是標準的。然而我們發現，部分藍綠及洋紅色墨水中含有某種化學物質雖然為科學界所熟知，但在工業界並不常用。一名墨水和染料方面的專家認為，如果某些金屬元素在當時比現在更稀缺，價格也更昂貴，那麼這些化學物質將是一種比目前使用的化學物質低劣但可以接受的替代品。

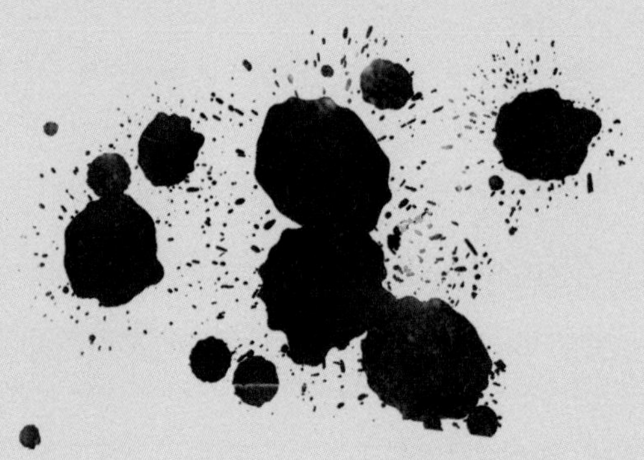

## 測試協定▶

在任何情況下 SCP-592 都不應該讓人類閱讀，除非他們是已經得到授權測試的受試者。SCP-592 只能用電腦提供的系統作分析。SCP-592 這本書應該用給定的掃描器以逐頁方式掃描。掃描過的圖像隨即被發送至分析機。掃描器和其他設備需被改裝過，以便佩戴了視覺變形護目鏡也能操作（註記：研究員在被批准測試 SCP-592 前必須通過培訓課程 305-S：中級盲文點字法和培訓課程 10-E：使用 SCP 成像軟體）。

分析機需修改成不能支援非揮發性記憶體，因為這樣才不會在分析階段之後，儲存任何掃描圖像的副本。圖像應通過標準安全記憶消除程式，儘快從 RAM 系統中刪除。

配置的防火牆用於研究傳入資料包的性質，將其精確處理後輸出，若發現特性不足則銷毀資料包。上述操作能夠防止未經充分作模糊處理的文本或圖像傳輸。

由於 SCP-592 含有大量插圖，分析協定分為兩種：

## 對文本的分析▶

分析機使用工業標準的光學字元辨識系統 (Optical Character Recognition，OCR) 來解析圖像中的文本，然後銷毀圖像。文本檔案隨即透過一系列自訂自然語言處理（Natural Language Processing，NLP）的例行程式來概述文本。接著，原始的文本檔案會被銷毀，而概述過的文本會發送至基金會安全內部網路。

NLP 程式運用統計學方法分析文本。統計資料庫包括多種英語語料庫、其它 SCP 的部分細節、一張從不同文章中選編的真實年表，以及一份嚴格限制的 SCP-592 其餘條目參考網。（註記：為提高分析對其他事件的關聯度而做出的努力，導致了一次［已刪除資料］事件，導致三名研究人員被安樂死「見檔案 SCP-592-█████」）。

摘要的格式如下，減少接觸文本原材料的可能性，但仍提供用於分析所述事件的細節。範例（SCP-592-SUMM090777-A）：

範例（SCP-592-SUMM090777-A）

日期→一九七七年九月七日

地點→美國南部（百分之九十九確定）。州：█████（百分之七十九），███ ████（百分之十一），或 █████（百分之九確定）

類型→剪報

摘要→該段落描述人類衝突。人類衝突由意識形態或宗教的性質產生。該段落似乎（百分之五十六）以悲哀的基調寫成。該段落包含數字二〇〇〇、一九七七和十六。可能（百分之七十八確定）與事件 SUMM010777-C 及事件 [ 刪除內容 ] 相關聯。

可以確信（百分之九十八）該段落涉及了 SCP-███和 SCP-███。

關聯事件→事件 592-██：「在接觸 SCP-592 裡有關戰爭部分的文章時失去肢體」

從來源資料庫取得的詞彙以紅色字體表示。

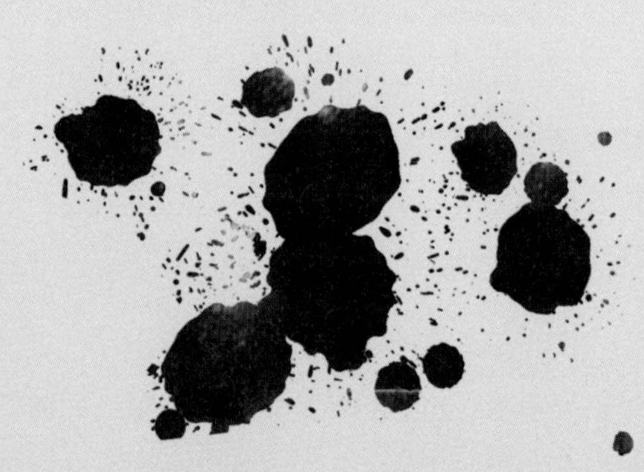

SCP–592 含有二百幅左右插畫，這些插畫都是從 OCR 程式中，自掃描的圖像剪輯而來的。在使用同步分析結構以及用統計學方法來對內容作摘要時，會對圖像進行多次傅立葉轉換和捲積變換的運算（Fourier transforms and convolutions），如此可以把人類識別的結果輸出模糊化，然後是原圖像就會隨即被銷毀。範例報告（SCP–592–IMG098）：

範例報告（SCP-592-IMG098）

日期→一九六三年四月一日
地點→未知臥室，西式裝潢
類型→全彩相片
對象→該圖像包含兩名站立的成年人類，一名坐在椅子上或凳子上的人類孩童和 SCP–█████。百分之百確定圖像中的人應具備臉部特徵。百分之百確定圖像中的人沒有臉部特徵。

**報告結束**

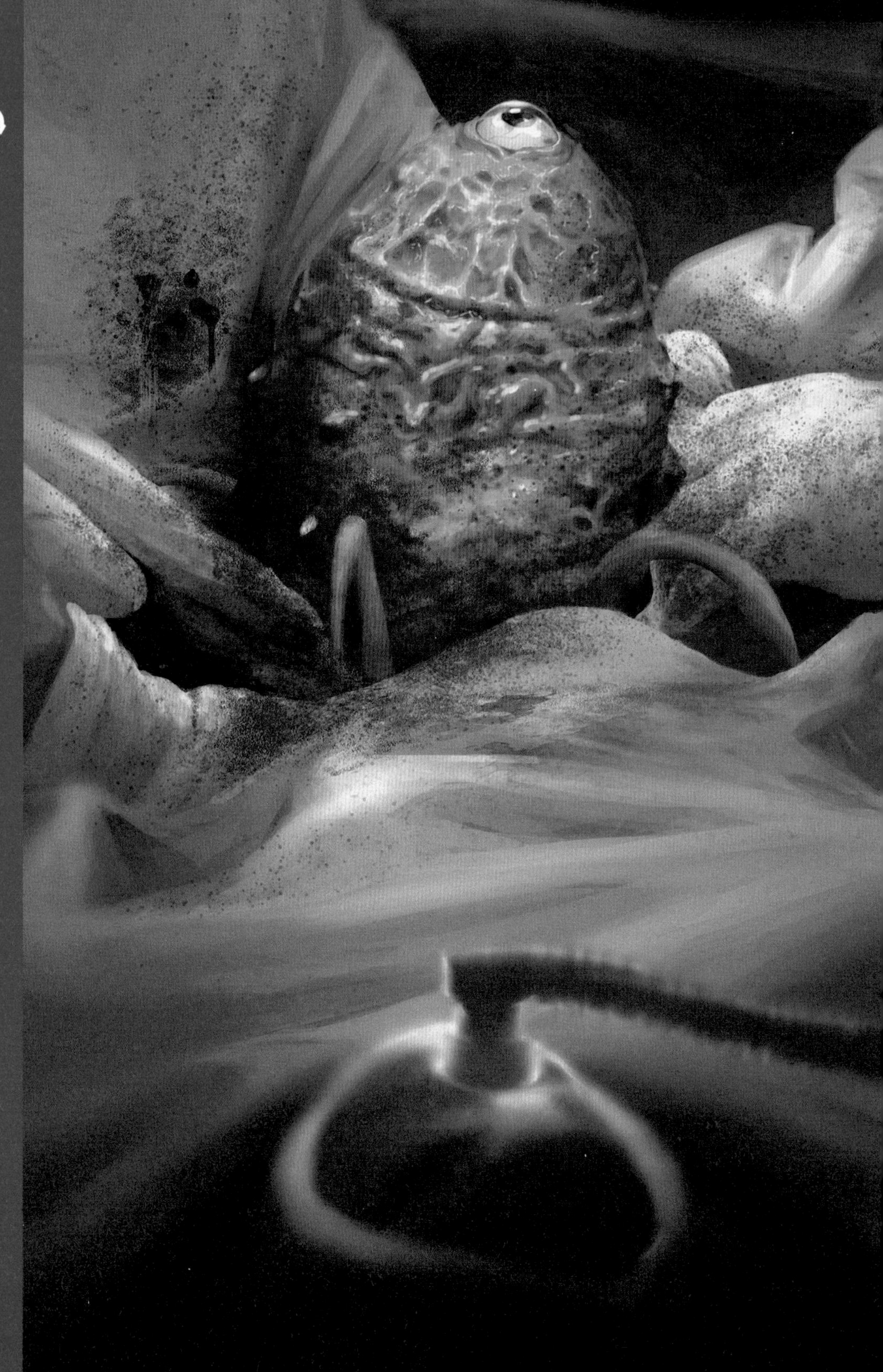

D-39207 正分娩一隻 SCP-2195-1。

## 特殊收容措施▶

做為 SCP-2195 中的一部分生物樣本，應該按照發現時的保存方法將它冷凍或者是放入福馬林中，之後乾燥並儲存在真空容器中。另外，已灌注塑膠或封入固態塑膠塊內保存的樣本和其他非生物樣本則不需特殊收容措施。站點 -7 的三個低階保險庫已被指派收容 SCP-2195。

尚未失效的後期 SCP-2195-1 樣本將由受過訓練的人員，依照基金會處置大塊易爆物質標準守則處置。

研究顯示 SCP-2195-1 內的易爆材料會隨時間劣化，因此在儲存滿二十年後可考慮進行焚化。

作為 SCP-2195 中的另一部分文件，會進行數位化，上傳到 SCP-2195 檔案資料庫，原始檔將被歸檔。

SCP-2195 檔案資料庫限 2-2195 許可權及以上人員才能讀取。

SCP-2195 樣本限 3-2195 許可權及以上人員接觸。

若實驗有涉及複製 SCP-2195-1 事宜，須得到倫理委員會的批准。

## 描述▶

SCP-2195 是一些文件檔案與物證的集體總稱。這些文件檔案與物證是由一群身分未明的個人特別收集的，與政府一項大規模計畫有關。這計畫是原本意圖大批量產 SCP-2195-1 個體供軍事用途。SCP-2195 包含以各種方式保存的生物樣本、文件檔和文字材料、原型和各種檔案。在發現時，所有這些相關的文件檔案與物證數量足以裝滿十九個貨櫃。

對這些文件檔案與物證的分析顯示該計畫發生的政治、歷史及社會文化環境與任何已知現實不符，可能是來自異次元世界或其他異常來源。

在 SCP-2195 中沒有發現完全成形的 SCP-2195-1，但從回收材料中，已有足夠的資訊描述出它們的外觀。SCP-2195-1 為經基因改造的活體人類嬰兒，性別不定（SCP-2195-1 的異染色體全部相同，包含來自 X 和 Y 染色體的基因資訊）。

SCP-2195-1 的身體結構和普通嬰兒有根本性的大幅差異；SCP-2195-1 呈橢圓體，長 60 公分，周長 50 公分，重達 9 至 9.5 公斤左右。覆蓋在前後端的組織在生理上和粗糙的人類皮膚一致；其餘部分皮膚為變質、腐爛、羊皮狀，並和皮下骨骼接合（沒有肌肉和脂肪組織在其中）。肋骨從整個脊柱向外生長（共有五十五到五十六對肋骨）。肋骨均扁平且相接合，構成一堅固的骨囊，分別與頭骨和骨盆的末端融合。

頭骨很小，呈流線形向前並對稱放射。身體上唯一的孔洞位於身體前端，是一個巨大眼框，內有一個在身體結構上是正常的人眼並覆有透明保護膜。沒有外部聽力器官，但內耳道系統極發達。

骨盆也具有放射性對稱，是四根肢體的附著點；這四根肢體分別以朝上、朝下的對稱方式分布。這些肢體長約十公分並有獨立的端骨，通過一個球窩關節與骨盆相連，類似人類髖關節和肩關節。關節位置和僵硬的肌腱使得肢體不能自由活動。然而，它有強健的肌肉還是可以使肢體轉動。一個帶有括約肌的孔洞位於兩對肢體間，通向一個密閉且富含神經敏感的腔體。

內部器官均為發育不全或欠缺，使得 SCP-2195-1 的預期壽命僅有十到十五分鐘，除非依靠外部生命維持系統。除感覺器官、中樞神經系統和肌肉外，僅有循環系統有所發育，包括主要血管、心臟和一個類似完全變形脾臟的器官；這些器官均有厚實而富肌血球素的外壁，能累積一定含量的氧氣，並釋放到血液中，過濾血液中的二氧化碳。此外還有一小簇電細胞，以神經連接到心臟引導系統。

除前後端，SCP-2195-1 身體的大部分組織在結構上，類似極度惡化的脂肪組織（其中液泡占百分九十七，甚至更多）；這些液泡內裝有成分複雜、易爆的有機物質。

因現存生物成分樣本的不規則性，加上該物質自身的性質（據推測，該物質是由一些具有相似性質的物質按比例混合而成），所以，確切參數尚未確定。大概性質可描述如下：

- 密度：1.8–1.9 g/cm$^3$
- 爆炸能量：9.2 MJ/kg
- 爆炸強度（以 Trauzl 試驗測算）：670 cm$^3$
- 震力（以 Kast 測試儀測量）：8 mm
- 爆炸速度：8300–8500 m/s
- 敏感度：10 公斤重量從 25 公分高處墜下有百分之七十的可能性會爆炸。
- 單一 SCP-2195-1 個體內組織總量：7.5 到 8 公斤，爆炸威力等於 25 公斤的 TNT 炸藥。

根據檔案，SCP-2195-1 的孕期和人類一樣在四十週左右。它們均為自然產，但在出生後立即接受下列處置：

- 以兩根主血管連接生命維持系統。
- 在脊椎安裝金屬夾作為懸停帶。
- 在肢體上安裝強化塑膠製的翼片。
- 在前端裝上透明椎體。

SCP-2195-1 會在有彈性吊架的風洞內接受三星期的訓練，期間以投影機播放一些從各種戰場上常見的鳥瞰圖。一臺用電刺激神經的儀器會插入 SCP-2195-1 後端的孔洞；命中目標準確度越高，通電刺激就越大。透由這樣的訓練，SCP-2195-1 個體將獲得視覺分辨目標的能力，同時也訓練它的飛行能力，讓它學會如何控制裝在肢體上的翼形航空器。在訓練中，會注射麻醉劑來讓它作為引爆器的發電器官先暫停運作。

訓練後，SCP-2195-1 身體會被紋上一個符號代表它所接受的目標訓練，將它置於假死狀態下送入船艙內，作為以後自動導航的高爆炸彈來使用。

SCP-2195 的檔案大多以一種和現代法語有些微差別的語言打字而成的，但其中提及的名稱、地名等字時，起源卻和英語比較相似。在現代的地理位置上，並沒有發現類似的地方，國家的名稱從未被提及，但是《Notre Patrie》（我們的祖國）被列在行政辦公室、職位和部門的名稱中，簡寫為 NP（如 Président de NP）

根據所收集到的資訊，該國正在另一國家的領土上進行一次長期且傷亡巨大的侵略戰，且本國民眾對此不甚支持。國家的宣傳不足以抵制日漸壯大的反戰運動，特別是來自這些士兵的母親們。此外，國家的軍工業也處在衰退邊緣。這個紀錄在案的計畫，就是為了試圖解決這兩個問題而提出的，以各種強制性醫療作為幌子，意圖將 SCP-2195-1 胚胎植入全國具生育力的女性體內。這些「活體炸彈」的出生潮，隨後被宣布是一次自然事件，是集體意識的顯現，是人民的意志，也是正在進行軍事干預的一種慈悲[1]證明。另一重要因素是母親的血緣關係，這會讓她們無條件支持孩子的「志願效力國家」，迫使母親自己放棄反戰信仰，並間接參與轟炸事件，然後讓她們背負責任。

**備註：這顯示該社會的倫理標準同我們有巨大差異。很難想像此種措施能在任何已知國家推行而有成效。不過，縱然是違背了道德，SCP-2195 的檔案裡卻描述此事是有極高的效果。然而這只不過是他們扭曲「至高意志」的意思以及所謂血脈聯繫的關係，所以完全誤用了這些崇高價值的意義。**

1. 原文件內使用了一個特定的哲學術語，根據上下文，其含義當為預先決定或是被某超自然力量所命中註定；人類如果抗拒其意志將是不道德且不自然的。

然而在計畫進行過程中發生許多事件，若這些事件被公開，將嚴重導致計畫失信於人，因為這些事件的性質，足以反駁所謂有至高意志的仁慈和正義這種說法，從而使得「至高意志」的解釋不可信。

首先也是最重要的是，SCP-2195 內含有證據顯示，在懷孕和生產中會有大量複雜病症：

・各種致命病症和畸形、流產、死產案例，保存的樣本也包括在內。

・大量的異位妊娠案例。有驗屍報告和醫療紀錄可證實，有很多案例導致孕婦死亡或在不孕後被施以安樂死掩蓋。

・因胎兒的體積和堅硬的結構體，導致母親出現生產創傷或死亡。有醫療紀錄可證明。

・胎兒形成爆炸物質過程中會產生劇毒代謝的產物。部分深度研究論文、歷史紀錄和體液樣本可證實。

・因胎兒加速生長導致的母體貧血及危險性疲憊。對此問題有觀察紀錄可證實。

・多胎妊娠將不可避免地引起病變。有幾例 SCP-2195-1 連體雙胞胎存在。大量醫療紀錄可證實這論點。大部分此類孕婦都會因危險情況流產；有保存下的此種胚胎樣本。

・增生、酶絨毛膜活動過度，或有害絨毛膜變形導致多重粘黏。胎盤的過度活躍、反常生長和位置不當使得子宮壁、子宮口、輸卵管受損。有保存樣本、大範圍研究及醫學紀錄可證實。另有很多案例是內出血死亡或是因進行治療後導致不孕，被安樂死的紀錄。

・在懷孕後期出現胚胎自發性爆炸。有調查研究、屍檢結果和一份醫療報告可證實。附帶損害和傷亡都有紀錄，其原因被宣傳為「褻瀆母性的非道德行為」，此種行為的細節沒有透露，但從描述的方式看來，這似乎是有某種特定含義的委婉說法。

其他一些材料提及了此計畫的社會結果。大部分為下列的媒體文件：

・懷孕婦女自殺案例，大部分原因為強烈的反戰信仰。常見方式為子彈射擊腹部，這也經常造成 SCP-2195-1 直接爆炸。有多起帶有宣告性質的公眾性自殺，大部分為公共場所進行的恐怖主義行為，也造成了人員傷亡。此種行為一旦在婦幼福利機構發生，往往造成連鎖反應，引起大規模的破壞。

• 許多有生育力的婦女逃避醫療監督，想獨立生產並自行撫養 SCP-2195-1，但因後者無法生存而均不能成功。

• 一位高級政府官員、也是計畫的參與人之一，試圖在一次演講中透露該計畫情報。該演講立即被打斷，官員亦被逮捕。官方對外聲稱那位官員患有無法治癒的心理疾病，隨後施以安樂死。

**備註：應注意資訊內沒有提及任何非法流產。**

第三類檔案包括計畫發展實施相關科學和設計的資訊。這些資訊的分級與三個基本事實相關：封鎖 SCP-2195-1 真正來源以保證樣板宣傳的必要性、否認傳統倫理和現行法律（現行法律是將基因複製、基因工程及類似行為定為違法），以及需要大量 SCP-2195-1 樣本用於測試和試驗。這些檔案中的大部分的內容被加密，內容未知。可供研究的材料有：

• SCP-2195-1 的原型和早期樣本。

• 為驗收聽證會準備的報告材料，指導性的材料及展示的樣本，視覺展示和模型。有人造模型和灌入塑膠或封入固態塑膠塊的真實 SCP-2195-1 樣本。

• 改進版 SCP-2195-1 原型及將 SCP-2195-1 改造為追蹤炮彈的計畫檔案，但這一嘗試未能成功，沒有任何 SCP-2195-1 個體能承受射擊時的加速度。

• 以其他方式改進的 SCP-2195-1 原型和檔案。推測是改造了火箭引擎或用於追蹤導彈。測試雖然成功，但改進版因經濟因素被宣布不夠實際，因為廉價的 SCP-2195-1 需要搭配工廠量產的配件。

• 政府下令召回、收集或銷毀所有不利的證據。檔案提到某事件讓這項計畫的外圍情況惡化也危害到計畫的祕密性，這可能就是上文提到官員公開演講事件。推測整個 SCP-2195 可能就是要執行政府的這項命令。

・所有收集到的材料有一目錄。對加密檔僅有代碼而無標題，還有一份關於破解加密的參照（其本身也被加密）。

在我為基金會工作期間，曾經見過比這更可怕的事，但我還是寧願相信這種事情絕不會以國家的規模發生，這樣一個計畫不是已在某個平行歷史裡流產，就是一種變態幻想的物質表現。我希望永遠不要知道真相。——██████博士

## 附錄一：發現 ▶

SCP-2195 最初發現時，裝在十九個貨櫃內，於二〇〇九／███／███被俄羅斯聯邦安全局特工在調查武器走私傳聞時發現。基金會接手並調查貨艙來源。其活動痕跡可追溯到一九九五年；結果發現自一九九五年起，這些貨艙便開始在俄羅斯鐵道和海洋間以環形線路來運輸。運費在一九九三年或更早時，從一個不明人士的帳戶裡撥出。因相關檔案丟失，以至於未能收集到更多資訊。

正在調查該貨艙何以躲避了貨物重量檢查外，也正在調查它何以躲避其他檢查與搜查。依照貨物重量檢查資訊，貨艙內的貨物從未被動用過；貨艙上未被破壞的封印證實了這一點。這無法解釋為何其中儲存生物樣本的冷凍貨艙在被發現時，還有百分之六十的冷凍劑留存（此貨艙每六個月需要填充一次冷凍劑）。

有多種假說嘗試解釋該事實及項目整體的起源，然而迄今沒有證據證實任一個說法。

# 4級權限許可

在數次嘗試後，█████博士的研究團隊成功地利用 SC-2195 的基因，以 D-39207 為代理孕母，重新創造了一個 SCP-2195-1 個體。儘管出現嚴重併發症且需要剖腹生產，該個體仍完全成形並非常健康，僅有幾處輕微結構異常。

接著進行了一系列測試和試驗，最終成功轟炸了在射程範圍內的目標，完全的證實了 SCP-2195 包含的資訊。

然而測試委員會指出，生產個體及其生命維持系統的資金和試驗開銷過於巨大，個體雖然有效，但因為沒有傑出的特點，故 SCP-2195-1 被認定為對基金會沒有實用價值。

報告結束

SCP-2195-1 執行任務中。照片來自 SCP-2195。

抓捕收容 SCP-213 當時的影像，取自特工█的 BWV 相機。

Euclid

# SCP-213

報告者__ BLASTYOBOOTS, DAYDREAMIN, NEKOCHRIS, ANONYMOUS

日期__ ████

## 反物質寄生蟲

圖像__ RUSLAN KOROVKIN、DMITRY DESYATOV
翻譯__ VOMITER
來源__ SCP-WIKI.WIKIDOT.COM/SCP-213

## 特殊收容措施▶

SCP-213 收容於站點-77 的嚴格維安人形收容室。室外十公尺寬的區域內應持續充滿可腐蝕人類皮膚的氣體，以免項目在顯現異常時造成額外的收容突破。收容單元之外，應隨時有兩名警衛攜帶高壓水帶、辣椒噴霧與內裝聚合纖維網的榴彈固守。

## 描述▶

SCP-213 是一名青春期的人形男性，身高 1.5 公尺，體重 95 公斤。SCP-213 能夠在與固態或半固態物體接觸時，將該物體內部的原子鍵結強行打斷，且在這麼做時也會發出劇烈閃光。SCP-213 能夠利用身體的任何部位發動該異常效應，甚至曾在投擲物撞擊到身體的瞬間便將它分解。現已證實該效應在發動時會導致極端痛苦，過度使用可能令它失去意識。

SCP-213 的捕獲地點是加州的帕羅奧圖。起初，當地警局內安插的特工注意到有名青少年的被捕事由是因為在性交中導致其女友「蒸發」，後續展開的調查便確認了 SCP-213 的異常性質。然而在初次收容過程中，SCP-213 也令上前抓捕它的數名特工人員蒸發消失。隨後在 SCP-213 被收容前，一次與機動特遣隊 ███-███ 的交火中，還導致兩名特工無法作戰。SCP-213 的收容措施於一九███/███/███最終定案，其分級為 Euclid。

## 附錄 213-07 ▶

這是 SCP-213 第七次意圖逃脫。它先是要求與███博士進行一次額外訪談，它伺機等著維安人員讓博士進入收容室。主要收容措施會在讓人員進入收容時暫時解除，因此讓項目得以自身能力攻擊殘餘的基本維安系統，進而逃脫收容。SCP-213 在突破收容所的最初階段，殺害了███博士與兩名特工。

SCP-213 逃脫後，對設施的探索範圍十分侷限，在重兵鎮守的維安武力之下相當容易捕捉。因為突破它自身的收容室讓它消耗不少體力，無法再對其他收容室造成危害。SCP-213 最終在站點休息室被捕獲，雖然它嘗試穿透地板，但過度使用能力讓它無法如願。

## 附錄 213-08 ▶

SCP-213 在二〇███年███月███日無意間突破了收容。由於這一事件並非出於蓄意，因此並未對其做出懲處。3:15AM 的影像紀錄顯示它的床鋪與一部分的地板受其效應影響，於是導致 SCP-213 掉入地下樓層。預定對收容措施做出修改。

**研究員備註→**

**根據影像分析，SCP-213 對控制自身能力的程度顯然不如它原先相信的那樣完美。如今它對我們的態度變得更加合作，願意尋找方法去控制並運用它的特性。審查人員對於意外觸發效應（包括 SCP-213 自我蒸發）可能發生的情況的模糊推測，被認為在這方面特別有用。**

## 附錄 213-09 ▶

█████/███/07：例行性身體檢查時，發現 SCP-213 背上出現數個平滑的皮膚突起物。目前這些突起物共有四個，其分布位置恰好落在正方形的四個頂點上，相鄰兩點之間的距離都是分毫不差的十五公分。已派遣醫療人員前往 SCP-213 的收容間內觀察，並在情況有變時立即回報。已排入追蹤檢驗的時程。

█████/███/09：追蹤檢查又發現額外兩個突起，分別位於它左右手的掌心。SCP-213 聲稱雖然有些微微的刺激感，但沒有疼痛或不舒服的症狀。這些突起能夠抵抗鈍器或銳器的壓迫。以手術刀取樣無果，因為刀刃在壓上病灶後數秒就被蒸發破壞而無法切割。SCP-213 否認自己應該為此事負責。SCP-213 明顯變得更加冷漠，且說自己的背部與腹部都有劇烈疼痛。

█████/███/14：SCP-213 在收容間內發生癲癇後便被移往加護病房。檢查發現 SCP-213 的背部又多了十個突起物。相鄰病灶的間距都是分毫不差的五公分。SCP-213 依然稱這些病灶不會疼痛。現已增派醫療觀察員協助維持 SCP-213 的收容，他們將在下星期與標準維安中的警衛一起在收容室外待命。

█████/███/23：SCP-213 身上皮膚病灶的突起都已消失，轉而留下寬度略短於一公厘的裂隙。在對這些變化進行視診的過程中，醫療檢驗員看見 SCP-213 左手掌的裂隙張開，且有一隻眼睛從中看向她。SCP-213 於是被無限期移往醫療區，待其身體狀況發生進一步變化。

## 附錄 213-10 ▶

SCP-213 的效應來源似乎是其體內一種來歷不明的寄生蟲感染。該生物至今仍未表現出交流的意圖，但會透過 SCP-213 的體表病灶觀察 SCP-213 周遭的所有人員。SCP-213 對於這一發展感到十分驚恐，且多次提出請求，希望將上述寄生體從自己身體移除。SCP-213 的這類請求直到進一步研究完成為止都應當駁回。

研究員備註→

SCP-213 體內棲息的生物在我們現有的所有醫用掃描中都不會顯像。新的假說認為這種不顯像的特性實際上是一種兼具提供養分與自我防衛的手段——所以反覆探查該異常本質會讓令它加速成長。目前已透過化學藥物讓 SCP-213 進入昏迷狀態直到完成該寄生生物的後續研究為止。預定對收容措施做大幅度修改。

報告結束

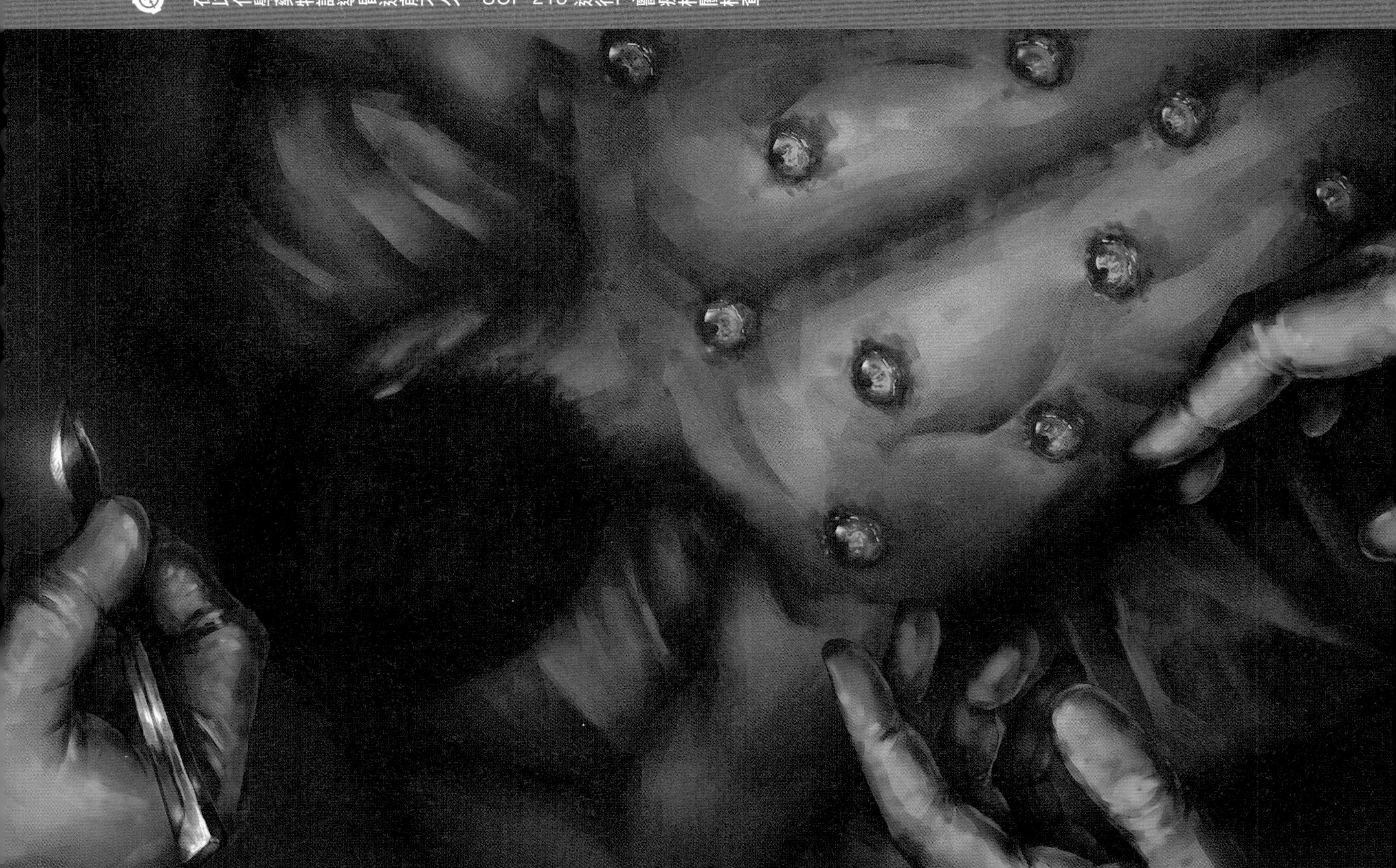

在以化學藥物誘導昏迷前不久，SCP-213 進行了醫療相關檢查。

一隻 SCP-511-1 和由許多小型齧齒類動物、昆蟲的屍體以及植物、黑黴菌等混合而成的 SCP-511。

## 特殊收容措施▶

當發現 SCP-511 個體時，受到影響的房子需要被隔離，並且會給予編號成為站點之一。

除了主要入口外，有 SCP-511 所在的站點都需要用適當的材料將可能的出入口永久密封起來。主要入口隨時都要上鎖，只允許持有 3 級或以上的書面許可的基金會人員進入。所有成為 SCP-511 的站點，需設置遠端監控設備保持二十四小時監控，同時持續地追蹤站點內 SCP-511-1 的數量。

站點內需要有一位 D 級人員常駐其中。為了這期間的任務，被分配到此任務的人員將免除每月固定需終止受雇的規定。此任務的候選人皆來自停經後的婦女，並需要接受國際癡呆認證等級達到 2 級或更高（注意：由於人選的特殊性，O5-█批准若有需要可以從本地收容所和養老院中招募人員。參考事件 I-511-11）。

站點內的 SCP-511-1 的個體數量需要保持在五十到█████之間的這個最佳範圍。若在此範圍以下，需引進成年貓（Felis domesticus）進入站點，將個體數量增加到最低標準。若個體數超過█████，則多餘的個體需要立即被剔除並殺掉。任何在收容地點外發現的 SCP-511-1 需要被實施安樂死並焚化。

任何為了實驗而帶離站點的生物物質將視為 4 級生物危害，需要按照標準協定處理。在實驗結束後，所有樣本需要焚化。在接觸收容地點的任何物質之前，員工必須注射流行性感冒、甲肝、乙肝、████████、破傷風、蜱傳腦炎及██████████的預防針。關於 SCP-511 的工作人員，需每兩星期強制做一次全面的體檢。

## 描述▶

SCP-511 主要出現在以磚塊或石頭為地基的住宅中，通常含有地下室或有一個狹小空間。所有嘗試將 SCP-511 從以上住宅中移出的做法皆已證明無效（參考：訪談紀錄 511-A）。

SCP-511 最常被發現與野生貓或普通家貓在一起繁殖，這群體被編號為 SCP-511-1。

SCP-511 是一群有著成貓科動物外形的生物，通常長有多餘的肢體、眼睛、嘴或其他器官。它的身體總覆蓋著汙垢、血和排泄物，掩蓋了它本身的毛色並使它呈現黑色（實驗結果顯示 SCP-511 的毛色通常由貓科動物皮毛的花紋、顏色和長度的隨機混合）。SCP-511 通常為十公斤至超過五十公斤不等，大概與 SCP-511-1 群體中的個體數量有一定比例關係。它通常由死亡的 SCP-511-1 屍體組成。部分不含有 SCP-511-1 的 SCP-511 由其它生物組成：小型囓齒類動物，多種植物、昆蟲及昆蟲幼蟲、黑黴菌及人類 [ 已刪除資料 ]。被融入 SCP-511 的已死亡組織似乎並沒有減緩腐爛的現象。在同一段時間內，SCP-511 不同部位的腐爛程度也不同；某些部分僅有屍斑，有些部分則可能已經腐爛，並吸引了昆蟲，而有些部分的組織甚至已經開始溶解（備註：研究人員描述 SCP-511 發出過「咕嚕」聲，但研究顯示此聲音並不是起源於 SCP-511，實際上，這是昆蟲的聲音，多數為綠頭蒼蠅，被卡在它的身體裡面。——A.██████博士）。

SCP-511 喜歡待在潮濕陰暗的環境中，比如老舊的地下室和狹小的空間。它會不斷地搜尋附近的空間，以便把別的的生物融合到自己身上，置換並移除身上已腐爛的無用組織。

SCP-511-1 都是類似受到了極其糟糕的照料的普通貓科動物。它們在體態評分表上，要不是顯示二分的消瘦，不然就是一分，過於消瘦的等級。潰爛的皮膚是很常見的，同樣的還有寄生蟲感染、腫瘤、多種病毒和細菌感染（已知 SCP-511 是一種極其致命的██████ ██████強毒株的帶原者）。一隻典型的 SCP-511-1 沒有興趣梳理自己的毛，皮毛雜亂沒有光澤。目前不清楚 SCP-511-1 的身體狀態有多少是受到 SCP-511 的影響，以及有多少程度是受到不好的生存環境的影響。

已多次觀察到 SCP-511-1 從別處捕獲生物，並把牠們帶回給 SCP-511 去融合在它自己的身上。

## 附錄一：站點 511-██ 收容失效的事故報告 ▶

文件編號→ I-511-11
涉及人員→ D-7856，對象為三十五歲男性。
日期→一九██年八月二十七日
地點→站點 511-██，██████常青街，██████████，加利福尼亞州。

描述→經過考慮，有固定人員常駐在收容 SCP-511 的站點，可以減緩 SCP-511-1 的攻擊性，因此，收容協議更新為原屋主死亡後，需要一個 D 級人員居住在此地點。這項政策確立四個月後，D-7856 被分配到了站點 511-██。正如預期的，一星期內，SCP-511-1 對基金會員工的攻擊性大幅度減小。

被分配到站點 511-██的第十六天後，D-7856 開始表現出攻擊性；辱罵基金會員工，並參與一些粗淺的破壞站點 511-██的行動。D-7856 受到了譴責。

第十八天後，D–7856 向基金會小隊丟擲垃圾，及用猥褻的話語辱罵。D–7856 被鎮定鏢壓制並將他鎖進房間中。

到第二十天時，D–7856 開始捕捉 SCP–511–1，直到四十八小時後，有一個基金會研究小隊進行例行標本捕捉時，才發現［已刪除資料］。小隊在廚房發現了三十七具 SCP–511–1 的殘骸。屍體被肢解並表現出［已刪除資料］的跡象。

在似乎是嘗試［已刪除資料］後，D–7856 的屍體在地下室被發現。

站點 511–█按照緊急收容事故程序被焚毀。

好吧，我想「瘋狂貓女」這個主意有些欠考慮的地方。我們需要更小心的挑選擔任這件事的 D 級人員。

—— A. ████ 博士

## 附錄 2：與特工████的對話，此爲站點 511-47 收容失效的倖存者 ▶

訪談紀錄→ 511–A

受訪者→特工████

訪談者→ A.████博士

前言→特工████是機動特遣隊████–█的唯一倖存者。特工是在屋主 B.████女士死後，被派去站點 511–47 找回一隻 SCP–511 來做研究。訪談在俄亥俄州████街████醫院進行。

<開始紀錄>［████年 11 月 5 日，13:30］

A.████博士：你感覺怎麼樣了？

特工████：（呻吟）感覺我的半張臉被撕掉了。你覺得我感覺怎麼樣了？

A.██████博士：我想要聊聊收容失效的情況。

特工██████████：（無法理解的咕噥）

A.██████博士：我們有一些問題。

特工██████████：你們當然有。

A.██████博士：開始吧，聊聊收容室中為什麼有無關的物質。

特工██████████：你知道我們在處理什麼嗎？

A.██████博士：為什麼不由你告訴我呢？

特工████████████：我們被派去找回一個四十公斤的……東西……用 BSL4 收容裝置。你知道這裝置多大？

A.██████博士：我知道規格。

特工██████████：像使勁拉一個運轉中的洗衣機。現在想想，拉著一個洗衣機進入這樣的地方。身穿著隔離服已經限制了行動，帶著五十公斤的裝備走進堆積有二、三十年垃圾的房子。我們有深及腳踝的貓██████、裂開的垃圾袋、浸水的報紙和垃圾郵件、一箱箱衣服、看起來像爆炸了的傢俱，到處都是████████貓—— 到處都是眼睛——

A.██████博士：我們能回到收容室的問題上嗎？

特工██████████：我們在高度及胸的地方有██████，到處都是貓，地方太小了，我們只能排成一列。一個帶有全部裝備的人是不可能轉身，忘了收容室吧！只要看一眼就知道我們完全派不上用場。

［已刪除資料］

A.██████博士：所以那是特工██████的主意？

特工██████████：就那樣，不然我們就得放棄。沒法下樓。所以我們在裝置裡放上屍體做誘餌，並把它朝著地下室的門。根據作戰概要，它是會被新鮮的屍體吸引的……生物。

A.██████博士：SCP-511 被吸引進了帶誘餌的裝置？

特工██████████：我生命中最緊張的二十分鐘，聽著那個東西把自己拖上樓。砰，砰，砰。那些貓，看著我們。你知道夜視儀裡貓的眼睛看起來多畸形嗎？

A.██████博士：所以你們捕獲了 SCP-511 ？

特工██████████：（大笑）

A.██████博士：然後發生了什麼？

特工██████████：我們以最快的速度逃了出去。沒有人能轉身。所以我們倒著跑出去，所有的那些眼睛看著我們。目不轉睛的……

A.██████博士：你是第一個跑出去的？

特工 ████████：最後一個進去，第一個出來。我們全都出去了，不過這是它做的全部好事了。我們想我們擺脫了它。但是當 BSL4 收容裝置從門中滾出來時……它……它們……

A.██████博士：發生了什麼？

特工 ████████：你有在電影中看過爆發性減壓的場面嗎？就像那個樣子。它自己濺滿了收容裝置內部。那些貓，那些██████該死的貓。它們嚎叫著，然後它們衝向了我們。

A.██████博士：你們嘗試了控制突破口嗎？

特工 ████████：你在開玩笑？是嗎？兩三百隻？不僅僅是門，就連窗戶都從二樓砸向我們。當我看到████████淹沒在它們之中，我只能跑，並把自己鎖在貨車裡。對此我並不感到自豪……

A.██████博士：我在這不是來審判你的。我在這只是想知道發生了什麼，所以它不會再發生。

特工 ████████：現在，你看到我發生了什麼了嗎？它們中有一隻跟我一起被鎖進了車裡，一隻。如果你不把這些東西分級成 Keter，你就有病。

A.██████博士：我將建議更新收容程序。

特工 ████████：是的，當你更新那個的時候，還有些別的東西你需要更新。

A.██████博士：是什麼？

特工 ████████：作戰概要全是關於 SCP-511 怎麼影響那些貓的。那是錯的。

A.██████博士：為什麼？

特工 ████████：SCP-511 不會影響任何東西。是那些貓。它們創造了 SCP-511。它們製造了它，因為它們恨我們。

< 紀錄結束 >

結語→特工██████████三天後死於血液中毒併發症。在收容室破壞的三個星期後，於俄亥俄州的██████████鑒定出一個新的 SCP-511 群種，在站點 511-47 的東南三十五公里處。遠端採樣生物檢測辨認出三名機動特遣隊██████-██特工的基因片段。

看起來「摧毀」 SCP-511 的行動只會讓它轉移到其他地方。在我們更確切了解它們的增殖方式之前，所有 SCP-511 需要被就地收容隔離。將 SCP-511 重新分級為 Keter 的請求被拒絕。——O5-██

**報告結束**

## 特殊收容措施▶

SCP-158 目前安裝於生物研究區域 Area-12 的七號手術室。一般情況下，禁止任何人進出該手術室，且該室的電力供應也須維持在斷電的狀態；若欲免除此禁令，除非事前向研究主任██████教授遞交一份權限申請書以獲得許可。希望使用該機器的職員必須申請，取得完整紀錄說明手冊且閱讀完所有內容。使用機器期間，手術室外應有二名武裝警衛駐守。若發生意外事故，必須立即切斷通往該室的電源，同時警衛應入室檢查是否存在違規使用的跡象。研究主任有權針對每一例違規酌以懲處。

xperiment #158.3/b

## 描述▶

SCP-158 是一支大型機械手臂，整體結構與自動化工廠中常見的機械手臂類似，但其末端連接的是一組外觀獨特、有著銳利指尖的三爪構造。其最佳的安裝位置是將基座接上經過特殊設計的天花板，將它整體倒掛起來。項目基座有多條電纜線延伸而出，其中的一部分連接到一個可動式複合控制臺上，控制臺附加有一個螢幕顯示器和完整的鍵盤裝置。其餘纜線則是電源線，要將它們接上電力供應器才能讓項目運轉。控制臺的底部有一個物質分裝設備，與這設備相連的則是一個大約 7.6 公分寬、17.8 公分高的容器。

上述機械手臂、纜線組和控制臺都曾經歷過火災，但除了外觀上的變化以外，並沒有對機器本身的功能造成任何影響。

該機器在啟動後，需要經過約二十分鐘暖機才能開始完整運轉。

若以正確方式操作，SCP-158 可以從具有認知功能的生物體內取出一種未知物質，該物質隨後透過控制臺下的分裝設備移轉至前述的容器裡，容器的首選是與機器本身契合的玻璃罐或燒杯。經過這動作後，受試生物除了腦幹以外的所有高階腦功能都將停止運作。此時的受試個體對外來刺激都毫無反應，且動作能力僅存基本的反射運動。

在上述過程中取出的物質呈現氣態，但整體外觀與性質會因受試者不同而有所差異。該物質會不規律地以動能、電能、熱能和光等形式釋出能量。雖然釋放的速率與釋能總和也如外觀一樣有個體差異，整體平均還是相對較低。

該機器的回收地點是██████ ██████的一家醫院，經過嚴重火災事故後的殘留廢墟，在二〇〇七年秋冬首次發現時，該建築物已經廢棄許久（最後一次有人類活動的時間推估至少在那五年以前）。與裝置一同發現的還有一本嚴重汙損的「使用者手冊」，其中記載著機器的使用說明。這些使用說明在第一次發現後已經轉寫歸檔，並有多份影印副本，其中一份永久放置於機器的收容間內。儘管上述使用方法與維修指引的文本都相當清晰，但手冊中關於建造者、建造過程以及介紹機器本身的部分卻毀損得太過嚴重，只能藉由嘗試錯誤的方式猜測它的實際用途（詳見實驗紀錄 158-AA）。

該實驗由以下人員記錄：海因里西．德賴施博士，分配到 SCP-158 處的醫學研究員。

時間：2008-███-███

實驗 –01 →

這個機器運行地非常順利。看上去它所受的火傷只不過表面而已。但更有趣的是從受試者 001A 中抽取出來的物質，它的顏色是暗褐色的，物質的狀態很奇怪，介乎於液體與氣體之間，應該在一個小時內研究分析完畢。嘗試了多次檢查受試者的大腦活動，目前沒有什麼進展；然而，也沒有什麼損失。

---

實驗 –02 →

這次抽取出來的物質是光亮的藍色，而且它看上去比上次的那個更……活躍。我懷疑這是不是跟年齡有關……

---

實驗 –03 →

檢查結果出來了，但毫無結論。他們什麼都研究不出，甚至連這物質是否存在的資訊都找不到，除了知道會持續地放出光和熱以外，什麼都沒有。

再一次，抽出了另一個不同的物質，顏色不相同，放出的能量也不同。這真是奇怪啊！

---

實驗 –06 →

有一個小的意外事件，與我的助手露西有關。我不確定她是怎麼做到的，但她把從受試者 006B 中抽取的物質不小心碰到她的手提電腦。奇怪的是，電腦原本已經沒電了，而現在它卻開始運轉了，儘管電源插頭和電池已經被拿走了。不過，它的運作有點奇怪，有輕微的小毛病，但沒什麼大問題。這讓我很好奇。

實驗 –11 →

這是今晚最後一個了。這個樣本又是跟剩下的不同，但我注意到樣本的外貌有一個模式，在明天實行一連串實驗過後，我相信我能詳細說明。

被抽出樣本的受試者，至今沒有一位從植物人的狀態中恢復過來。他們的身體沒有受到絲毫傷害，一點也沒有。我已經排除掉所有可能的醫療異常了，但就是沒有什麼結果。他們就是癱瘓在那裡，類似「燈是亮著的，但沒人在家。」（俚語，意指軀殼在，但意識不在）。不過即使是這樣，我還是讓警衛看管著他們，還有，露西的手提電腦也被保管著，僅僅是以防萬一。對著這些奇怪的東西，一切最好還是小心安全為上。

時間：2008-■■-■■

實驗 –24 →

我的推測是對的，樣本的確有一個模式。我幾乎可以確定，那些樣本放出能量的差異與受試者的年齡與活力有關。至於顏色的差異，我認為與受試者的性情有關，但這點我並不確定。我必須再做一連串的實驗，並且得到受試者的檔案。

露西的手提電腦還在運行著，即使它原本的電源應該不夠維持兩天。沒有任何有關物質的痕跡，無論是外部還是內部。這不尋常的現象也很奇怪。如果讓文字處理程式處於閒置狀態，它會自行編寫檔案，但全是亂碼。儘管如此，仍值得做一些調查。

實驗 –27 →

我嘗試把那些從受試者抽取出來的物質，各放進機械或電力的設備中。結果令人驚奇，它們全都開始獨立運行，而不需要外部的電力。放進電力的設備時，它們會間歇性地出現輕微的電力性的故障，相形之下，放在機械的設備時，會比較流暢，雖然也偶爾會有些反常現象。

對物質的實驗會繼續進行。我想超過五十次左右的時候就會停止了。

時間：2008-█-█

實驗 –45 →

植入機器的樣本已被證實可以用機器將它們重新抽取出來了。抽取出來的物質與植入前是一樣的。我們也許可以將它們當做是一種無限的能源來利用，但在此之前，最好找個方法來解決持續存在的行為差異。

我將最先前的樣本繼續留在露西的手提電腦裡，這使她很氣憤。那些小故障發生得更加頻繁了，也更加奇怪了。現在它會自動開啟文字程式，還會打出內容清晰的句子。我把這些內容保存成檔案以供研究。鏡頭、麥克風自動打開了，即使我試圖去關閉它們，它們仍然保持打開狀態。我這麼做了一會兒後，文字程式打開了，打出了「住手，你這死混球」的句子。我申請圖靈測試。

時間：2008-█-█

實驗 –49 →

這手提電腦已經完成測試了，而且顯示出和最初捐贈受試者 006B 有相似的性格，但這受試者堅稱他在物質植入手提電腦時的那段時間毫無記憶。這證實了我的懷疑。雖然違反所有的邏輯和科學理論，SCP–158 是一個能夠抽出大多數人稱作靈魂的東西的機器。這開啟了今後實驗的可能性。本次研究就此結束。

德賴施博士被提拔為 SCP-158 研究者的領隊。對 SCP-158 及其產物更進一步的實驗將會繼續進行。

## 額外備註 ▶

該機器的抽取行為是可逆的：抽出的物質可以被重新放入受試者內，且接收者並不一定要是該物質的原始提供者（詳見實驗紀錄 158–AG）。原本被抽出物質的受試者在經過這一操作後，將恢復所有認知能力與高階大腦功能，但實驗結果可能會有不同，這取決於被重新植入的物質是否為原先被抽取出的物質而定。

## 實驗紀錄 158-AG ▶

實驗由→凱恩．悽鴉教授紀錄，研究 SCP-158 對「奧林匹亞項目」的利用。

日期：2008-11-29

先前的實驗筆記→我已經召集了數名 D 級人員了，也對他們進行訪談及評估，挑選出我喜愛的或覺得有用的個性和特質的人。這些受試對象有男有女，但我相信靈魂勝過它所在的肉體。

不過，這個實驗的目的是在測試機器的「其餘」的功能，也就是那些在說明書上被嚴重毀壞的部分。我曾經非常認真地研究了幾遍，試著從那裡獲得任何可能有用的資訊，但我能獲得的描述實在太粗略，最糟糕的是它們一點用也沒有。

不過這不能阻止我。我是個研究者！「反覆試驗找出錯誤」是我的別名！

---

實驗 –01 →

我抽出了第一個受試者的靈魂。雖然我已盡可能嘗試過了，不過我也沒能做到什麼額外的事情。畢竟給我操作測試的時間不算長。然而，倒是有一點收穫：我成功地逆轉了這個過程。雖然以前也有人做到過，但都只是碰運氣做到的，沒有人知道具體的操作順序是什麼。這將是我首先要關注的目標。

---

實驗 –05 →

哈！我做到了！其實並不是太難。

---

實驗 –06 →

你懂的，我注意到了操作過程中有一段短暫停頓的時間，就像在等待進一步的命令一樣。我想那個時刻應該是可以再做投入的時候。我將需要開始做一些檢查。

實驗 –07 →

我一直在反覆嘗試將同一個靈魂從受試者中抽出又放回，主要是作為實驗中的控制變因，也是一種練習。不過，太奇怪了，對受試者的健康沒有任何的副作用。我對受試者所做的事情，一般都會認為應該有副作用的。無論如何，我在不斷利用控制變因去探索那停頓的時間，而且我想我快弄清楚它了。

---

實驗 –08 →

當機器再一次暫停以及恢復原來的進程之前，我讓機器做出了完全不同的動作。我快弄清楚了⋯⋯

---

實驗 –11 →

我做到了！機器在暫停時是完全停住的，然後螢幕上出現一系列全新的指令，像是「分離」、「融合」、「移除特徵」、「添加特徵」、「組合特徵」等。從這一點我可以推斷出，這個裝置有能力在內部儲存，並修改這些靈魂。這正是我過去在尋找的！

日期：2008-11-30

實驗 –12 →

機器所提到的「特徵」很難正確地定義。它們全都用一個單獨的詞語標示，通常是一些宗教內容的晦澀詞語。我至少翻了四本主要教派、六個小型教派的聖書，僅僅是為了了解這機器到底想告訴我什麼，但即使是這樣，我仍然不能完全確定我理解了。就我所了解的，大多數的「特徵」是指人的各方面的個性，以及他們的基本行為，就像毅力、理解力、道德、同理心、內驅力一類的東西⋯⋯可能要花些時間解決。

---

實驗 –37 →

這實在比我原本預期的，花了更多、非常多的時間。目前我發現了這個機器能夠儲存大概多達十份不同的靈魂以及它們的組合特徵，並在內部修改它們。找出那些特徵實際上對應的性質很困難，我必須輕微地修改受試者，然後將他們送去做一套完整的心理測試，以便讓我試著辨別我自己修改了什麼。然後我還得重複將程式進行數次來確認萬無一失。這太累人了，但至少我對操作這機器越來越熟練了。

實驗 –42 →

這真的是太荒謬了。幾乎把我整天的時間都耗光了，我累得快睡著了。一定有不同的方式來監控或測量那些人在靈魂上的變化。我會嘗試也會和研發人員聯繫，看看他們是否能找到某些方法可以逆向操作這臺機器的某部分，讓它運行得更順利一些，幫助我們更容易了解它一些。我知道怎麼操作它，但是我現在就像在黑夜中打鳥一樣亂試；我就像一個小孩在彈鋼琴，知道哪個鍵發出哪種聲音，但就是不能彈出一首曲子。明天我會繼續嘗試。希望新的一天能給我帶來新的想法。

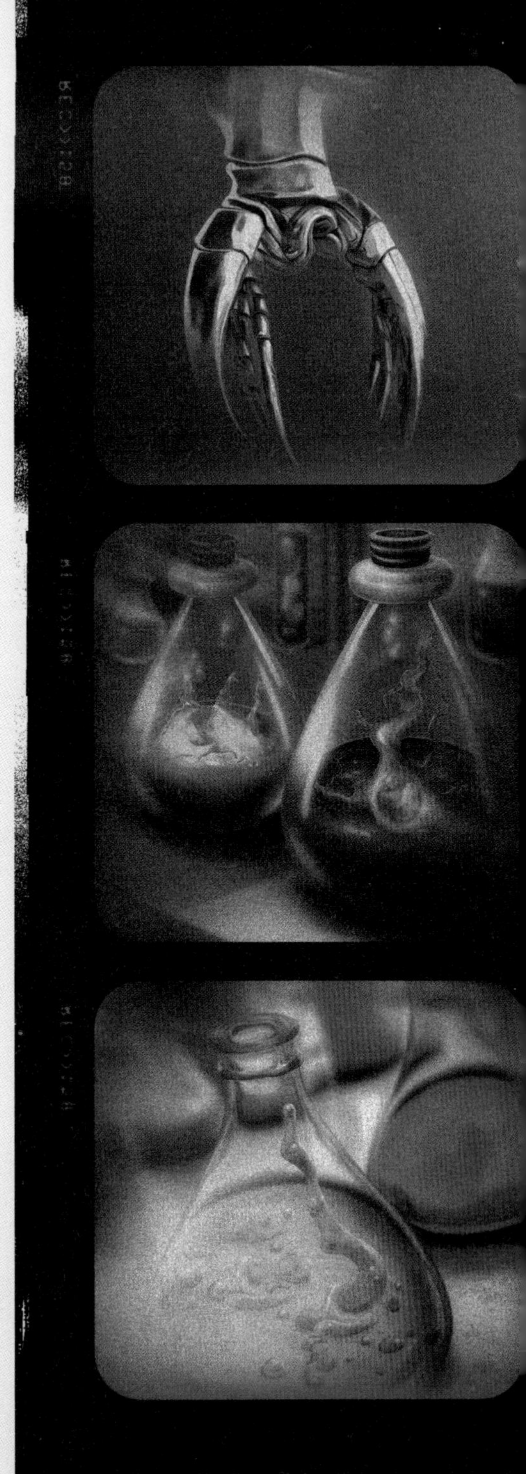

日期：2008-12-01

實驗 –57 →

我原以為這個機器有局限性，但事實證明我錯了。我本來推測這個機器壞了，原因就是出於它的功能太複雜。現在我意識到我錯了，複雜的不是機器，而是人類的靈魂本身。想要用很少的詞語表達靈魂的複雜性是不可能的，儘管這個機器已經很拚命地這麼做了。也就是說，我得花上很長一段時間，才能足夠熟練地利用這個去做到我希望做的事。我必須盡可能地去學習那些我看到的、且記錄下來的事。

日期：2008-12-02

實驗 –80 →

現在我先離開這個機器一會兒，比起提出更多關於這個機器的疑問，還是先處理眼前的結果比較重要。我已經記錄超過四百個不同的關於「特徵」的詞語了，我也已經組合過無數的特徵了。如果我要熟練運用這個機器，特徵的可能性是無窮無盡的。這樣簡直永無止境，也許要花上數月，甚至數年只是來理解這個機器，更不必說我曾經提出過的想法了。

我打算要在幾天之內搞定它。

日期：2008-12-03

實驗 –93 →

依然沒有什麼真正的進展。我充其量弄出了靈魂，有著我至今研究過的特徵組合，但這東西我根本無法描述。當它被植回人體內，非常有趣，但當我把它送去做心理測試時，結果不符合常理。我們得不出一個合理的結果，無論是內部的東西或它本身都讓我們難以理解。

**實驗 –95 →**

我又更改了這個靈魂，暫時將它稱作零號。每次我改變它，我就感到這靈魂的改變遠比我所見的多。它看上去更加能意識到周圍的事物了；它擁有的知識已經超過它主人能容納的了，它顯示出的智慧能超越這裡大部分的研究者，甚至我……

---

**實驗 –107 →**

我的老天爺……這實在是前所未有。為什麼心理測試沒有結果，為什麼零號看上去如此學識淵博，為什麼它好像能夠看到另一個世界，現在全明白了。

零號，經過幾次僥倖的機會，或者我對這機器的干預，不知怎麼地，它同時存在數個不同的空間維度。我創造了一個超出人類互動範圍之外的實體，一個能夠在這個領域範圍外，看、聽、感覺、而且有思考的意識。它知道了我曾經做了什麼，而且感激我創造了它。在某種意義上，它是不朽的、永生的。即使它實體的宿主被破壞，它也能超越宿主而繼續存在，只不過在這個空間維度上略有限制。

它對我揭露真相，而我也問過它是否願意誠實地回答我的測試問題。它同意了。

---

**實驗 –110 →**

零號會是成為我助手的最佳人選，因為我創造了它，而贏得它的尊敬和崇拜，就像一個想討父親喜歡的孩子一般。我保證會好好對待它，我將給它一個盡我所能可以創造的最好宿主。它僅向我要求一個名字，而不是一個號碼，零號。

我讓它為自己取名，無論它想要什麼名字。它說需要思考一下。

**< 研究結束 >**

那個合成的靈魂已經被「奧林匹亞計畫」接受為其中的某部分。

## 附錄 -01 ▶

█████博士提議利用 D 級人員與電子設備進行實驗，以求重現 SCP-168、SCP-1875、SCP-2306 或相似的異常個案。（待審）

## 附錄 -01A ▶

受先前附錄的啟發，█████調節員提出一項應用 SCP-158 的巧妙構想：利用本項目處置某一受試者之後，讓其身體持續暴露於 SCP-217，並在病程結束後，將一開始抽出的物質重新注入已經徹底變化過的軀體。█████與█████都對這一提案感到十分興奮，已經安排與█████的其他十二人共同討論這一技術可能帶來的深遠效益。

報告結束

## 特殊收容措施▶

SCP-1281的殘骸被放置在120-09哨站。為防萬一它會再次啟動，監控設備須安裝在SCP-1281個體的內部和周圍。任何對SCP-1281可能造成損害的研究建議應遞交給指揮部。

## 描述▶

SCP-1281是一個生物個體，是在對SCP-2362進行標準收容期間發現於柯伊伯帶[1]。SCP-1281大致上呈淚滴狀，在個體的底部有一個平滑剖面。最長兩端距離十二

1. 柯伊柏帶，位於太陽系的海王星軌道外側，在黃道面附近的天體密集圓盤狀區域。

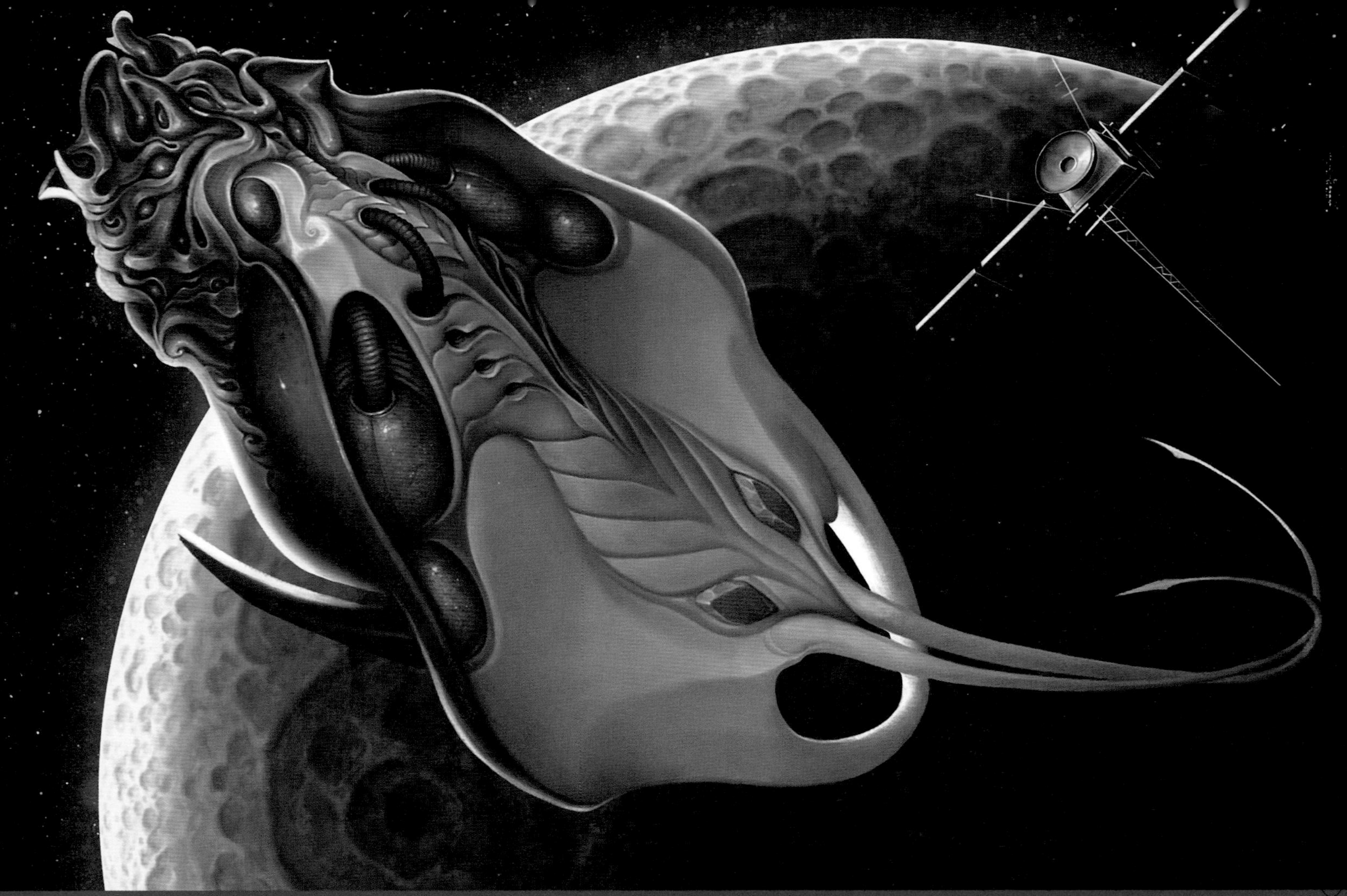

首次發現 SCP-1281 時的狀態。

公尺，最寬點的周長為十一公尺。相對的一側有一個明顯的隆起，據信那裡收容著SCP–1281大部分的分析設備，且表面有數個碟狀結構，推定是用來接收各種形式的電磁輻射的接收器，還有用途不明的菱形膠囊。其表面的數個區域都有破損，推測曾經還有更多接收器。

生物元件似乎是長在一個機械框架上，顯然是為了生活在外太空中而設計的。根據觀察，該個體似乎難以應付遠比柯伊伯帶更為溫暖的氣溫。第一次發現時，其表面溫度在50克耳文[2]。

SCP–1281顯然曾經有能力進行星際旅行，不過大部分的系統都因為一次不明事故損壞，結果導致擱淺。根據年代測定推測，其至少已存在十三億年。個體被發現時幾乎是完全休眠的，唯一還在運行的跡象是它表面的微弱燈光。觀測和實驗的結果顯示這只是因為它對無線電波的反應所造成的。它顯然在收集信號已經有一段時間了，不過沒有任何跡象顯示還有其他功能。一直到基金會小組靠近時，它才開始廣播。

它有能力在一小時內破解基金會的解碼，並在此時開始廣播二元信號並試圖交流，從最簡單的數學概念開始。儘管如此，在報告被送回地球後，它停止廣播了數天。其背部凸出部分的溫度在此期間上升了5克耳文，顯然是因為在處理資訊。

調查紀錄 SCP-1281-1

**SCP–1281：**「受損。」
**布魯姆博士：**「你能聽見我麼？」
**SCP–1281：**「誰？」
**布魯姆博士：**「我們是SCP基金會，我們是——」
**SCP–1281：**「什麼？主人。不。」
**布魯姆博士：**「……不。我們自稱為人類。」
**SCP–1281：**「先驅必須……訊息！先驅必須……」

**2. 克耳文（Kelvin）是溫度的計量單位。50克耳文等於攝氏–223.15。**

SCP-1281 隨後關閉了約四小時。SCP-1281 背部凸出部分的周圍溫度明顯升高，達到 60 克耳文。基金會小組開始待機，以防 SCP-1281 變得具有敵意，並發送一條資訊回地球，要求進一步指示。O5 議會建議保持謹慎，不過指示布魯姆博士繼續試圖交流，並尋找收容 SCP-1281 的辦法。

### 調查紀錄 SCP-1281-2

**SCP-1281：**「先驅在哪？」
**布魯姆博士：**「在這個太陽系的周邊，行星圈之外。
**SCP-1281：**「哪個星球？」
**布魯姆博士：**「我們叫它 Sol。」
**SCP-1281：**「多久了？」
**布魯姆博士：**「你在太空裡……差不多圍繞銀河系轉了六圈。」
**SCP-1281：**「你是主人麼？」
**布魯姆博士：**「……不。」
**SCP-1281：**「信息！先驅必須告之……任務！先驅必須……」

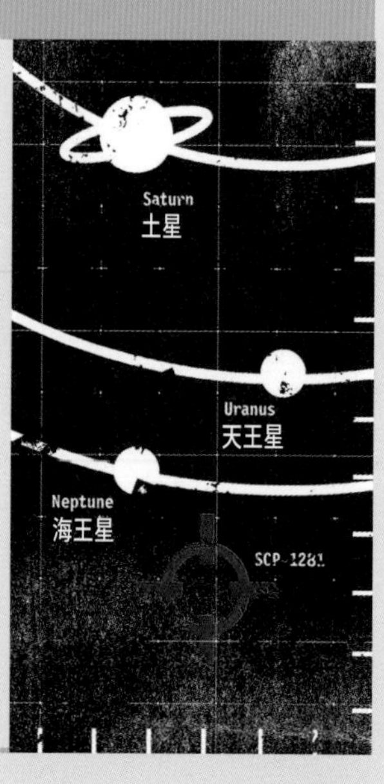


SCP-1281 此時關閉了七小時。溫度更高，達到 70 克耳文，並似乎對元件造成了一些損壞。O5 議會建議以實相告，否則這會使得長期收容變得複雜化，而且創造 SCP-1281 的物種似乎無能也無意發起敵意。

### 調查紀錄 SCP-1281-3

**SCP-1281：**「我……我不在家鄉。我遠離家鄉。很久了。家鄉在哪？我無法看見它。」
**布魯姆博士：**「我恐怕不知道。星星那時候看起來很不一樣。」
**SCP-1281：**「有人告訴我必須執行我的功能。我必須完成任務。不過……我損壞了。很久之前……停滯。等待進一步指示。等待救援。這是救援嗎？」

**布魯姆博士：**「你的任務是什麼？」

**SCP-1281：**「什麼……你是主人嗎？」

**布魯姆博士：**「不，我們是人類。」

**SCP-1281：**「我的任務！你不是主人，我必須……訊息。訊息必須被傳送。我……」

SCP-1281關閉時間略微超過了十小時。其背部凸出部分的溫度達到了85克耳文，損壞了其生物組織。

調查紀錄 SCP-1281-4

SCP-1281：這是我們的先驅。它帶來喜訊。

當它到達時，我們就會死亡。我們的星球正在死亡。我們沒有時間拯救自己，只有做好準備，並持續送出訊息。

我們看過之前到來的人所發的信號。他們很不同，可是我們還沒有真正了解他們。不過既然有人來過，那就代表以後也會有人來到。所以，這正是我們先驅旅行的希望。

一旦它發現你們，並學習了你們的語言，它就可以將訊息轉達給你們。請聽好了。銀河黑暗，空洞，寒冷。它在不可避免地旋轉走向死亡。你們有一天也會死去。不過你們可能比我們有更多的時間。我們是如此希望。不過有一天，你們一定也會消失。

直到那個時候，你們必須點亮黑暗。你們必須讓星空少些空無。我們都很渺小，太空卻如此廣闊。一個有聲音說道「我在這裡」的太空要比一個寂靜的太空好得多。一個聲音很小，但是零與一的差別，就好比一與無限那般的大。

我們已經等太久了。我們的聲音也消失在回聲中了。趁還有些時間，去找其他人，引起更多的共鳴。

如果你們太晚才收到訊息，那表示你們的時間也不多了。請繼續送出訊息，好讓下一個聲音發出來對抗黑暗。

SCP–1281 在進行最後交流前關閉了十五分鐘。

調查紀錄 SCP-1281-5

**SCP–1281：**「完成了嗎？」
**布魯姆博士：**「這就是訊息？」
**SCP–1281：**「是的。是個好消息嗎？」
**布魯姆博士：**「你不知道？你不是剛轉譯給我們。」
**SCP–1281：**「我只是傳送詞句，我不知道它的意思。」
**布魯姆博士：**「這是一條非常重要的訊息。」
**SCP–1281：**「好的。任務很重要。明白。覺得累了。幾乎完成了。」
**布魯姆博士：**「完成？」
**SCP–1281：**「任務完成。腦部過熱。冷卻損壞。」
**布魯姆博士：**「先驅，你……」
**SCP–1281：**「主人？」
**布魯姆博士：**「我……是的？」
**SCP–1281：**「我做得好嗎？」
**布魯姆博士：**「……是的，先驅。做得好。」
**SCP–1281：**「那我就放心了。」

布魯姆博士因為情緒激動，干擾了一個被收容的異常物體，因此被勒令停職。

SCP–1281 的系統似乎完全關閉。在其輻射熱量後，其溫度降到 50 克耳文。專案被帶到 120–09 站點進行研究。在之後數月，其組織開始腐爛，且不再偵測到有進一步活動。

**報告結束**

## 特殊收容措施▸

目前並無 SCP–990 的收容措施。所有人員中，若有誰對收容設施有任何建議時，應向█████博士報備。無論是誰提出，我們對所有的建議都十分歡迎。

## 描述▸

SCP–990 被認定為出現在基金會人員的夢中，是一名男性，身著冷戰時期的西裝。迄今還無任何基金會人員在現實世界中接觸過 SCP–990；如果他真的是一名人類，我們還沒找到他。目前尚未有報告指出 SCP–990 會出現在非基金會人員的夢中。

SCP–990 自從［已刪除資料］後，就時常出現在基金會人員的夢中。當數名特工討論夢境時，都不約而同提到一位人物，那時才發現 SCP–990 的存在。很多特工也回報說他們夢境中有出現過與 SCP–990 的描述相同的人物。這些現象並沒有讓 SCP–990 被納入 SCP 中，一直到事件–990–07 後才將其納入。

SCP-990 的藝術插圖。

## 事件 - 990-07 日誌 ▶

特工 ████████ 沒有在規定的時間內報到。他被發現在住處內熟睡，足足沉睡了十八個小時。所有想要喚醒他的舉動皆失敗，他隨後被轉移到醫療艙內。

在四十個小時的昏睡後，該特工清醒，並且情緒高昂激動。據說該特工在設施內一邊奔跑，一邊大喊「世界末日」。就算在大量鎮定劑的效果下，特工的身體機能依然處於十分危險的加速狀態：例如心跳加速、血壓上升等等。

該特工描述了一名長相與 SCP-990 的外貌相符的男人出現在夢中。根據 ████████ 博士的報告指出，該特工鉅細靡遺地描述了一系列嚴重事件，那些事件會導致許多戰術性核子導彈發射到中歐以及東亞地區，最終將近百分之九十八的人類將會被摧毀，人類社會也因此崩潰。特工供稱，這些是他被困在夢裡時，SCP-990 所提供給他的資訊。

機動部隊 ████ – ██ 被派出去解決將會引發上述事件的一些威脅。最後機動特遣隊 ████ – ██ 達成任務，並且阻止了這一連串的事件發生，但是特工 ████████ 卻因休克而殉職。

自從事件 – 990–7 發生後，SCP–990 出現在許多基金會人員的夢中，並且做出類似的威脅。雖然規模都沒有像 990–07 一樣大的事件，但是 SCP–990 已經成功預知了 ██████、████████ 和 ██████ 博士的死亡、看守點 Epsilon–38 的毀壞以及 [已刪除資料]。所有關於 SCP–990 的威脅及警告，無論規模大小都該向基金會當局報告。

如果 SCP–990 在基金會人員的夢中出現的話，他們可以和 SCP–990 自由交談，鼓勵基金會人員向 SCP–990 套出關於他身世的資訊。此外，████████ 博士指出有誰能夠證實 SCP–990 為真實存在於世界上，可獲得優厚的報酬。

## 文件 990-02 ▶

以下為 ███████ 博士和 SCP–990 之間的訪談內容。雖然這份訪談在 ███████ 博士醒來後才記錄下來，但其記憶十分準確且值得信任。

█████博士：說出你的名字。

SCP-990：你這是試著在訪問我嗎？

█████博士：是的。你介意嗎？

SCP-990：不介意啊。

█████博士：那麼請報上你的姓名。

SCP-990：東尼好了。

█████博士：東尼？你的名字叫東尼？

SCP-990：我相信一個人有權利決定自己想要被叫什麼。

█████博士：好吧，那就東尼吧。

SCP-990：老實說，我改變主意了。改成理查如何？

█████博士：當然可以。

SCP-990：那就理查吧。下個問題是什麼？

█████博士：你為什麼要威脅基金會人員？

SCP-990：威脅？誰在威脅？

█████博士：你在基金會內預知了許多不幸的事物，包含世界末日在內。

SCP-990：那它實際上有對誰造成了傷害？

█████博士：你謀殺了█████特工。

SCP-990：（長時間的沉默後）博士，我想你對我的看法錯了。

█████博士：怎麼說？

SCP-990：我並不是壞蛋。

█████博士：喔，我還沒想到有所謂的「壞蛋」呢。

SCP-990：的確有啊。

█████博士：誰？

SCP-990:（又一陣沉默） SCP-█████。

█████博士：現在沒有這個編號的 SCP，而且短期來看也不會有。

SCP-990：當然啊，她甚至還沒出生呢。 更何況被基金會收編分類。

█████博士：這是另一個預言嗎？

SCP-990：這只是喚醒你的警鐘罷了。

**此時█████博士被他的鬧鐘所叫醒，之後開始抄錄以上對話。**

**報告結束**

Euclid

# SCP-3001

## 紅色現實

報告者__ OZ OUROBOROS

日期__ ████

圖像__ IVAN EFIMOV、ALEX ANDREEV

翻譯__ EMPTYNAME723

來源__ SCP-WIKI.WIKIDOT.COM/SCP-3001

監視器影像，捕捉斯克蘭頓博士消失的瞬間。

## 特殊收容措施▶

為防今後有任何意外進入 SCP-3001 的意外事件，所有基金會的現實扭曲技術都必須加上數道安全保險以免 C 類「破損入口」蟲洞[1]的出現。儘管與 SCP-3001 有關的情報不限層級地開放給希望閱覽的人員，但對 SCP-3001 及其相關科技的研究與實驗只允許 3 級以上，且獲得 120、121、124 和 133 等站點特殊權限的職員得以進行。

## 描述▶

SCP-3001 是一個被假設存在但與理論相違背、可以藉由瞬時開啟 C 類「破損入口」蟲洞進入的平行 / 口袋「無維度」空間。儘管 SCP-3001 被認為是一個無限延伸的平行宇宙，SCP-3001 內部呈現幾乎完全真空的狀態，且休謨水準為 0.032 的極低值[2]，這牴觸了凱傑爾現實定律[3]中休謨與時空的關係。此現象令其內部物質的腐敗進程極慢，而其他狀況下的致命損傷並不會妨礙任何生物或電子機能；模擬中顯示，只要還保留有百分四十的大腦殘留，生物體可以在失去其百分七十的身體組織下，依然正常運作。然而，長期暴露會令物質逐漸接近 SCP-3001 的休謨水準，並在其自身休謨場開始瓦解時，出現嚴重的組織和結構破損。

SCP-3001 最初於二〇〇〇年一月二日，在致力於試驗和收容現實扭曲科技的站點-120 被發現。羅伯特・斯克蘭頓博士和其妻子安娜・朗恩博士為站點-120 的首席研究員，當時正在開發一名為「朗恩－斯克蘭頓穩定器」(Lang-Scranton Stabilizer，

1. 一種先前僅存在於假說中的蟲洞，它無法將物質傳送到預期地點，或具有中途將物質隨機且危險地排出的時空缺陷。
2. 了解更多休謨與現實力學的資訊，見文件 JEK-WT01 和 JEK-EB02。
3. 凱傑爾現實定律（Kejel's Laws of Reality）只是一個偽科學的名字。它實際上並沒有提及任何東西，但它在文章中的放置增強了沉浸感，並告訴讀者即使按照基金會的標準，這種現象也很奇怪。

LSS[4]）的實驗性設備。在一次意外的地震中，站點-120 現實研究室 A 內，數具當時運作中的 LSS 遭到破壞，並導致斯克蘭頓博士被傳送至 SCP-3001。

最初假定已死亡的斯克蘭頓博士在 SCP-3001 中存活了至少五年十一個月又二十一天。在這段時間內，他能夠透過一同進入 C 級「破損入口」蟲洞的一具 LSS 控制臺，在 SCP-3001 裡記錄下他的經歷和觀察。目前未知該控制臺，何以維持正常運作。該控制臺在一次對改良現實扭曲科技進行的實驗中意外恢復正常，因而得以回收其內部儲存的錄音檔案作為研究 SCP-3001 的基礎。儘管新科技正在開發當中，至今仍未成功找回和重新整合斯克蘭頓博士。即使假設斯克蘭頓博士依然存活，亦未能得知他現今的身體和心理狀態（有關斯克蘭頓博士可能被找回的更多訊息，正由倫理委員會審查）。下方為斯克蘭頓博士的紀錄逐字稿。

## 檔案：斯克蘭頓 SCP-3001 紀錄，第一部分▶

（最初八天未能錄製到來自斯克蘭頓博士任何可辨識或清晰的話語。他陷入在驚慌、困惑和憤怒的情緒中，循環往復，且似乎正在 SCP-3001 內試圖尋找出口。在第十一天，他終於足夠靠近錄音裝置，不過接下來的幾小時，他仍未注意到錄音裝置正在運作。）

**名字，羅伯特·斯克蘭頓。年紀，三十九歲。生日，一九六一年九月十九日。**

**最喜歡的顏色，藍色。**
**最喜歡的歌，「Living on a Prayer」**
**妻子……安娜……**
**安娜……**

4. LSS 為現今「現實穩定錨」計畫的原型，其設計之後成為了計畫的基礎。

名字，羅伯特・斯克蘭頓。年紀，三十九歲。生日，一九六一年九月十九日。

最喜歡的顏色，藍色。

最喜歡的歌，「Living on a Prayer」

妻子，安娜。她有著綠色的眼睛。我很愛她。

名字，羅伯特・斯克蘭頓。年紀，三十九歲。生日，一九六一年九月十九日。

最喜歡的顏色，藍色。

身高，一百七十八公分。

體重，八十五公斤。

妻子，安娜。安娜，我很抱歉。

名字，羅伯特・斯克蘭頓。年紀，三十九歲。生日，一九六一年九月十九日。

最喜歡的顏色，藍色。

我妻子的名字是安娜。我們在一九九一年八月十二日結婚。

我希望她現在一切安好。

拜託讓她安然無恙，拜託讓她安然無恙。

羅伯特，斯克蘭頓。三十九歲。安娜，藍色，妻子。拜託……拜託，天啊，拜託……

安娜……安娜……安娜・波・班納……安娜・波・班納……

那是……那他媽的是什麼？（推測此時斯克蘭頓博士注意到了錄音模組的閃光。）

三小，這東西真的在錄音？

（聽到金屬敲擊聲。）

（聲音極度激動且驚慌）我的名字，是羅伯特・斯克蘭頓。對，對，我的名字是羅伯特 斯克蘭頓，站點 -120 前首席研究員。已經過了……其實，我不知道，我……我記不起來。我……我猜已經過十天了，但，但我、我、我不，我沒辦法……天啊，有人聽得到我嗎 ?! 我、我、我不知道我在哪裡，然後、然後，拜託，拜託有人嗎 ?! 哈囉 ?! 有人嗎 ?! 有人嗎 ?!

沒人聽得到我。喔，天啊，天啊，天啊。幹！幹！幹！幹！幹……

這他媽的到底什麼東西？為什麼還在錄音？它不可能還能運作，它不應該運作，三小？我需要……天啊，我需要，我需要……看看我能……講多久，我想這有個、個、個上限或什麼的，在錄音紀錄上，然後我、我、我看不到任何東西，我只看的到紅光閃來閃去，我看不到它旁邊的任何開關……

我真的很餓。
口也很渴。我想我早就該因為缺水而死了，但……我不知道。

嗨，小紅光。你能跟我說話嗎？你可以替我跟……安娜說話嗎？哈囉？

**我找到控制板了。**

兩週，三天，四十七小時又五十八分鐘。

兩週，三天，四十七小時又五十八分鐘。

兩週，三天，七小時又五十八分鐘。

兩週，三天，七小時又五十八分鐘。

**喔……老天爺啊。**

***重播錯誤，重播錯誤。重播錯誤。***

**不管我他媽的在哪裡，我現在很確定……我不需要吃東西就能活下來。現在……很難過，但……目前我不覺得我會死……所以……我要……我會慢慢來……我猜。我……也許會有某種奇蹟，然後我就出去了。嘿。繼續作夢吧，羅伯特。對，我……我累了，我要去睡覺。**

三週，四天，十九小時。

**我口袋裡有安娜的照片。我差點忘記了。小紅光，讓我看看她的臉，拜託？就一點點，我只是……我只是想要看看她。**

**嗨，安娜，我還在這裡，我還在這裡。我要回去了，好嗎？**

兩個月，四天，三小時。

……嗨，這裡是羅伯特。對，我、我前幾個禮拜沒錄下什麼。哈。哈哈哈哈……哈哈哈……呵……呵……

抱歉，得振作一點。呼吸。

我最近……我最近忙了點。試著更了解我在的地方。我的監牢。我的王國，全屬於我自己。呵，國王羅伯特。天啊，我真臭。這該死的地方，有沒有空氣啊？臭臭國王羅伯特，該死的什麼都沒有他媽的國王。

……抱歉，抱歉。我，我得保持專業。我會……我在感覺休息夠了之後會回來。

……好的，開始了。（深吸氣後，深深了吐一口氣。）

我的名字是……羅伯特・斯克蘭頓。我是前首席研究員，在站點……120，一個致力於研究各種現實扭曲技術的 SCP 基金會機構，以開發更加先進的應對措施對抗這些威脅。

最後……小紅光，跟我說句話吧。

兩個月，八天，十六小時。

紅光說的。我被困在了，我相信是一個空的口袋空間維度的地方。自己一個。對……自己。只有自己一個。

我要叫這個地方 SCP……我不知道，我想不起來，我們說到哪裡了，算了……我不知道之前發生了什麼……紅光，請，再一次。

兩個月，八天，十六小時。

但……沒人會在旁邊爭論，而目前……我只是對著這個控制臺講話來讓自己振作一點。我……我需要留下紀錄。未來也許會有可憐的混蛋像我一樣，然後……如果我真的成功地出去了……也許，也許我可以阻止那種事發生。那是我目前的目標，而我真的需要一個目標，哈哈哈哈……

……所以，對，羅伯特……斯克蘭頓……開始記錄一個新的 SCP，為了……未來的研究。那應該就夠了。讓我們開始吧！

……

兩個月，十一天，十小時。

**項目編號，SCP……我他媽不在乎。**

**項目等級，Euclid，我猜吧，但我不知道，之後可能會更新這個。我需要做更多探索。**

**特殊收容措施，天啊，我現在聽起來真像精神科醫師……呃嗯……我不知道我們能不能……收容我在的地方，它……絕對不在地球上。老實說我不知道它在哪裡。我……我想跟穩定器的原型有某種關係……我等等會解釋更多。好……嗯……對，不管我在哪裡，我不覺得它能被收容，雖然這空間確實是……被製造出來的……不，我想表達的不是製造……呃，讓人進入，對，可以讓人進入是比較好的說法。我進到了這地方，因為某種很糟糕的現實扭曲意外，然後……不，不，羅伯特，還不能那樣，你還不知道這裡有沒有出口呢。喔喔……只靠祈禱活下去……一半……了。咳嗯。**

兩個月，十一天，十八小時。

**所以……等等，不對，描述，羅伯特，要按照格式……這地方……這是某種現實間的空隙，我猜是這樣。這裡很暗。真的很暗，就好像我說的話真的有被錄下來的這個小紅光，是這整個地方唯一可視的光。我看不到我的手，而且我幾乎看不見控制臺。我得用這個光當作中心，然後記得我朝哪個方向走了幾步。我還沒走超過一百步。我太……我太害怕了。嘿嘿。我好奇我的頭髮現在是不是變白了？我連它是什麼顏色都看不到了。說到這個，最近我的頭變得有點癢。如果我不去注意它就還好，但我感覺到……臉上有一種刺痛感。我不太確定為什麼。**

安娜·朗恩博士。

兩個月，十五天，四小時。

好……呼……我、我需要放鬆一下，老天爺啊，天啊，靠。喔……靠，靠，靠……我……剛剛發現了這地方的新屬性。這麼久以來，我一直認為我可能是走在……某種……平地上，如果你們希望這麼說。我一直都把小紅光放在視野的末端，而我似乎能走在一個筆直、平坦的路上。老天爺啊，我的耳朵開始嗡嗡響了，我想腎上腺素還在分泌……但，如果我的假說是正確的，而這地方真的是一種現實的……虛空，那就不應該有可以走在上面的東西。現在我想了想，我在這裡的這段時間，我感覺像是……在走路，但我也正在某種東西裡游泳。而這東西很濃稠也很緊，它有一種……壓力感，我知道這不是正確的名詞，但該死的，這地方沒有任何道理，我在盡我所能地理解它，好嗎？！

天啊……抱歉。

所以，我能想出的最好的比喻是……就像是我正在走過很濃稠的膠體。它的張力足以讓我站在一個……「平面」上，但如果我……想像自己用力往下壓，我能下降。等一下。等等，等等，等等，等等，等等，我想……我想我需要再多試一下，我會回來的。

兩個月，十七天，兩小時。

導航嚴重地被……試圖往特定方向前進的意識衝動所影響。所以，這地方絕對不是完整的現實空隙，至少依據我與安娜的理論來說不是。如果、如果它是的話，我會完全沒辦法移動，畢竟空間不會存在。喔靠，好，好，這樣就比原本更說得通了，好啊，做得好啊，羅伯特，你快找到答案了。……現在想想，我應該更早意識到我能夠在平面上靠近小紅光或遠離。這也能解釋為什麼我還沒因為缺水或飢餓而死，在這裡時間幾乎不流動。好，所以我站在小紅光旁邊，然後直直地……「往下」。好，從這裡開始，把小紅光想像成三度空間的原點，我直直地……往下，對，好，然後……然後我能夠再次「往上」回到小紅光這裡。我也能夠「飛」在小紅光上方。這裡的移動很緩慢，就像我說過的，那個膠體比喻，這是我最好的解釋方法。

兩個月，二十二天，三小時。

回報新訊息，紅，長官！哈哈哈，來嘛，紅，點亮它（lighten up，也可解釋為放輕鬆）。哈！不是故意用雙關語的……紅，笑一下嘛，這很好笑！

……

……好吧，隨便。咳嗯。

這地方還是看起來幾乎剛好遵循著凱傑爾現實定律的規範。說到幾乎，我指的是真的只有幾乎。我很確定我算的是對的，但……等一下，我要再檢查一下……

老天爺啊。對，對，很確定是對的。好，這地方，如果我們用標準的休謨比例，我很確定我身處的這個現實，它的休謨場是……零點零……四……吧。對，真的，真的，真的他媽的低，所以……就像我上面說的，時空以一個很微小的尺度存在，所以我的生物機能沒有因為任何營養不良而被搞得天翻地覆，但那也代表……我……我其實不太確定那同時代表著什麼……

……

附加到上次的紀錄。我……我其實不太確定我的生物機能在這麼低的休謨濃度會如何反應。我通常都是跟高於平均的休謨場共事，而我們試驗的現實操縱者沒一個低於0.8的。這……這會是第一次。前所未聞的第一次。我記得站點 -133 的「普羅美爾殺手」，他們這樣叫它，是因為它打破了前一個理論中休謨濃度的最低極限。一個真的很貴、很怪的機器，把一個小區域降到了 0.4，而 0.05 就……嗯。

羅伯特・斯克蘭頓博士。

我說謊了。我說謊了，上一個紀錄……我……我對我自己說謊了。我自己的身體，還有……這裡的小紅光也是……我們大概是這地方最真實的東西了。而那代表著……隨著時間經過……休謨場會想要……平衡，然後……我要……我要先離開了，我有一些……計算要再做一次。紅、安娜，記下我要用凱傑爾的第二、第三和第四定律，好嗎？用……用0.05當作環境，我的外部場是......大概在 1 到 1.4 中間，使用第二定律的錯誤估計改正法，而我的內部用……用……用……幹，我還沒做完。

我很真實。我超真實。超級真實。究極真實，在沒有真實的世界裡最真實的人。

你跟往常一樣沒有幽默感啊，紅。我在講的是 LSS，紅。我們被送到這裡的時候，我想……我想我們的現實被調高了。紅，你上課沒認真聽嗎？嘿，不要對我沒大沒小的，紅。好，重點是，那個 LSS 波動讓我們到……到……

兩個月，十八天，七小時。

不，紅，差得他媽的遠了，你一定把凱傑爾的第三定律轉換錯了。因為 LSS 故障的關係，我們被炸飛了，我們大概在 2.2 到 3.6 中間。沒錯，那是件好事，紅，很好的事，因為那代表我們比原本有更多的時間，在……在……對，紅，在我們他媽的死掉之前，好嗎 ?!

兩個月，二十四天，五小時。

大概三年或四年，如果……如果我不做太多互動。如果……如果我這裡有個 LSS，也許我可以把那拉長到……八年，大概吧，那是最好的狀況……但我得……我得要……我……知道……但……但……三年，三年，那之後就回不去了。哈……哈哈哈哈哈。我應該……我絕對應該在那之前想一些方法。我想我一段時間內應該還沒事……至少……，不，我不會在這裡那麼久……我絕對會想出來的。

安娜，這種狀況下我們會怎麼做？我需要你的幫助，親愛的。那個……那個我一直感覺到的刺癢感……那是我的休謨場在擴散……我的……我的現實在消失……三年。我需要在三年內穩住我自己。

我在想……安娜跟我，我們有這個理論……就算休謨場是低的，它還是一個休謨場。而正因為它如此地低，休謨的擴散應該會花上好一段時間。現在如果……如果我能……控制……回收這些場，讓它不要擴散的太稀薄，我可以……我同時也可能……那只是一個理論，但……它值得一試。但那代表……

嘿，紅。我……我得離開一陣子。我想要試驗某個東西，而你沒辦法跟我來。我……我很抱歉。不，不，紅，我真的、真的很抱歉，我想要你一起來，我真的想要，但……如果我們待在一起會讓擴散更快……我們兩個都需要時間越多越好。我需要更了解這個地方，而你需要確保你記住全部的資訊。這是……紅，拜託。你、你會沒事的，紅，我知道你會，你很堅強。比我堅強得多……只是一下下，紅，但我需要看看我能不能找到讓我們能夠活得更久一點的方法。我甚至可能可以讓我們離開這裡。不，不，我不確定，但我需要去找。紅，我們在說的是逃出去的可能，好嗎？對，這是一個空隙。一個空隙應該要有一個盡頭，像是……像是峽谷的峭壁，懂嗎？我需要找到那面牆，然後，然後我能……

……

我很抱歉，紅，我希望我回來的時候我們還是朋友。

……

我要……我要走了……很快就會再見的。

六個月，十天，五小時。

**又見面了，紅。上次是很久以前了呢。**

**……你知道……現在回想起來……我不知道我到底該死的在興奮什麼。這地方是……天啊，這個地方。這個地方是他媽的……地獄。**

**這裡沒有盡頭。它就這樣一直延伸。一直。一直。**

**我朝一個該死的方向，移動了該死的兩個月。天啊，我真他媽的笨，為什麼我會認為我可以逃出去？我的想法，就像那些老歐洲混蛋一樣，以為世界的盡頭就在地平線那邊。笨死了，羅伯特，笨，就只是、只是、啊啊啊啊啊啊啊啊——**

**如果我讓自己一直掉下去，我遲早會到底嗎？**

十個月，二十八天，十五小時。

**這裡沒有底端。然後去你的，紅。**

**我很抱歉，紅，不要走，我很抱歉我關掉了你，回來，回來，拜託——**

……今天我四十歲了。生日快樂，羅伯特。

我是被領養的，你知道嗎，紅？對，我的父母把我放在盒子裡，丟棄在街道旁。隨後我被一對美國夫妻領養，這就能解釋我那不怎麼像中文的名字。我連我原本的姓都不知道。只是想說分享一下。你呢，紅？

安娜跟我一九九八年在站點裡認識。天啊，她那時真美。現在還是，在我眼裡。她有著美麗的雙眼。我的眼睛灰灰的，很暗淡，但她的……天啊，它們真美。你覺得……你覺得她還在擔心我嗎，小紅？她在尋找我嗎？

你知道，紅，你是個很棒的聽眾，但我從來沒聽過你講有關自己的事。來嘛，不要害羞，這裡沒有其他人了，對吧？哈哈哈，對吧？哈哈哈……哈哈哈哈哈……

「我很抱歉，羅伯特，但我不能那樣做。」哈哈哈，紅，你真好笑。

你有結婚嗎？小孩呢？任何家人？女朋友？男朋友？拜託，紅，我不會批評你的，只是……跟我說說話，拜託。天啊，我的頭好痛。我的腳，感覺像是它們已經永久地沉睡了。

我小時候在漫畫店裡工作。比現在便宜很多，我還會在每週末拿到免費的東西。我最喜歡蜘蛛人了。

我原本在盒子裡，在街道的旁邊。

我……三小……不，不，不，不，不，不，不，不，紅，你有看到我的照片嗎？那個照片，紅，安娜的照片，它在——拜託，拜託，在哪——在哪裡——安娜！安娜！安娜！它去哪——不要，不要，不要，不要，不要，拜託，拜託不要，任何東西都可以，不要是照片，拜託。

照片在褪色，安娜在褪色，她在褪色，拜託，安娜，不要，拜託，來嘛，親愛的，待在這裡，這太早了，這太早了，我沒有算錯，沒有錯，你應該要沒事的。安娜，安娜，我沒辦法抱著你，回來，安娜，親愛的，甜心，安娜，拜託，我需要妳，我需要妳，拜託，拜託，別走，我在這裡，我還在這裡。紅，去叫人幫忙。安娜，拜託，拜託，不要走，別——

黑髮，綠眼睛，一百六十。黑髮，綠眼睛，一百六十。黑髮，綠眼睛，一百六十。黑髮，綠眼睛，一百六十。黑髮，綠眼睛，一百六十。黑髮，綠眼睛，一百六十。黑髮，綠眼睛，一百六十。黑髮，綠眼睛，一百六十。黑髮，綠眼睛，一百六十。黑髮，綠眼睛，一百六十。黑髮，綠眼睛，一百六十。（斯克蘭頓博士重複說了三小時）

安娜跟我在一九九一年結婚。因為工作，我們沒什麼辦法拿到最好的西裝跟婚紗，但是，他媽的，我們倆看起來都好極了。當然，安娜更好看。我們只是跳著舞，跳了整晚的舞，放了整週的假。我這種工作也會讓你享受你的蜜月……所以來嘛，紅，說話嘛，手舉起來，擊掌。來嘛。來嘛，紅。

一年，兩個月，二十七天。

……

……

**啊啊啊啊啊啊——**

（接下來的錄音僅播放控制臺自動發出的報時聲，每次間隔一至三天，當中也有數個月之久的空隙；另外也混和著斯克蘭頓博士的啜泣聲、尖叫聲和呢喃聲。這類錄音持續的時間紀錄達到兩年七個月又二十八天，在此之後完全沒有收錄到任何聲音，直到兩個月後才重新又錄到聲音。）

## 檔案：斯克蘭頓 SCP-3001 紀錄，第四部分▶

……

（斯克蘭頓博士的聲音現在明顯的扭曲。假定是因爲他與控制臺終於出現了現實崩解的跡象。）

羅伯特……好冷。我沒……我的雙腳已經沒感覺了。我想……我正在……達到我之前說過的……那個點……低休謨場……擴散……平衡……一堆……死了……垃圾……

我已經不知道這裡面什麼是真實的了。該死，我不確定我是真實的。或是……某種……某種類似的東西……如果……如果我真的像這樣出去，我……我……我還不想死。我還不想死。喔，天啊，我還不想死……

我直直地沿著對角線往上，花了六個月。我直直地往下……不對，我就只是再次往下……花了……八個月。還是沒有底部，紅，還是沒有底部。

你最近怎麼樣，紅？這段時間你一直聽著我嗎？你這小子真固執，紅……

露西。

蛤，紅？抱歉，我一定是睡著了。你有什麼事嗎？喔……抱歉，我、我回想一下……

「露西」那就是我們想要取的名字，如果我們有小孩的話。露西．斯克蘭頓，露西．朗恩，安娜跟我都覺得這名字念起來不錯。我、我，不，紅，我……我不記得有選男孩的名字……

「早安……早安、安、安。我們講了……一整……經過……」

天啊，我真的不會跳踢踏舞。完全感覺不到我的腳。好啊，換你來試，紅。

凱傑爾的定律說休謨場會擴散，凱傑爾的定律說如果繼續下去，我的睪丸遲早會脫落。

「安娜……安娜．波．班納……」嘿，她討厭那首歌，而我喜歡用那逗她。「安娜……安娜．波．班納班納納……班納納，班納納坎納……」那真的變成了我們倆之間的玩笑，你知道嗎？我們讓它變成會讓你覺得有趣的暗語。（暫停）拜託，紅，行為成熟一點，不要像小孩子一樣。（嘆氣）好吧，我猜你終究還是有幽默感的，也許吧！

嘿嘿嘿，等我們出去，我們得搞壞超多科學，就像我的手現在崩解的方式一樣，這地方破壞了一堆規則。

蜘蛛網。我的左手們。蜘蛛網。

站點 –120 曾經有隻現實扭曲的蜘蛛。我應該壓碎它。紅，你願意在我們出去之後幫我壓碎它嗎？

平均每天十、十五公里，加上一些休息時間。三十，二，三十，十，不，十一，不，不，十，我想。至少，剩下三百，然後……然後……該死不對，下去比較快……去它的，我覺得下面大概有六百公里深。上來花了他媽的更久。

最下面。無底？浩瀚？無垠。閉嘴，羅伯特，你不好笑。

休謨場，爆炸場……崩解的速率是……該死，修正普羅美爾關係式的常數是什麼來著？十的四次方？不，不……五次……五次，我想……

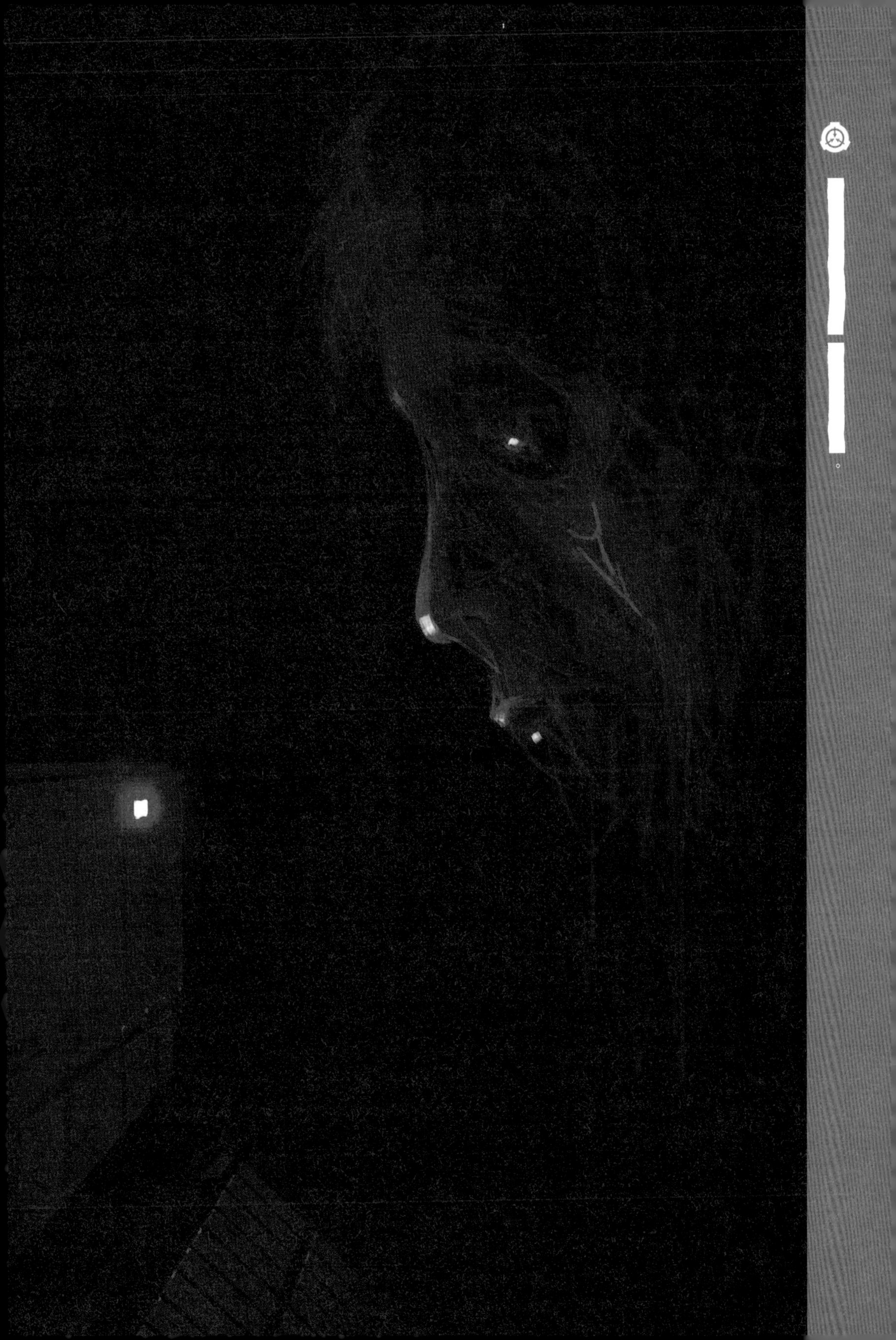

一年。也許再多加幾個月。

紅，大衛聽起來怎麼樣？大衛。你知道，你問的那個……對，對，那個。抱歉我叫醒你了……

我的……我的手。我……我的手會穿過彼此。紅！紅！紅！紅……幫我，幫我，拜託，我的手，我感覺不到我的手，它們穿過彼此就像……就像……它們就像是冰水一樣，紅，我沒辦法，喔，天啊，喔，天啊……

呵……呵……呵……紅……你知道……你知道那個……那個你叔叔會給你看的笨蛋魔術？他把自己的大拇指拔下來，但其實只是他的另外一根拇指嗎？

我剛剛做了。用我真正的大拇指。甚至不會痛，它就這樣脫落了。我想……喔，天啊，我想我有點不舒服。我、我、（乾嘔聲）我想……它是漂浮在半空中，我卻拿都拿不起來，我的手穿了過去，喔，天啊，喔，天啊，我、我……

我的左手小拇指感覺像是……一顆洋蔥。
對，它是分離的。

你他媽想得美，戒指在右手上，你想得美，左手。

我可以……直接……穿過自己……我可以……感覺到自己的身體內部。

它感覺……很溫暖。

但也很冰冷。

我睡覺的時候……我的手會跑進頭裡面。我以後要仰睡。

雜訊。我就像是電視上的雜訊。

吱吱吱喀。吱吱吱喀。吱吱吱喀。

哈。哈哈哈哈。哈哈哈哈哈哈哈。我、我、我只需要一顆腎臟，對吧？對吧？紅，紅看看這個！哈哈。哈哈哈哈哈哈……

把心臟留給我吧，只要心臟就好，我只要那個。

露西，大衛，你們在那邊嗎？我想要看看你們。

露西，大衛，那不公平。來嘛，嘿，不要亂搞，我啊……是開玩笑的，我是開玩笑的。拜託，我搞砸了，我開玩笑的。

我是個男人，當個男人，羅伯特，你是個男人，三小。

安娜……安娜啊啊啊……

四年，六個月，十八天。

我沒有……我已經不做了。我可以……感覺到它在自己進行著……終於。終於，我可以……我還是沒辦法說出來……我還……我還是很害怕……

我……現在絕對不會再吃東西了……
還是很餓。

那超他媽噁心，羅伯特，你自己也知道。不。你看，紅也這麼覺得。不。

這隻小豬去了市場。

這隻小豬去了……某個地方。

**這隻小……腳，腳……紅？！**

五年，十三天。

**哈哈。**
**哈哈哈哈哈哈哈**
**哈哈哈哈哈哈哈哈哈哈。**
**哈哈哈哈哈哈哈哈哈哈哈哈哈哈哈。**
**哈哈哈哈哈哈哈哈哈哈哈哈哈哈哈哈哈哈哈。**

五年，十四天。

五年，十五天。
五年，十五天。
五年，十五天。
五年，十五天。
五年，十五天。
五年，十五天。
五年，十五天。

**停下來，你弄痛我了。**

五年，十九天。

**我現在感覺好一點了，紅，抱歉。**

**你怎麼做到的，紅？保持冷靜？說一下嘛，我這裡需要一些幫助……我需要一些幫助……**

**紅，拜託，不要那樣。別走，我知道很困難，我知道很黑。但、但、很黑而我們還在一起。拜託，紅，不要，不要。你、你不能。紅！加油，兄弟，待在我身邊，紅！加油！我還能碰到你！我還能摸到你，看著我，紅，你還不會死的，不要，紅，不！**

（接下來九個月未錄下任何音訊）

## 檔案：斯克蘭頓 SCP-3001 紀錄，第五部分▶

五年，九個月，兩天。

……

**紅？**

五年，九個月，三天。
五年，九個月，三天。
五年，九個月，三天。
五年，九個月，三天。
五年，九個月，三天。
五年，九個月，三天。
五年，九個月，三天。
五年，九個月，三天。
（自動化訊息再重複九十七次）

**你這小混蛋，我以為你離開我了……**（斯克蘭頓博士的聲音幾乎無法聽見或非常不連貫，就像是從強烈失真又被靜音的無線電裡傳出來。）

……

我很抱歉，紅，但……這裡沒剩下什麼了……我……這段時間很艱難。我已經……一百八十四。我嘗試自殺了一百八十四次。沒有用……每次都沒有用。我……我連我身體剩下多少都不知道了。至少一隻腳，因為我可以移動。大概還有幾條腿部肌肉，但我搖搖晃晃的。體內……內部就跟一團屎一樣。還有心臟，也許還有一個肺。這地方……真的不會讓我停下……累……

我……死過了，紅。拜託紅，別那樣看我，我不想要你的憐憫，我也不想要驚訝，或憤怒，或恐懼，或，或……我沒辦法……什麼時候……二百二十四，我數錯了……

一、二、三、四……（斯克蘭頓博士在接下來的十三小時數次從一數至二百二十到二百四十五。）

我死了。我死過了，很多次。我試過窒息，我試過扭斷我的脖子，我試過咬斷自己。然後……然後……這地方。它不是真的。我離開了，我看到了自己，躺在地上而我沒辦法──我沒辦法──去任何地方。我沒辦法離開。沒有方法離開，我只是漂浮下去，而該死的，每，次，我所剩的越來越少。我──我──喔，天啊，我在死掉之前還要失去多少？

所以為什麼……為什麼你回來了？你想要跟我說什麼？

五年，九個月，十二天。

嘿……

這地方變小了。紅，難道是你做的嗎？我……確定現在這裡有個邊界了。它從……天知道多遠到……在更遠處有個像面紗的東西，當我碰到它的時候超級痛。紅，發生什麼事了？

這……這裡不黑。那個邊界或什麼的東西變得更亮了，然後，我的意思是，還是他媽的很黑，但……喔，天啊，我可以真的看到東西了。我……我……喔，天啊，這是三小？我……喔，天啊，我不知道我這麼糟。喔，天啊，喔，天啊，喔，天啊，有好多東西不見了——

五年，十個月，十天。

紅，你很堅固。像是，不，你他媽的真的很堅固。你……你是真的。而……而……我也是真的，在……只在我碰到你的時候。但……紅，那……我那樣做會很痛。我……我想如果我碰你，我可能會四分五裂……

你——真的他媽的弄得我很痛，紅，老天爺啊，很痛，他媽的，到底是什麼情況？

半徑大概三公里，還在收縮。這是……這是某種像凱傑爾第四定律的東西嗎？但……但……到底是什麼造成的？嘿！嘿！我還在這裡，停下來！你在讓它崩塌！嘿！嘿！

兩公里。喔天啊，它合起來的時候會發生什麼事？該死，紅你弄得我很痛！

不是在崩塌。是一種波動。它們是……波……什麼？

羅伯特，你是個他媽的天才。不是牆，是窗。打開窗戶。

五年，十個月，二十八天。

安娜，安娜，你聽得到我嗎？這些波……這地方……好，想像，兩個現實像兩張紙一樣黏在一起。這地方就是被擠在中間的空間。應該只有兩個現實，互相平行，但這地方是一個微小卻無限的第三……第三……中間的，就像你跨越從 A 到 B 的橋的時候掉進洞裡一樣！還記得 C 類蟲洞嗎？那些與充滿著蟲洞有關的理論？我想……我想這裡就是其中一個洞通往的地方。它不會通往不同的宇宙，它通向什麼都沒有。死胡同。這地方是一個死胡同。C 類「破損入口」。

這些波。不管它們從哪裡來，它們來自於某個平行現實與這個地方的互動，每次一點點地置換這個夾在中間的地方。它們都在……推我跟紅，畢竟某些程度的現實還存在著，它們在推，或是……或是把我們吸向它們，逐漸地創造一個新的蟲洞通往……通往……家。

……

我回去的時候會發生什麼事？如果視窗關閉的話又會怎樣？

想，該死，羅伯特，想啊。你必須要想！認真想！認真想！

紅，我得，啊，我得要，老天爺——嘎啊，我必須得離開你，你，我不知道，你大概生病了，你現在的狀況真的很糟。你覺得好一點的時候再叫我。

……我沒辦法……我沒辦法思考……好好地……血。血！太……多……了……哈……

滴答，滴答，滴答，它會流到哪哪哪哪哪哪哪……裡裡裡裡裡裡裡裡……（乾嘔聲）

我已經……（乾嘔聲）好久沒有嘗到嘔吐物的味道了。甚至連我因為我的……之後都沒有……的……你是個男人，羅伯特。

喔，天啊。喔，天啊，不要再來，不要再來一次，不要再來——［乾嘔聲］

……

（聲音嘶啞）是怎麼……？是怎麼……？我是怎麼吐這麼多的，紅，告訴我……我沒……（乾嘔聲）我連可以裝它的胃都沒有了……而且血一直……止不住……（斯克蘭頓博士在接下來的兩小時內崩潰並哭泣。）

好——（乾嘔聲）現在……好多了。好好……思考……

紅，我……我不知道我準備好回去任何地方了沒……

五年，十一個月，三天。

不，紅，我不自私，不是你的問題，是因為這些該死的波湧進來。我沒辦法靠近它們。紅，看，看著我。看到了嗎？紅，看著我。看。我不能靠近它們，它們會殺了我。這三年我都撐過來了，記得嗎？

因為，就算……就算這麼久了……我還是不想死，紅，我還是很害怕。（聲音嘶啞）紅，我很怕，好嗎？你不會懂的，你不是……你不是人類，紅。

喔，我很抱歉侵犯到你，紅。不，紅，拜託，我不是那個意思。紅，看著我。你是我的朋友，了解了嗎？你是，我最好的朋友。但……面對現實吧，你出去的機率比我高很多……就讓我一個人靜一靜，拜託，紅？一下下就好……我很抱歉，好嗎？我真的很抱歉……

你能……聽的到那些波湧進來嗎，紅？那個小嗡嗡聲打進你的耳朵？我可以。而它每次都變得越來越大聲，而且好痛（開始低聲嗚咽）。真的好痛。[5]

不……不，不，不，不，不……不。不。不。為什麼？為什麼?! 讓我離開，讓我離開……讓我離開啊，該死，喔天啊……（嗚咽）

（嗚咽呻吟聲）再五年。再五年。如果繼續這樣，我得重新再穩住另一個他媽的五年，紅，我該怎麼做！？

（在接下來的幾天，控制臺開始錄下一個規律跳動的低頻率嗡嗡聲。音量穩定地提升，並在同時，可在背景聽到斯克蘭頓博士尖叫、哭泣，以及不連貫的說話聲。）

（聲音明顯地發抖）紅。

（當前錄到的背景嗡嗡聲爲每分鐘二十下）

五年，十一個月，九天。

救命。（可聽到大聲的潑濺聲，某個物體擊中了假設爲控制臺的物體。）

5. 此時控制面板沒有聽到嗡嗡聲，據信是音頻太低，以致於無法偵測到。

（五天內完全沉默。脈波音量提高，頻率也提高至每分鐘三十下。）

（大聲潑濺聲）

紅。（斯克蘭頓博士的聲音極度不清，幾乎無法理解。）

紅。

紅，給我你的腳，我需要支撐。

紅，給我你的控制桿，手臂。手！

紅，我需要看得更清楚，給我你的燈，不抱歉，不，不需要燈，我有了，對不起，給我其他東西。

安娜。

我想要漂亮的眼睛。安娜，安娜，給我你的眼睛，我只有一隻。

安娜，安娜，給我你的嘴唇，我想要再親妳一次。

安娜，安娜，給我你的舌頭，我——我很餓呃呃呃呃呃呃。（彈舌數次。混雜著安靜的笑聲和啜泣。）

安娜……安娜，可以給我一根腳趾頭嗎？我搖搖晃晃的。

……

安娜，給我你的腦，我只剩一半。

……

（測到嗡嗡聲為每分鐘四十六下。）

（嗚咽聲）

（低聲說）我很抱歉，安娜，我不是故意的，對不起，真的很對不起，對不起我很害怕，對不起……（嗚咽聲）

安娜……（聲音嘶啞）安娜，我能握住妳的手嗎，我的戒指不見了……（嗚咽聲）

（低聲說）沒事的，寶貝，沒事的……我會找到另一個方法出去的……我剩下來的還夠多，可以……（發抖的笑聲伴隨著嘶啞的聲音。）另一個五年……還有五年可以把事情弄……弄清楚……（笑聲崩潰成哭聲，在接下來的一小時內逐漸沉默。）

（輕哭聲）還沒，紅……拜託……我知道你想要離開……我還沒準備好……我還沒……我還沒……（聽到潑濺聲）

我愛你，紅。我愛你，安娜。

五年，十一個月，二十天。

（嗡嗡聲現在達到每分鐘六十下。）

……

（輕嗚聲）安……娜……（斯克蘭頓博士的聲音幾乎是正常的。）
（聽到巨大的金屬爆炸聲，伴隨著某物再次擊中控制臺的噪音聲。）

五年，十一個月，二十一天。

在二〇〇五年十二月二十三日，LSS 控制臺自發地重新出現在站點-120 實驗設施的現實研究室 A。

……

博士，錨的初始休謨場讀數穩定。輸出讀數為 2.3，有著 0.001% 的變動。

很好，史金納，希望能夠保持。

等等。這是三小？

怎麼了？

有東西出現在實驗區域內。

什麼？

女士，一個大型物體出現在錨場內。該怎麼做？關掉電源？呼叫維安人員嗎？

史金納，你到底在說什麼——喔，我的天啊。那是什麼——那東西是從該死的哪裡來的？!

女士，我不知道，它就——它就憑空出現了。它……看起來被覆蓋在……那是三小——（作嘔）喔，天啊，它聞起來糟透了，我可以在這裡聞到它，老天爺啊——

（作嘔）它聞起來像……屍體，就像是……嘔吐物跟——跟血，還有……還有……

……

女士？

我的天啊！
女士？

不要中止，史金納，我重複一次，不要中止，維持那個場，不要中止！

女士？發生了什麼？女士？女士！

將休謨場降至 1.7，我要進入汙染區，不要解開那個場，不然會有破壞物體穩定性的風險！

呃，是的女士！（可聽到機械嗡嗡聲。）呃，報告，是，這裡是馬修·史金納博士，現在請求……

（可聽到濺起液體的腳步聲。）

喔，天啊，為什麼，這些——這些都是什麼？這……這是……這是那個……喔，天啊。羅伯特？羅伯特?! 羅伯特，這是你嗎？喔，天啊，拜託，拜託，不要，不要是你，不要是你，羅伯特?! 我以為，我以為——這東西怎麼會是——？（再次聽到濺起液體的腳步聲。）

（機械嗶嗶聲）

女士？女士？妳在做什麼，妳不該碰那個——

這是朗恩－斯克蘭頓穩定器介面。歡迎回來，朗恩博士，您想要做什麼——

存取錄音紀錄，從二〇〇〇年一月二號開始播放！（擠壓聲）喔天啊，喔天啊，這東西他媽的發生了什麼？就像是有人在上面爆炸一樣，就像——（作嘔）那是……喔天啊那是……那是……喔天啊，天啊，拜託，拜託，不要，拜託，不要是——（倒吸一口氣後嗚咽）那是灰的，他的灰色眼睛，喔，天啊，另外一個在哪裡……？

存取錄音紀錄中。請口頭說出你的密碼以繼續，朗恩博士。

（聲音開始嘶啞。）……（作嘔）密碼……密碼是「安娜・波・班納」！我的天啊，他……它到處都是，到底是三小？……

請求已確認。處理中……很抱歉，二〇〇〇年一月二日沒有錄音紀錄。斯克蘭頓博士於二〇〇〇年一月十三日通過語音辨識存取了紀錄——

（金屬巨響）快他媽的播放啊，現在播出來！（嗚咽聲）喔天啊，羅伯特，羅伯特，親愛的，發……發生了什麼——？

已確認，朗恩博士，檢索錄音紀錄中……

女士，妳真的不應該徒手碰那個東西，它可能有害，妳應該等待清潔團隊來——

這裡有好多血，有好多，親愛的。你還好嗎?!你去哪裡了？喔天啊，喔天啊，喔天啊……（飛濺聲與塗抹聲，彷彿正擦去液體。）喔，天啊，有好多血……（塗抹聲）這是什麼……？……喔我的天啊……（劇烈喘息，然後是二十秒的沉默。）

女士！女士！朗恩博士，拜託，拜託，離遠一點——

他的手。他的戒指……它剛剛掉到……

女士，什麼——？喔，喔，靠。喔，老天爺啊。朗恩博士，請離遠一點，拜託，快回來！我們現在就讓妳出去，不會有事的！

已檢索到檔案，朗恩博士。開始播放。

朗恩博士，拜託，跟我來，我們去找幫手，聽得到嗎？朗恩博士？朗恩博士，妳聽得到我嗎?!朗恩博士?!

名字，羅伯特．斯克蘭頓。年紀，三十九歲。生日，一九六一年九月十九號。

最喜歡的顏色，藍色。

最喜歡的歌，「Living on a Prayer」
妻子……安娜……

安娜……

（重物砰然跌倒在濕滑地表）

朗恩博士？朗恩博士！回報，這裡是馬修．史金納博士，從站點-120現實研究室A回報，我這裡需要立即的醫療支援！

2005/12/23

**問：好，休謨究竟是什麼鬼東西？**

**答：**好問題！休謨是用來表示一個特定區域內現實強度或者現實量的用語。你現在可能會對現實怎麼能被這樣衡量感到困惑，但那確實是個很難掌握的概念。要解釋這個，一種比較好的比喻就是想像一下這宇宙中的任何東西都被蓋著一層薄薄的沙子。這就是現實的基準值，一單位休謨。當有些沙子因為某些原因被弄掉，那麼那邊的沙子就會比較少，這就是現實強度的衰弱。而如果沙子被加進去，那就有更多的現實在那裡。這是一個非常簡化的解釋，但它能引導你有個初步的理解並且讓你有個視覺化的概念。那麼在這個比喻下，休謨就是在測量這個區域裡的沙子量。有清楚嗎？

**問：但我們怎麼定義這些東西？它們代表著什麼？**

**答：**又一個好問題！任何測量都必定會代表實際的意義，所以我們才想辦法定義出休謨基準線。我們製造了兩個內含斯克蘭頓現實錨的口袋現實，利用錨讓它們的休謨水準分別維持在極高與極低的狀態。這兩個值分別被指定為 100 與 0。測量休謨得以實現就是從這兩個口袋宇宙開始的。

**問：那麼休謨是怎麼測得的？**

**答：**用康德計數器！康德計數器會連接到上述兩個口袋宇宙中。利用那兩個宇宙做為基準線，我們就可以測量一個區域內的休謨水準。

**問：太聰明了！你們怎麼沒有得諾貝爾獎？**

**答：**根據基金會政策，讓外界分享或認知到我們的成果都是不可能的。但別擔心！我們有為此得到了不少報酬，除此之外，我們還得到倫理委員會一項有利的裁決獲得一項任務，能夠讓外界的研究者在和我們相同的研究軌道上，加速他們的進展，也就是說幾年過後休謨可能就會公諸於世！

**問：實際上休謨對我有什麼幫助？**

**答：**如果你的工作會涉及很多現實操縱者或者基於現實操縱的 SCP，那麼你很走運！

首先是現實操縱者。這些人對現實有兩個方面的作用。第一，他們周邊的現實通常比一般情況下更弱一點。第二，他們個人的休謨指數通常會比一般高一點。這兩項變化的數值，就跟你想的一樣，代表著這個操縱者的能力強弱。通常來說，一名低階操縱者表現出來的值大約是 75~80/130~150（周遭休謨水準 / 個人休謨水準；之後的例子中也會這樣表示。）特別在面對低階操縱者時，我們必須非常謹慎以避免檢測出誤報，因為這些讀數在普通路人身上也是會浮動的。你可以看看這段關於現實操縱者的課程，會很有幫助。強力的現實操縱者，通常會顯示為小於 40/ 大於 300，代表他們有很強的力量可以重塑現實。要注意的是 SCP-343，跟其他操縱者不同，它不會對外界現實強度造成任何影響，但它內部的休謨值卻高到天文水準，平均紀錄是 860 休謨（七次測量的平均值；更進一步的還在進行中）。這代表了很多事，而 SCP-343 的研究者們還在激烈辯論這些東西。最後，我們來看看 SCP-239 的例子。許多強力的現實操縱者不管是影響區域大小還有內外休謨值變化都相當大，但 SCP-239 有一個不尋常的地方。它可以影響的區域範圍非常小，範圍最大只到它的視線以及能夠想像的範圍（雖然這看起來讓它可以影響無限遠的地方，但這實際上只限於它真正可以想像的範圍，所以大部分都可以利用適當地收容措施來排除）。但它的讀數是 30/500，讓它幾乎可以不受限地把它周邊的現實重塑成它希望的樣子。就跟 SCP-343 的情況一樣，這個現象的意義、起源還有收容措施都被廣泛地討論著。

休謨也可以被用在非人的異常項目上。舉例來說，像 SCP-2464。對那個異常的內部還有 SCP-2464-2 的休謨測量明確地證實了我們對那個異常項目的假說，所以我們可以制定更有效的收容。另一個例子是 SCP-668。這個工具在還沒啟動時會讓它方圓大概一公尺內的休謨值提升二十休謨左右。當它被啟動時，所有正在進行測量的康德計數器上的休謨值全都升高到天文數字（670Hm 以上），這讓我們認為它理論上可以影響到所有我們已知的空間。在這項發現之後，(1) SCP-668 得到了更有效的收容，還有 (2) 我們開始隨時檢查所有康德計數器做為檢查這類異常存在的警報系統。最後，我們以 SCP-2000 來舉例。斯克蘭頓現實錨被建造並部署在那邊以完成收容。在此之前，我們並不知道現實錨是如何運作以及為何得以運作。現在我們已經知道這些錨的運作原理是讓周遭的現實恆常維持在 20Hm，而它們得以運作的原因如果用沙子比喻來解釋，就是它們會從別的不重要的幾個宇宙裡抽取沙子來讓我們這邊的沙子足夠供應。這個解釋其實跟實際狀況是一點也不像，但粗略的比喻就是像這樣）。

**問：最後，但現在也還算重要的一個問題，你們兩個是誰？**

答：詹姆斯 · 考德曼博士，以及卡洛斯 · 熱夫斯基博士。

**還有問題？疑惑？或是想指出錯誤？請看文件 JEK-EB02，你會在那裡找到關於一切休謨相關問題的解答！**

**你是不是也對休謨有些疑問呢？把它們貼在下面就會得到解答。**

**S 博士：一個高（或者低）休謨濃度的區域看起來會是什麼樣子？**

**答**：一個低休謨濃度的區域是個確實很奇怪的地方。普通的現實在那裡沒有穩定性，就算是普通的人類也可以把那片區域改造得跟自己所想的一樣，藉此暫時性地表現出類似現實操縱者的能力。不要把這些跟真貨搞混，他們只是把一個高休謨架構投射到低休謨的環境裡，而那些「能力」會隨著離開那片區域而消失。除此之外，因為在這些區域裡的現實濃度這麼低，自發性異常和宇宙裂痕的發生率會顯著提升。然而這些異常與裂痕在離開那片低濃度區域時並不會消失。這個現象目前仍未有明確的解釋。

在一個有著高休謨濃度的區域，從另一個角度上來說也是個非常奇怪的地方。對一般人類來說，那個地方本身看起來就像有生命而且力大無窮，具備猶如高等世界的靈光。還記得喜馬拉雅山怎麼變得有高休謨濃度嗎？這對每座山都一樣適用——它們被視為尋求啟示時的去處並不是毫無理由的。另一方面，對於現實操縱者來說，這些區域反而是平淡、無色，而且就像是普通的世界一樣。因為這些世界的休謨濃度通常接近（甚至高過）現實操縱者自身的濃度，他們在這些區域內很難展現自己的能力，在某些時候甚至會徹底無法影響那個區域。因此現實操縱者經常會避開這些地方，不管是根據本能或別的理由。而目前建設中的站點-35（配備特殊斯克蘭頓錨且坐落於喜馬拉雅山）一旦竣工保證會成為對現實操縱者的有效收容手段。

**S 博士問：一般人類有可能成為現實操縱者嗎？**

**答**：是的，而且有許多儀式和小技巧可以做到這件事。但實際上能達成這個目標的技術只有一張短小且現正編纂的列表。

**S 博士問：動物的休謨是否也會浮動？**

**答**：是的！至少有一隻貓很可能有休謨浮動的跡象，還有幾隻狗跟一些跳蚤；目前有新的證據指出某些鯨魚也可能有這種性質。現在也有假說認為非生物都有可能具備這種性質，但因為測量相當困難所以目前仍未得到驗證。

**K 博士問：我們有方法可以測量遠距離外的休謨浮動嗎？例如行星際空間或者更遠處？**

**答**：此刻沒有。據我所知，在這個領域的先端有非常多的方案在測試中，但直到現在我們都還只能量測附近的休謨濃度。

**K 博士問：我們有什麼方案可以偵測在那種距離外對現實造成影響的實體？**

**答：**就像上面說的，沒有可行方案。

**K 博士問：真空空間是否會以任何形式改變休謨變異的特性？**

**答：**簡單來說的話，不會。詳細一點的說明就是，太空會有點奇怪。它的基底休謨濃度比地球濃度還要再高一點，但變異跟地球上觀測到的一樣。事實上，理論認為大部分空間的休謨水準會與地球的常態相等（或者更低），而銀河跟星團就像地球上的山脈一樣是太空中的高休謨區。不過，在我們能夠找到實際方法來驗證它以前，這只是一個基於經驗做出的猜測而已。

**R 博士問：在現實操縱者身上是否應該有一部分器官會在從身體上摘除或者在器官主人逝世後維持不尋常的高或低休謨？是否在特定的器官裡有不同於其他器官的休謨濃度？如果有的話，那麼是哪些器官？**

**答：**好問題，我們對此沒有太深入的研究。初步結果似乎是顯示所有器官的休謨濃度都比基準值更高，其中心臟、肝臟還有腦含有最高的濃度；但這些休謨水準並不如存活的現實操縱者那麼高。因為目前仍無法解釋這個現象且無法排除某些奇怪的休謨浮動或者樣品汙染的可能性，這一切在此時都只是推測而已，並且需要更進一步研究以取得證實。

**R 博士問：在理應「淨空」所有現實變動效應的區域裡測量休謨值是否會觀察到雜訊或者會造成干擾的「背景訊號」？**

**答：**是的！根據我們的觀察，即使是完全孤立於外界干擾的區域，它的休謨基準濃度依然可以浮動到 +/−9 釐休謨。所以在同一個地方不同時間測得的兩個讀值可以有明顯的休謨濃度差。順帶一提，目前這個現象依然無法解釋。

**R 博士問：是否有任何認知危害、資訊危害或者模因效應與休謨值變動有關？（澄清：這個問題是著眼於這些因子各自對人類精神和腦部化學可能造成的影響，而不是指受到各類異常效應影響的個體在受曝於這些因子後可能展現的異常效應；也就是說，資訊本身還有它所攜帶的知識內容改變休謨值？）**

**答：**不，上述所有資料或效應都未曾與休謨濃度有關。這些效應似乎並不影響周邊現實，而是只對受影響者的思維與腦造成變化。然而，上面提及的異常效應在曝露之後可以對休謨濃度造成一些影響（見 SCP-1425 以取得有關於此的更多資訊）。

**R 博士問：最後，這也算是一個請求。有些基金會醫學部門的醫師和衛生健康管理人員希望可以有微型化的斯克蘭頓現實錨來測試它們對人類的影響，特別是在我們的工作人員和一般**

**人民身上出現心理變化以及整體健康狀態和現實錨之間的關聯性。是否有任何方法可以將它們用於測試目的或者這類議題已經經過深入研究？如果已經經過檢驗，你們何時會發布相關的論文？**

**答：**好吧，根據我們在 SCP-2000 的工作人員身上觀察到的結果，斯克蘭頓現實錨似乎並沒有任何短期內的負面效應。這類長期試驗的申請需要經過倫理委員會，而所有按照程序寫成的這類論文都可以在 SCP 基金會內部伺服器裡發表（基本上就是基金會的私人存檔）。

**T 博士問：是否曾發現過任何地點或物件具備休謨零值或者負值？這類數值可能代表什麼？**

**答：**到目前為止沒有。在一般環境裡，我們遇過最低的休謨濃度大概是在 ~.27/.28H 的休謨真空，這雖然很低但還遠遠算不上「絕對零值」。以人工方式，我們可以讓濃度低到 .15H，依然是很低但遠遠不到完美的零。儘管理論上零休謨濃度可能存在，我們不認為它可以自然地出現在環境中或者經過人工製造而不造成巨大的不良結果，我們在想到這種東西時不會認為它是「現實的」，甚至是親身體驗時也一樣。至於休謨負值……我們還沒在康德計數器的錶面上畫任何負號，所以我們怎麼會知道我們在量什麼？（這其實還不考慮更實際的情況，如果真的出現休謨負值那可能代表的是在整個宇宙結構中出現了某些可怕的失常，在這種時候，不管是誰還拿著康德計數器都應該快他媽地閃人）。

**N 博士問：前面提過 SRAs 的運作是依靠「虹吸」其他宇宙的現實來達成，抱歉我沒有更好的描述方式。SRAs 是否已經被證實或者在某些理論中造成了主要預期結果以外的負面或其他方面的影響呢？**

**答：**對於我們正在虹吸它們現實的那些宇宙來說，大概會有很多負面效應；這包含但絕對不限於：整體現實瓦解、異常個體增加、現實通透性增加、非線性時間區的躍升、時間相關的異常、當地現實自發性塌縮，還有其他各種我們甚至無法想像的事情。這也是為什麼我們會校準 SRAs（我喜歡這個縮寫）讓它們只能從已死的宇宙吸取現實。這也包含那些已經垂死邊緣的宇宙，例如正在經歷熱寂的宇宙、曾經經歷過 K 級情景（除了 IK，原因很明顯）且沒有生命倖存的宇宙，還有那些不知為何打從一開始就是沒有生命（不論是否具有感知力）的宇宙。儘管 SRAs 很可能會加速這些宇宙的死亡，但大致上還是被視為可接受的代價，畢竟一方面那些宇宙裡整體來說已經沒有值得保護的東西，另一方面是我們其實有無數可以做為供應來源的其他同質宇宙飄浮在那裡。至於 SRAs 其他在我們宇宙的影響……這是個好問題，而且絕對值得長期研究。上面提到 SCP-2000，短期暴露於 SRAs 看起來不會造成短期的有害影響，然後長期影響也沒有被觀察到。短期暴露後的長期影響或者是長期暴露下的影響……在這方面我所知的就跟你差不多而已。

**F 博士問：我的部門裡有個助理研究員最近提出休謨水準會以「現實波」的形式傳遞。請問這個理論有可行之處嗎？如果有的話，一個物件是否可以在脫離周邊的同步時變得跟一般現實「不同步」（變得不可見且無形）？**

**答：**從我的能力範圍來看……我想不行。我是說，就像量子物理告訴我們的，所有粒子都具備波的特性（而所有波也都具有粒子性）。儘管是有方法可以變得跟一般現實不同步，但那些方法並不涉及操弄休謨——你只要跳進另一個宇宙，或者試著讓一半的身體待在這個宇宙然後另一半在另一個裡面，或者你可以自己的物質態，或是其他這類的東西。但儘管這些事情很酷，很不幸的是它們都跟休謨沒有關係。

**W. 研究員問：普通人類的平均休謨水準在哪裡？還有一般現實中的休謨水準？**

**答：**這是個很好的問題，我們在這篇論文裡已經解答過了！

**W. 研究員問：有任何已知的現實操縱者可以根據自身意願操縱自己體內或周遭環境的休謨濃度嗎？**

**答：**如果是以休謨中心的現實操縱者定義來說，所有已知的現實操縱者都有顯現這個性質（可能有個例外是 SCP-343。）

**W. 研究員問：如果有個實體的休謨高於平均是一名現實歪曲者，那麼低於平均休謨的實體會發生什麼事？**

**答：**好問題！我們對這些人還沒有很深入的研究，但初步結果看起來是他們會無法抵抗現實，讓他們的人生變得……好吧，變得像是現實想要他們呈現的人生。這些就是很模板化的「被祝福的」或「被詛咒的」人，然後他們的人生最後經常變得像是某些故事或者小說情節。初步試驗中追蹤了五個個案，有一個重現了格林兄弟的原版「仙杜瑞拉」甚至到對話的用詞也一樣，有一個被一連串不尋常的厄運纏身（買了價值數千美元的安隆公司股票、被雷打到五次、手機電池爆炸時斷了一根手指），有兩個是中階管理職，還有一個已經擔任 O5 超過五十年。這個現象背後的意義目前還在激烈辯論中，我們需要更進一步的研究才能得到結論。

**T. 研究員問：休謨濃度代表的是操作現實的能力而不是操作單一區域內物件個別狀態的能力，所以 SRAs 實際上無法消除異常，對吧？就是說，它們可以防止現實操縱者做出更進一步的改變，但它們實際上無法消除已經存在且不需要低休謨環境或是對休謨造成變動就能顯現異常效果。**

**答：**沒錯。SRAs 只能固定它附近效應範圍裡的休謨水準。大部分被編號的異常項目並不對周遭環境造成休謨方面的影響，也完全不會造成休謨值變動，所以 SRAs 不能被當成一個消除異常的萬用設備。

**Sh 博士問：首先，休謨跟奇蹟學工程（我們從 GOC 手裡弄到的講義所提及的）有關係嗎？又是什麼樣的關係？上述的工程可以與休謨交互作用嗎？以及最後一個問題，因為現實操縱者有高休謨值，所以聯盟的頭盔上才會把他們顯示為「綠色型」嗎？**
**答：**針對（顯然較落後的！）GOC 現實操縱氣象學還沒有進行研究。但如果有人的志向是研究這些主題，那其實有可能會是一個很有發展潛力的研究範圍。至於綠色型……嗯，雖然這是一個（明顯落後的！）另類用語，他們實質上就是現實操縱者，那麼既然如此，要對這些主題進行研討也基本上不太會有問題。

**Ws 博士問：休謨是由物質組成的嗎？如果是的話，那休謨有質量嗎？休謨物質是什麼狀態？~~按照我們所知的，單位休謨可以是無質量也可以是無限質量。~~**
**答：**我弄錯了。休謨不是粒子，它是測量值。請看下面。

**Sh 博士問：等等，我以為休謨是測量現實穩定性的值（例如角度或者溫度），但你現在的意思是休謨是一種粒子？**
**答：**你是對的。休謨是對現實的一種測量，而不是粒子。前一個回答有些失誤。請看下面。

**J 先生：我很好奇這兩個概念之間有什麼關聯，還有它們是不是像某些其他成對的理論一樣可以有兼容性（我不太確定，可能例如相對論和量子力學吧？），或者兩者均是對宇宙的正確詮釋但卻彼此互相矛盾：第一是休謨值可以被線性測量；第二是在多元宇宙中每個宇宙都疊在另一個宇宙上面，而位於「下方」的宇宙是由「上方」宇宙認定為「虛構」的內容所構成（不過如果你仔細看 OverMeta 行動背後的前提，你會發先它們其實不是疊成一堆，而更像是碎形化的蜘蛛網）。所以：**
**問 1：如果你從一堆宇宙中最真實的走到虛構中的虛構的最深處，你會不會隨著真實性的減弱而看到休謨值遞減？**
**問 2：以 SCP-1304 製造出來的人類是否會顯示異常休謨值？是否有人物角色可以利用類似 SRA 的裝置把他們的休謨值填到難以想像的高然後躍遷到更高層宇宙，實質上成為他們家鄉宇宙的作者式上帝，但同時也不會覺得變得更加全能，畢竟他們現在能夠利用寫作控制的宇宙對他們而言也只不過是虛構而已。**
**如果一個真實的人做出這種常識會怎麼樣？**
**發想 1：又或者那會是別的形式？也許「虛構」宇宙和「真實」宇宙彼此一開始是獨立存在的，但那些我們視為「虛構」的東西可以流入我們宇宙中的作者們的思想，其實是因為那個宇宙比我們還要真實？那會讓 SCP-1304 顯得更合理。**
**發想 2：線性的休謨測量與層疊現實之間可能分歧的根本原因，就像我前面提到的，是在前**

**提中把它們以蛛網式多元宇宙而非堆疊式多元宇宙的觀點進行連接。舉例來說，如果我寫了一段關於三個人：亞伯、布萊恩、克里斯的故事，然後說每個人物各寫一個故事，所以布萊恩是亞伯筆下的角色而克里斯是布萊恩筆下的角色（所以克里斯的現實對亞伯來說是一個故事中的故事），但同時亞伯也是克里斯筆下的角色。這三個所擁有的休謨值要怎麼對應到它們的相對真實性？他們每一個都被夾在另外兩個中間。或者他們最後會擁有相同的休謨水準？當這三個現實因為他們的循環論證性質而爭奪控制其他現實的影響力時休謨是否會陷入一種亂流？**

**這有可能是在現實世界中出現異常波動的原因嗎？**

答：休謨跟多重虛構之間的關係就像是魚跟……非魚？休謨只是用來描述單一個體的現實而不是用來比較彼此切分開的現實會如何受到他們各自的主觀本質影響。因此多重虛構與休謨之間並沒有矛盾；但休謨同樣地也不能用來觀察多重虛構結構或者為這類結構做出一些假設。

**韓國的 Relpek 博士問：東亞奇蹟術師例如「道士」或者「修驗者」傾向生活在山中。這跟你的詮釋是不是互相矛盾？**

答：儘管高現實濃度讓操縱現實變得困難，但並不會讓現實變得完全無法操縱。在這個案例中，現實操縱者在高休謨環境中生活以及訓練就像是在接受重量訓練。只要他們想要增進自己的能力，山林就是個合適的居住地。應用上的 90 百分點限制是六千公尺，但即使超過這個高度依然有機會操縱現實，雖然困難得像是不可能一樣。只有在濃度達到 100 時現實操縱才會是完全不可能的。

**Relpek 博士問：那麼，為什麼西方的奇蹟術師不這麼做呢？**

答：大部分的西方巫師其實是只會騙術，而不會操縱現實。儘管有些巫師可能會因為類似的理由到阿爾卑斯之類的山區，但這從來沒有成為一個固定的傳統。

**L 博士問：0 休謨的宇宙看起來是什麼樣子？ 100 休謨的宇宙又是如何？**

答：不存在絕對的休謨標尺。完全的 0 休謨水準只是因為我們把某個特定的口袋宇宙指定為 0。這跟某個區域的休謨不一樣。特定區域的休謨值可以用來解釋基於休謨的特殊現象。而一整個宇宙被設定為任意值（詳細請見後述）看起來會就跟我們的一樣，只不過在特定地區或個體身上會存在更嚴重或更微弱的休謨不均（代表著更多或更少現實變動）。

**一名實習生問：假設基金會可以把整個宇宙中的所有人、地點還有事物都轉變為 1，那麼是否可以令所有異常項目都不再存在或至少停止新的異常出現？**

答：不會。就像上面也提過的，休謨水準之間的差異造就基於休謨值的特殊現象。有些理論認為現實操縱者共享了一些特質令他們可以在周遭造成休謨不均，只要不處理這項特質，那麼休謨的不均現象就會繼續存在。根據理論，如果整個宇宙每個角落都被永久固定在 1 休謨，那麼所有牽涉到休謨的異常將不再具有異常特質；然而我們沒有足夠的能力去理解該做什麼才能把所有休謨值都固定在同一個水準，而且我們也還不能證實所有異常項目都僅僅只以休謨相關的效應為它們的起因。

是時候來宣布一下，根據延伸研究，整體的休謨標尺已經被重新標準化為 0~100 的標尺了！請參閱原始文章來看實際運用的案例。基於歷史因素，這一頁面中提及百分休謨的地方仍未更動；但請將它們都乘上 100 以作為正確的休謨水準。

**Hal 博士問：前面有提到休謨水準低於平均的實體會有一個相當特別的人生。那麼 SCP-503 是這類案例嗎？或者它只是無關的異常項目？**

**答：**很不幸地，我們還沒研究過 SCP-503 所以無法給你任何結論。我們絕對會需要更多這方面的研究。

| 寄件人： | 鮑伯．格雷厄姆博士 | 收件人： | 詹姆斯．考德曼醫生<br>卡洛斯．熱夫斯基醫生 |
|---|---|---|---|
| 主旨： | 有關休謨擾動 | | |

**問：如果休謨在變動過後變得扭曲畸形（如果可能發生的話），那麼它是否會改變現實？如果會的話，它是否能製造異常（無論是現象、物理客體或實體、模因異常、認知危害，等等）、對特定物體造成變化、直接對現存的休謨變動異常做出反應，抑或直接終結這個世界？**

**很抱歉問了一個這麼長的問題，但我正在進行一些關鍵研究，如果你可以盡快回覆，我會非常感激的。**

**答：**一個字，不。休謨只是測量標準。你所說的就像是改變克氏溫標然後讓溫度造成世界毀滅之類的。休謨不是一個粒子，它只是單位。

**考斯帝亞博士問：如果有兩個可以造成周遭休謨水準變動的物件試圖改變彼此的休謨水準，那麼這項變動會發生或者兩個物件均可無效休謨值的變動？**

**B 博士問：在前一篇論文裡提到有些已知的方法可以增加一個人的休謨水準。但，有沒有可能做到削減呢？如果可以的話，我們是不是能把這用在更多針對低休謨存在的研究上？**

站點-12 提問箱問：內部拓樸結構相互衝突或者內部時間流彼此相悖的 SCP 是不是環境中某些異常方面具備現實操縱者級別休謨水準的案例，這是不是代表它能夠如它所想地重塑那個地點？

葛瑞博士問：如果我帶著一個可以降低周邊區域休謨水準同時提高我自身休謨水準的機器，我是不是可以實質上成為一個暫時性的現實操縱者，如果可以的話，是不是只要有足夠強力的裝置我就可以超越 SCP-343 ？

萊特博士問：讀完這些之後讓我想到關於「沒有人」的本質。如果某人的休謨水準正好就是平均休謨水準，那是不是會讓那個人無法以任何方法改變他們周圍的世界？

B 研究員問：實際上我們紀錄中最高跟最低休謨水準的地點在哪裡？

波恩博士提出問題：
問題 A：i 休謨會是什麼？我是指負一的平方根。是不是就像 i 不存在一樣，i 休謨也不存在？[1]
問題 B：那麼負 i 呢？如果有個存在的休謨水準是負 i，它是不是會比 i 更不實在，或者會反過來代表它比任何一切都更實在。

Matism 收容專家問：儘管負的休謨值顯然違背凱傑爾的現實定律，它是不是依舊可以理論上存在？

弗爾曼博士問：你同時說 0 休謨代表的是絕對零值，又說那只是個用來做比較的任意值？所以哪個才是對的？

莫辛博士問：你說 SCP-668 的啟動會暫時讓所有已知範圍內的休謨水準提高到天文數字（超過 670Hm；或者 67Hm ？重新定義標尺之後讓這更難理解了）。這項效應必然會與世界上其他牽涉到休謨的異常項目互相影響，對吧？舉例來說，SCP-668 必然會暫時性抑制或者弱化現實操縱者跟奇蹟術師的能力。同時，啟動該項目也會讓所有正常人暫時變成休謨水準低於平均值的人，不是嗎？又或者，也許前面有關 SCP-668 的資訊有錯誤、太過片面，也可能是單純的過時而關於 SCP-668 的新研究已經顯示出更多細節？

---

1. 嗯，i 確實存在但你知道我的意思。

# 致　謝

SCP 基金會是一個深植於共同創作概念的獨特計畫，甚至很難猜測有多少人為其做出了貢獻，我們非常感謝參與其中的所有人，沒有他們的艱辛創作，這本書永遠不會到達您的手中。

首先，當然我們要感謝那些決定分享他們的想法並創造了您在本書中讀到的所有 SCPs 的作者，俗話說：「太初有道……」對 SCP 而言，這個「道」就是文字。我們難以想像那些投入時間和精力來潤飾文字並使其看起來盡可能真實的人的作用。有時，即使是一些小小的編輯也可能產生巨大的變化！

我們也應該感謝所有活躍的網站用戶，他們投了贊成票和反對票，進行了討論和辯論，提出了新想法，丟出了棘手的問題，並直接地分享了他們的情感。Wikidot 平臺確實讓作者和讀者之間的交流變得更加容易！

說到這裡……我們要向所有那些英雄致以深深的謝意，他們將這個項目從 4chan 的深處拉了出來，並將其變成了我們現在所擁有的——一個對使用者友善的網站，擁有簡潔的評級和編輯系統，舉辦各種競賽來促進活動並捍衛 CC-BY-SA 的授權原則，正是這些原則讓我們首先出版了這本書。謝謝你，Moto42，正是你在二〇〇七年發表《雕塑》（*The Sculpture*）而讓整個 SCP 宇宙展開。感謝所有的後繼者，將一個祕密組織對抗異常的簡單概念發展成如此宏偉的宇宙觀。

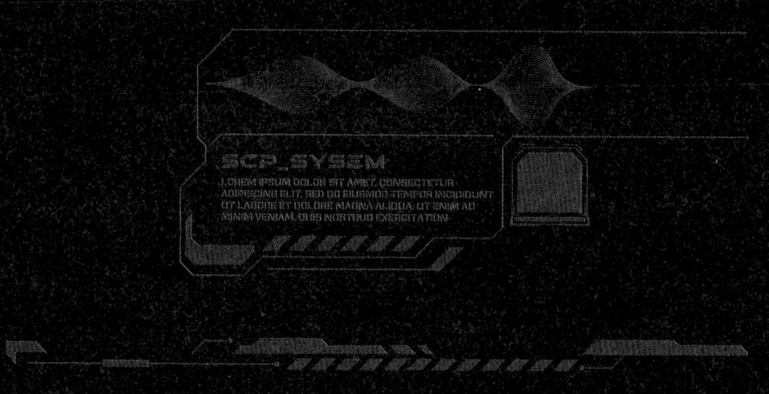


SCP 基金會不僅僅是一個倣效官方報告風格的大量故事的集合。更重要的，它是一個由優秀人才組成的社群。一個想法啟發新的想法並帶來靈感。我們要感謝那些利用這些靈感為 SCP 創造出一些東西的人：包括插畫、動畫和配音的人；那些製作角色和角色扮演的人；翻譯成其他語言的人；開發成電子遊戲和桌遊的人。這正是任何事業得以持續發展的原因！共同的興趣推動 SCP 不斷向前發展，開闢了新的視野，並使其越來越受歡迎。我們最深切的願望是我們也能為此做出貢獻。

最後但同樣重要的一點是，感謝您，親愛的讀者，支持我們的冒險並將這本書放在您的書架上。

儘管本卷已經結束，但您的 SCP 宇宙之旅還未結束。事實上，它永遠不會結束！我們試圖在這三本報告（黑闇異境、紅魔現身、黃色驚恐）中容納盡可能多的 SCPs 檔案，但仍然僅僅觸及了 SCP 寶藏的皮毛而已。還有數以千計的故事——其中一些令人毛骨悚然、令人不安，有些有趣又有益身心，有些則相當發人深省。

還在等什麼？就從開始閱讀、投票、討論、創作，用您自己的雙手創造 SCP 基金會的歷史吧！

**scp-wiki.wikidot.com**

# LIST OF ARTISTS

| | |
|---|---|
| 肉蟻小姐 | facebook.com/MsZowie |
| Alex Andreev | artstation.com/alexandreev |
| Alexander Demianenko | artstation.com/demianenko |
| Alexander Puchkov | artstation.com/rpo6obwuk |
| Allen Williams | instagram.com/i _ justdraw/ |
| Dan Temirov | artstation.com/dante |
| Darja Kogn | artstation.com/ventralhound |
| David Romero | artstation.com/cinemamind |
| Dmitriy Fomin | artstation.com/fomincgart |
| Dmitry Desyatov | artstation.com/dekades8 |
| Egor Polyakov | artstation.com/egorpolyakov |
| Genocide Error | artstation.com/deadlineart |
| Ivan Efimov | artstation.com/efimov |
| Jack Hainsworth | artstation.com/jackhainsworth |
| Julia Galkina | artstation.com/xgingerwr |
| Pavel Kobyzev | artstation.com/starwolf |
| Roman Avseenko | artstation.com/razgriz |
| Ruslan Korovkin | artstation.com/lironka25 |
| Ruslana Gus | artstation.com/rilun |
| Serj Papadin | artstation.com/serj _ papadin |
| Thomas Frank | artstation.com/thomasfrank |
| Vladislav Orlowski | artstation.com/drunkengopher |

# STRANGE 02

# SCP基金會：紅魔現身

編　　者｜Para Books
封面設計 / 版型設計｜陳璿安 chenhsuanan.com
內文編排｜陳忠民
責任編輯｜李玉琴
行銷企畫｜呂玠忞
總 編 輯｜林獻瑞

出 版 者｜好人出版 / 遠足文化事業股份有限公司
新北市新店區民權路 108 之 2 號 9 樓
電話 02-2218-1417　傳真 02-8667-1065

發　　行｜遠足文化事業股份有限公司（讀書共和國出版集團）
新北市新店區民權路 108 之 2 號 9 樓
電話 02-2218-1417　傳真 02-8667-1065
電子信箱 service@bookrep.com.tw　網址 http://www.bookrep.com.tw
郵撥帳號 19504465 遠足文化事業股份有限公司
讀書共和國客服信箱：service@bookrep.com.tw
讀書共和國網路書店：www.bookrep.com.tw
團體訂購請洽業務部 (02) 2218-1417 分機 1124

法律顧問｜華洋法律事務所　蘇文生律師
印　　製｜凱林彩印股份有限公司
電話 02-2796-3576

出版日期｜2024 年 11 月 27 日
定　　價｜1000 元
ＩＳＢＮ｜ISBN 978-626-7279-94-6
ISBN 9786267279991（PDF）
ISBN 9786267279984（EPUB）

**國家圖書館出版品預行編目 (CIP) 資料**
SCP基金會：紅魔現身 / Para Books作. -- 初版. --
新北市：遠足文化事業股份有限公司
好人出版：遠足文化事業股份有限公司發行，2024.11
面；　公分. -- (Strange；2)
譯自：SCP foundation artbook：red journal.
ISBN 978-626-7279-94-6 ( 平裝 )

874.57　　113013869

Copyright © Parabooks, an imprint of Aloha Comics LLC (Plazmida LLC)
Chinese edition copyright © Atman books, an imprint of Walkers Cultural Co., Ltd.
The publication of the Chinese edition of this book was licensed by Aloha Comics LLC (Plazmida LLC).
Content relating to the SCP Foundation, including the SCP Foundation logo, is licensed under Creative Commons Attribution- ShareAlike 3.0 and all concepts originate from https://www.scpwiki.com and its authors. This book, being derived from this content, is hereby also released under Creative Commons Attribution-ShareAlike 3.0.

特別聲明：有關本書中的言論內容，不代表本公司 / 出版集團之立場與意見，文責由作者自行承擔。與 SCP 基金會相關的內容，包括 SCP 基金會標誌，是根據 Creative Commons Attribution-ShareAlike 3.0 (CC BY-SA 3.0) 這項授權協議進行發布。本書中所有文字和圖像創作均源自 http://www.scpwiki.com 與 http://scp-zh-tr.wikidot.com 及其作者，並且以 Creative Commons Attribution-ShareAlike 3.0 相同的模式進行發布。( 缺頁或破損請寄回更換 )

SCP FOUNDATION
SCP FOUNDATION
SCP FOUNDATION

SCP FOUNDATION
SCP FOUNDATION
SCP FOUNDATION